江戸っ子奉行 始末剣

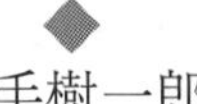

山手樹一郎

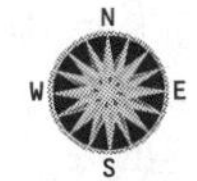

コスミック・時代文庫

※この作品は二〇一四年小社から刊行されたものです。
本書には今日では差別表現として好ましくない用語も使用されていますが、作品の時代背景および出典を尊重し、あえてそのまま掲載しています。

目次

やくざむすこ

仲秋（ちゅうしゅう）八月十五日は例年深川八幡の祭礼である。

その宵宮（よいみや）をあすにひかえたまえの晩から、深川一帯はもう祭り気分で、どこからかけいこばやしの笛太鼓の音がしじゅう耳に流れ、気の早い家は軒（のき）の祭りちょうちんに灯（ひ）を入れているのさえあって、ことに色町へ足を入れると、今夜はわきたつようなにぎやかさだった。

「いくつになっても祭りは悪くねえな、健（たけ）さん」

豆しぼりの手ぬぐいをぬすっとかむりにして、前幅のせまい藍（あい）みじんのひとえ、平ぐけの帯、ちょいと玄冶店（げんやだな）の与三（よさ）といったかっこうの笠井小平太（かさいこへいた）が連れにいった。

「うむ、悪くはないな。しかし、平公、ここの芸者はなんで羽織というんだ」

連れの金子健四郎（かねこたけしろう）は今売り出しの青年剣客で、身のたけ六尺に近く、したがって声も野太い。

「大きな声を出しなさんな、みっともない。貴公江戸へ出て何年になるな」

「もう十年かな。早いもんだ」

「十年江戸にいて、愛弟子にまだ羽織のいわれさえ教えていない、崋山先生も案外うかつなところがあるんだな」

「おれは羽織の講釈をききに江戸へ出てきたんじゃない」

「さよう、三州吉田のさかな屋の健坊、画技をもって天下に名をなさんと、崋山先生の門をたたく、ときに十八。先生その志をあわれんで慈父のごとくに教ゆれども、健坊鈍愚にして画技いっこうに進まず。なあ、健さん、貴公ほんとに絵が好きだったのか」

「いまだって好きだ。竹をかかせてみろ、先生よりうまい」

「と思っているんだから、貴公のはまったくのへたな横好きというやつだ。先生嘆じていわく、絵の次になにを好むかと、健坊剣なりと答う。あきれた人だよ、貴公は。絵かきになりそこなって、その絵の先生に剣術の束脩まで払わせたんだからな」

「おれだってあきれている。せっかく侍の家に生まれながら、遊び人になりさがって、よろこんでいる不孝者がいやがる。いい友だちを持って、涙もこぼれねえ」

「よしてくんな。兄貴のは手放しで、はでな泣き方をするからな。しかも、音曲入りというやつだ、その声虎のほゆるに似たり」

「ほ、ほ」

うしろで思わず笑ったらしいあでやかな声が、途中で切れる。振りかえってみると、羽織をきていない羽織で、

「あら、ごめんなさい。けっして笑ったんじゃござんせん。つい、ほかのことがおかしかったもんですから」

と、顔じゅうで笑いたいのをがまんしながら、つと横へ逃げていく。座敷へいそぐ途中か、それとも帰りか、年増盛りのみずぎわだった羽織ぶりで、膚にうれた脂粉の香さえあざやかである。

女は人波の中へたちまち姿を消していく。

「なかなかあざやかな羽織だな」

健四郎が童顔をほころばしながら感心する。

「そこで貴公がはらりと肩から羽織をおとせば木の頭になるんだが、惜しむらく

は貴公は二枚めというがらじゃない。あきらめなさい」

小平太はひやかしながら歩きだす。立っていると往来のじゃまになるのだ。

「わしは初めから羽織はきておらん」

「なるほど、さすがはがらを心得ているな」

「聞くは一時の恥というが、平公のは二時ぐらいかかりそうだな」

「ああ、羽織のいわれか」

平公はすぐに思い出したらしく、

「着てもいない羽織を気にするとはこれいかに」

と、またしても道草をくいにかかる。

「着ていないからよけい気になるんだろう」

健四郎は率直だ。

「うめえうめえ。しからば、羽織のいわれといこう。それ深川の芸者は吉原（よしわら）と異なり、芸を売るとともに色をもひさぐ、世にこれを深川の二枚証文という。初め男装羽織を着たりというより、今に羽織の名と何次、何吉など男の芸名を用ゆるふう残れども、羽織も着ねば男装もせず、浅脂薄粉水もしたたる島田まげに、仕掛けという無反（むぞ）り一文字のくしをいただき、無地小紋すそ模様などの紋付き瀟洒（しょうしゃ）

たる衣装に、下げ帯という清妍の風貌、——つまり今見たようなのがこの土地の特色で、世に辰巳の俠骨と称する一種の意気をも備えたり。ということになっているんだが、俠骨はあんまりあてにしないほうがよかろう」

「なぜだね」

「銭を出さなければ遊ばせねえからよ」

けろりといってのける平公だ。

「ああ、そうか。ただ飲みたがったり、ただ遊びたがったり、そういうのをなんとか根性といったな」

「参った。それをいっちゃいけねえ。おれは今夜だってちゃんと銭を払ったぜ。見ていたろう」

「うむ、わしは平公がその銭をどこから持ってきたか気になる」

低いが、健四郎はずしりと重みのある声になる。

ぬかしやがったなと、胸にこたえるのを反発して、

「盗んじゃこねえから安心してくんな」

と、小平太は軽くやりかえしながら、その目がふっと前の男の背中へとまった。

流れるような人通りだから、いつの間にか前うしろの人が変わっていくが、今

のは自分とおなじような遊び人ふうで、がっしりとした骨組みながら、うしろ姿がそう若くはなさそうだ。

そのやくざがひょいと立ち止まって、前に突っ立っている御家人くずれといったふうの二本差しと、どうやらにらみっこになったらしい。

——おや、あの御家人くずれは、たしか、仙台屋の舎弟分馬場陣十郎だ。

ちょうど一の鳥居をくぐったばかりで、両側に料亭のあかりがあかるいうえに、空には四ツ（十時）に近い月が真昼のように澄んでいるから、相手の顔ははっきりとわかった。

神田連雀町に仙台屋与兵衛という人入れ稼業の元締めがいる。御家人くずれの馬場陣十郎は放蕩無頼に身を持ちくずして、そこの用心棒のようなことをやっているが、御徒町の伊庭の免許取りで、下町では相当悪名を売っている男だから、一文の徳にもならない三下奴など相手にけんかを売るようなお軽いやつではない。

それが切れ長な目に殺気をふくみながら、

「下郎、なんでみどもの道をふさぐ」

と、低いが、ひどくすごみをきかせたふりだ。

「ごめんなせえ。おれはよけて通るつもりだった」

背中を見せている三下やくざが、おだやかに答える。

「ごめんなせえとは、あやまることばだな。人にあやまるなら、なんでかぶりものを取らねえ」

こんどは返事がない。かぶりものを取ろうともせぬ。

むろん、どっちの声もうっかりしていた者には耳へはいらなかったろうが、にらみあっているふたりの様子でけんかだとわかると、にぎやかな人通りがそこだけ水のひくように人が散って、たちまちぽかりと穴があいたようになる。

――はてな。

小平太も健四郎といっしょに道ばたへさがりながら、思わず目をみはった。陣十郎のうしろへ、いつの間にかがらのよくないやつらが六、七人かたまって、いずれも不穏な様子を見せている。

三下やくざはと見ると、ぬっと突っ立っているからだつきに、これだけの人数を向こうにまわしながら、びくともしていない不敵さがあるのだ。といって、べつに闘志をかりたてているといったふうでもなく、頭からのんでかかっている、どうもそんなふうにしか見えない。

いったいどんな野郎なのかと、つい好奇心が出て、横のほうへまわって見ながらびっくりした。

——あっ、親玉らしい。

その横顔は、たしかに北町奉行、遠山左衛門尉景元である。小平太もそういううわさを耳にしていたから、すぐそれがぴんと頭へきたので、いま実際にその姿を目撃すると、こいつはいけねえと思った。

——あの野郎、親玉と知ってけんかを吹っかけたのかな。

いそいで陣十郎のほうを見なおすと、その殺気だっている意気ごみに必死なものがある。ただの三下やくざを相手にしている身がまえではなく、全身に敵愾心をみなぎらせながら、にらみ負かされまいと冷や汗さえかいているのではないかと思われる。

——野郎、知ってやがるな。

そう見たとたん、小平太はふっと思いあたることがあった。

仙台屋は最近いちばんいい出入り屋敷の土佐の山内家から、出入りを差しとめられている。はでっけな当主豊信、後の容堂が、どうせ屋敷へ出入りをさせるなら、もっと気のきいた俠客が江戸にはいくらもいるであろうといいだした。

家来が寄って相談してみたが、公辺のことには明るい有能な士たちも、江戸のちまたの俠客のことまでは頭になかった。

気のきいた者をと主君から題が出ているのだから、人選をあやまると自分たちの責任問題だけではなく、口の悪い江戸市民から山内家がいなか大名とわらわれる。

「もちはもち屋だ。こういうことは町奉行に聞くのがいちばん早かろう」

評議の結果、留守居役が左衛門尉をたずねて、だれにしたものだろうと意見を求めてみた。

景元は通称金四郎、父は遠山景晋といい、長崎奉行から勘定奉行をつとめて左衛門尉に叙せられ、昌平黌では大田南畝とならび称される秀才だった。その血をうけて生まれた景元は、やはり秀才型ではあったが、若いころには多分に不良っけがあり、狭斜に遊蕩して無頼子弟に伍し、からだに桜花のほりものまでした。常に酒を好み、娼家に宿すこともあるが、それほどではないにしても、遠山の金さんの名は当時江戸で相当に売れていたことは事実らしい。

だから、この二月、蛮社の獄をさばいて有名になった大草能登守のあとをうけ、北町奉行に登用されたときは、へえ、あの金さんがねえと、昔を知っている者はびっくりして、まるで自分の親戚からお奉行さまが出たように自慢して歩いた者もある。

「――吉原某楼の娼妓、盗人の係累により、法廷に召喚せらる。通例娼妓法廷に出るときは、楼主とやり手ばばあがついて出る。やり手ばばあもと景元を知る。その器量をためさんとおもい、景元の座につくを見て、ことさら驚きたるまねし、声をあげて、おや、金さんと呼ぶ。景元泰然微笑していわく、久しく相見ず、幸いにつつがなきや。いま余すでに天下三奉行のひとりとなり、そのほう老境にいたりて、なおいまだ楼婆たるをまぬがれざるかと。やり手ばばあ赧然一語を答うるあたわずして退く」

そういう景元だから、江戸の下情にはよく通じている。土佐の留守居役の質問に対し、ただちに筆をとって巻き紙に十数人の侠客の名を書き上げ、この中からどれでも選ぶがよろしいといった。

はあ、そうですかと、そのまま引きさがってくるようでは留守居役はつとまらぬ。

「失礼ですが、お奉行さまでしたら、この中からだれをお取りに相なりましょうや」

と、もうひと押し押して見た。もともと自分たちにわからないから相談にきたので、そのわからない俠客の名まえを何人あげられても、さてとなると選択にこまることは、やはりまえとおなじことだ。

　そのおり、景元が、それならばと選んだのは、京橋の相模屋政五郎だったと、小平太は聞いている。

　とにかく、相政が山内家へ呼び出されて、豊信の気に入り、即座に千両のしたく金を下げわたされて大いに男をあげた話は、たちまち江戸の評判になってしまった。

　逆に男をさげたのは仙台屋与兵衛で、馬場陣十郎はその舎弟分である。だからといって景元を恨むのは筋違いだが、こうして景元の微行姿をねらって不敵にもけんかを吹っかけたからには、やっぱりそれを根に持ってのことだろう。

「おい、てめえつんぼか、なんでかぶりものを脱がねえのだ」

　陣十郎は口実をつくりながら、そろりと刀の柄に手をかける。かぶりものなど脱いでも脱がなくても、もう問題ではない。相手を切りさえすれば目的は足りるのだが、さすがに位負けがしてうかつに抜きかねるから、駄弁を弄しているのだろう。

その死にもの狂いの形相に、やじうまどもは思わず息をのんでいる。

――いけねえ、陣十郎はけっきょく抜くぞ。

親玉があぶないと見ると、ぐれてはいてもそこは身びいきで、小平太はかっと血がたぎってきた。

「兄貴、小さいほうのを貸してくれ」

いきなり健四郎の差し添えへ手をかける。

「どうするんだ、平公」

「ねらわれているのは、おれの知ってる男だ。伯父貴ぐらいにはあたるかもしれねえ」

「そうか、侍だろうとわしも見ていた」

「伯父貴を逃がしておいて、おれも逃げる。この刀はあした返すぜ」

「気をつけろよ、馬陣はできるぞ」

「まあ、見ていてくんな」

鞘ぐるみ健四郎の小刀を借りて腰にぶっこみ、小平太はつかつかとにらみあっているふたりのあいだへ割ってはいった。

「待った。このけんかおれがあずかる」

むろん、陣十郎が承知するはずはないとわかっているし、親玉に顔を見られるのはいささかてれるから、はじめから親玉のほうへ背を向けて立つ。

「ならん。なんだ、きさまは」

この無謀にも似たふいの仲裁に、必死の気合いをはずされた馬陣は、思わずひと足さがりながら、たちまち憤然とかみついてきた。

「ならんはなかろう。ここは深川八幡の鳥居うちだぜ。祭りをあすにひかえて血でけがしちゃばちがあたる。まあ、まかせてもらいてえな」

「うぬっ、じゃまだ、のけ、のかぬときさまからたたっ切るぞ」

「あれえ、さすがは仙台屋の兄弟分馬場陣十郎、神をおそれねえとはいい度胸だが、そいつは町内迷惑、祭りがすむまで遠慮してくんな」

仲人にしては頭から人を小ばかにしたような口のきき方だ。

「あっ、逃げた」

馬陣のうしろにひしめき立っているやくざどもの口から、そんな声のもれたのは、これを潮に親玉が三十六計をきめこんだのだろう。

「くそっ、許さん」

こんなどこの馬の骨かわからない三下奴にじゃまをされて、すでに大事は去ったと見たとたん、死にもの狂いだっただけに陣十郎の激怒は頂点に達したのだろう。

「平公、あぶない」

わきで虎のほえるような声がどなったのと、だっと馬陣が抜き打ちに踏んごんできたのと同時、小平太は冷やりとして夢中で飛びさがった。さすがに陣十郎はすごい腕だ。虎の声援がなかったら、たしかに腕の一本ぐらいなぎ落とされていたかもしれない。

「うぬっ」

思わぬ大喝に初太刀をしくじった馬陣は、息もつがせず二の太刀をうちこんでくる。

とうていこの敵に背をむけて逃げる余裕などはない。だから親玉も身動きができなかったんだなとは、あとで考えたことで。

——ちくしょう、死んじまえ。

小平太はそう観念しながら、がっと小刀を抜きあわせて、あやうく馬陣の二の太刀を引っ払って飛びのく。

「くそっ」

敵はもう三の太刀を振りかぶって追い迫っている。

「とうっ」

こっちのえものは短い。もう捨て身に出るほかはなかった。親玉のけんかを買ったんだし、おれの死にざまは親友金子健四郎で見ていてくれる。死んでやれと、火の玉になって地をけるなり、敵の振りおろす剣の下へからだごともろ手突きにたたきつけていった。

はっと陣十郎が身をかわしたのは、こっちの突きのほうが一瞬早いと見たからだろう。

空を突いて前へ飛びぬけたが、敵には追いうちがあるから、必死にくるりと立ちなおる。

馬陣もいまの突きは意外だったのだろう。かわしはかわしたが、ちょっと呼吸が狂ったらしく、大上段にふりかぶったまま追いうちに出るだけのすきはつかめなかったらしい。

「やっちまえ、やっちまえ」

「来るか、野郎ども」

「わあっ」

そのときになって、うしろでやくざどもを相手に健四郎のあばれている声が、はじめて小平太の耳にはいってきた。

そうだ、健四郎はてんびん棒のようなものを振りまわしていたと、目はしにかけてもいた。

——来るなら来い。こっちはもう一発もろ手突きだ。

やや冷静になってくると、死ぬと度胸をきめているのだから、もう陣十郎もくそもなかった。敵の仕掛けてくる出ばなをのがしさえしなければいいのである。

陣十郎もこっちの捨て身を用心しているらしく、こんどは容易に仕掛けてこようとはせぬ。歯がみをしているような冷酷な顔つきだ。

——こいつは執念の鬼だ。

どうしてももうひと立ち回りはまぬがれないと、小平太は観念した。気力のつきたほうがやられるのだ。

——くそ、死んでたまるか。

むらむらっと闘志がわきあがってくる。

陣十郎はいくぶんあせってきたようだ。早くかたづけてしまわないと、敵は役人を恐れるのだろう。

じりじりと距離を詰めてくる。

きてみやがれと、小平太は一歩もひかぬ。こっちは飛びこんでいくだけのことなのだ。

陣十郎はすきがないと見て、こんどは誘いこむように出ただけすっと後ろへさがった。

「役人だ。——役人が出張(でば)った」

ごったがえしているようなやじうまの中から、そんな声が聞こえた。

別の声が敵方に教えている。

「逃げろ、役人だ」

陣十郎の顔色に、あきらかに当惑の色がうごいたので、

——今だ。

その機をのがさず、小平太はぱっと横っ飛びに、敵の追いうちのきかない距離へ逃げた。

役人はこわくないが、むだ死にをしてはつまらない。

敵に背を見せて、すばやく人ごみの中へ走りこみながら、健四郎はと見ると、そっちのほうがひと足早かったらしい。目のとどくかぎり、大男の姿はどこにも

なく、たたき倒されたやくざを、無事なのがひっかついで、やつらもあわてて人ごみの中へもぐりこんでいくのが目についた。

――ざまあみやがれ。

小平太は刀を鞘へおさめて、腰にさしていては目だつから、さっさとふところへ飲んで左の腕で押えつける。うずを巻いている群衆の中を突っ切りながら、ひょいと目についた畳横町（たたみよこちょう）へ飛びこむ。

――これでいい。もうあわてることはない。

怪（あや）しまれないようにゆっくり足をゆるめながら、それとなく目を働かせてみたが、だれもこっちを見ている者はない。

「けんかだってな。――はい、ごめんよごめんよ」

「だいぶやられてるって話だぜ」

地まわりらしいのが二、三人、往来の者を突きのけるようにして、表通りのほうへいそいでいく。

「いやだねえ、あしたはお祭りだっていうのに」

「相手は侍だってさ」

この辺はえりの白い女の巣だから、そんなことをいってすれ違っていく女づれもある。

——あぶないところだった。

小平太は今になって、ぞっと身ぶるいが出た。こうして助かったのがふしぎな気さえする。

畳横町をぬけると、門前河岸へ突きあたる。対岸は阿波侯の下屋敷で、明るい月かげをうかべた堀の水を前景にして、墨絵のようにくっきりと空へ枝を張った松の木のたたずまいなど、こっち側の猥雑なにぎやかさにひきかえ、ここはどなたの下屋敷ともいいたいながめだ。

その河岸っぷちへ、人通りに背を向けてひょいと立ち止まった小平太は、かぶっていた手ぬぐいを取って、汗ばんだ顔からえり、わきの下をぬぐいながら、

——親玉も少し軽率すぎる。

と、急に苦々しいものを感じてきた。

町奉行の要職にある者が、なんのためにあんなふうをして、岡っ引きみたいなまねをして歩く必要があるのか。

なるほど、そんなことをしてみたい理由は思いあたらぬでもない。この六月あ

たりから下町一帯にかけて、凶賊が横行し、たいてい五日から六日おきぐらいに、多い日は一晩に四、五軒も荒らしまわる。押し入るときは三人のこともあれば五人のときもあって、五人以上のことはないから、まず五人組と見るべきだろう。かっこうは侍姿のときもあり、そうでないときもあり、家人残らず縛りあげて、金だけを持っていく。騒ぎたてる者があれば、むろん切り殺す。

町方では与力同心を総動員し、下町では町ごとに夜警組をこしらえて、五人組をつかまえようとしているが、いまだに手がかりさえつかめない。

就任当時江戸市民の人気がよかっただけに、

「遠山の金さんも、あんまりあてにならねえな」

と、そろそろ非難の声がおこりだした。

町奉行は南北にあって、月番で江戸の治安をあずかっているのだから、景元ひとりの責任ではないはずだが、南の筒井伊賀守政憲はもう二十年近くその職にあって定評がある。新任の景元だけが非難の的になるのは、それだけ市民の期待が大きかったからでもあろう。

そして、凶賊五人組の出没は八月にはいって、まだ半月とたたないのに、町方躍起の警戒網をしりめに十八件にもおよび、ほとんど毎晩荒らしまわるという傍若無人ぶりを示してきた。

――だからといって、なにも親玉があわてて、自分から岡っ引きのまねをするにはあたらない。

その狼狽ぶりが小平太には苦々しいのだ。もし、おれがつかまえてみせてやるという気なら、あまりにも人物が小さすぎる。あんなかっこうで万一けがでもしたら、それこそ世間のいい物笑いだ。

「はてな――」

そこまで考えて、小平太はふっと疑問がおこった。

どうして、馬場陣十郎はあれを景元の変装とにらんだのだろう。景元の微行は、町奉行所でも数人の者しか知らない秘密のはずだ。あの変装を見て、人目で景元とわかる人間は、その秘密を知っている者か、景元の日ごろをよく見ている身近な者でなければならない。

景元の身辺には縁の遠い馬場陣十郎が、あれをひと目で遠山左衛門尉の変装とわかったとすれば、かげにだれか黒幕がついているにちがいない。

すると、このけんかはただ仙台屋の仕返しなどという単純なものではないことになってくる。

根性がぬけきらねえな、小平太はそう気がついて、ぺっと水へつばを吐きとばした。

——洗ってみるかな。

なんとなく若い血が興奮しかけてくるのを、おきやがれ、うぬはまだ不浄役人(ふじよう)

おやじは金さんとどんな仲だったか知らねえが、今夜だってなにもおれが命がけであのけんかを横から買って出ることはなかった。いくら微行だからって、親玉にはちゃんとかげ武者がついていたはずだ。

「ざまあみやがれ、ろくなこともできねえくせに、お先っ走りで、ひとりよがりで、おせっかいで、ばかな野郎さ」

小平太はひとりでいさましがっていた自分が、気恥ずかしくさえなってきた。

「こんばんは、にいさん」

ふらりと左側へきて並んで立った女がある。さっきわらい逃げをしていった、あのあざやかな羽織だった。

「なにをひとりでおこっていなさるんです」

にっと笑いかけるいたずらっぽい目が、ちゃんと知っているんですよといっているように見える。

「ねえさんの顔、どこかで見たことがあるぜ」

「あら、おぼえていてくれたんですか、うれしいこと」

「ひやかしっこなしさ。ねえさんのような上等な羽織にうれしがられるような、おれはそんながらのいい顔じゃない。羽二重(はぶたえ)ともめんほどのひらきがありやす」

「もめんは実用向きで強いんですってね。にいさんのお強いところ、ちゃんと見て知っています」

たぶんそうだろうと思った。すると、この女の目的はなんだろうと、つい不浄役人根性が働いてくる。

「どうもすんません。あねごさんのおなわ張りうちで、とんだお先っ走りをいたしやした」

「いいえ、あたしすっかり感心しちまいました。いい度胸でござんすね、にいさんは」

「つい物のはずみでござんして、お恥ずかしゅうござんす」

「あたし、一口さしあげたいんですけれど、つきあってくださらないかしら」

はなはだ色っぽい目つきをしながら、その涼しい目の奥にはなにかひそんでいそうだ。

「からかっちゃいけやせん。ばかはほんとうにしまさあ」

「えへん」

と、うしろでせきばらいをするやつがあった。

振りかえってみると、地まわりらしいのが三人立ち止まって、じっとこっちの顔を見ている。

「なんだ、お高(たか)ねえさんか」

地まわりは、振りかえった女の顔を見て、ちょいと意外そうだったが、

「――こんばんは」

と、いそいであいさつをした。

「兼(けん)さん、おつなせきばらいでしたね。なにか用なんですか」

「なあにね、人違いかもしれねえんで」

わざと堀のほうを向いている小平太は、そいつらの目をはっきりと背中へ感じたが、

「ごめんなせえ。おじゃまいたしやした」

と、しぶしぶ歩きだしたようである。

「行きましょう、にいさん。こんなところでさらし者になっていたってしようが

ありません」

女がまたしても気軽にさそう。

「お供しようかな」

地まわりは女と立ち話をしているから、からみにきたのではない。陣十郎となにかひっかかりがあって網を張っているような口ぶりだった。どうせただではすまないのなら、先口だからこのお高という女の手に乗せられてみろと、小平太は度胸をきめて、

「お高ねえさんは、なかなかいい顔のようだね」

「あってもなくてもなんでしょう」

「どういたしまして。いまの地まわりさんを、鶴の一声で追いかえした貫禄なんか、相当に金がかかっていまさあ」

「たのもしいわ、にいさんは苦労人らしいから」

河岸っぷちを佃のほうへ歩いて、左手に深川屋といういき好みの小料理屋がある。三下奴などあまりいい顔をされる家ではなさそうだが、出迎えた女中にそんなけぶりさえ見えないのは、ここでもお高ねえさんの顔がよくきいているからなのだろう。

「にいさん、ここへくればもうだいじょうぶですから、ふところのものお出しになるといい。じゃまでしょう」

奥まった小座敷へ案内されて、これもやっと気が楽になったか、お高はそんな行きとどいたみたいな世話までやいてくれる。

「うれしいなあ、ねえさんは苦労人らしいから」

つい皮肉が口へ出て、ふところのわき差しを床の間へおいてきながら、みっともない、よせ、女を相手に小りこうぶることはなかろうと、小平太はふっと思いなおした。

「ねえさん、あの地まわりさんたちは、わしを捜しているようだったね」

向かいあってすわりながら、正直にぶつかっていくことにする。

「そうかもしれません」

お高はそれとなくこっちの顔色を見ながら、

「あんなはでなけんか、あたしはじめて――。なんだか、おかぼれしたような、しないような」

と、まだ男をうれしがらせるようなことをいう。

「うわさには聞いていたが、馬陣さんはまったくすごいな。おかげで、冷や汗をかいちまった」

「にいさんの刀、短かったから損したんじゃないかしら」

明るいあかりの中にいきいきとすわっている女は、髪のものにも身なりにも行きとどいたたしなみが見え、したたるようなあだっぽさのうちに、どこか稼業のしつけをたたきこまれているおちつきがある。けっして見ず知らずの男などに、いきなりうわついたことをいいだすような女には見えない。

それが心にもないことを口にして、自分から男をこんなところへ誘いこんだのには、むろんなにかそれだけの理由があるのだ。いまに本音が出るだろうと待っていると、酒肴の膳が出て、二つ三つ杯をやりとりしてから、

「にいさん、いつまでつまらないしばいなんかご迷惑でしょうから、いいかげんにほんとうのことをいいましょうね」

と、はたしてあっさりと切り出してきた。

「おっかねえなあ」

冗談のようにはいったが、それを待っていた小平太だから、思わず相手の目を見すえている。

「そのかわり、にいさんもほんとうのことをいってくれますか」

「覚悟はしていやす」

「にいさんは馬陣さんのほうは知っていたんですね」

「うむ、知っていた」

「相手のお仲間さんのほうは？」

まっこうから本題へ切りこんできた。

「知ってるよ」

「あれ、だれなんです」

「なんだ、ねえさんは知らなかったのか」

意気ごんでいただけに、小平太は肩すかしをくわされたような気持ちで、それともそらっとぼけているのかなと、顔を見なおす。

「知りません。あたしは頼まれて、こんなまねをしているだけなんですもの」

「だれに頼まれたんだね」

「それはいえません」

「ほんとうのことをいう約束だったんだがな」

「だって」

お高は思わず受け太刀になって、

「ずるいわ。にいさんのほうから、ほんとうのことをいってくれなくちゃ」

と、急にくやしそうな顔になる。

「まあ、一つあげよう」

小平太は気をかえるよう杯をさした。

「ありがとう。——で、あのにいさんのお仲間さん、だれなんです」

お高は勝ちっ気らしく、それを聞かなければ承知できないらしい。

「おかしいな、おれにきかなくても、そんなことはねえさんに頼んだ人がよく知ってるはずだぜ」

「はい、おかえし」

器用に杯をあけて返したのは、返答に詰まったからだろう。稼業がらそういう駆け引きは身についていて、こりゃあ一筋なわではいかぬという感が深い。

「にいさん、お仲間さんの名はどうしても白状しないつもり？」

お高は意地になっているようである。

「ねえさんに頼んだ人ってのは、わしにその名まえを聞いてくれといったのかね」

「そうじゃないけれど、本当のことをいいっこする約束なんだから、教えてくれたっていいじゃありませんか」

「先にねえさんに頼んだ人の名を教えてもらいたいな」

「強情ねえ、にいさんは」

あきれた顔をして、そんな虫のいいことをいうお高だ。

「馬陣さんは、あの男を知っていて、けんかを売ったようだね」

小平太は筆法をかえる。

「それを知っていたんで、にいさんはあのけんかを買って出たんですか」

「正直にいえばそうだ」

「失礼ですけど、にいさんはなんていうお名まえなんです」

「小平さんていうんだ」

「ほんとうはお侍さんですね」

「もとはな」

「あのお連れの大きなお友だちさんは、なんておっしゃるの」

「あれは、あのけんかのことはなにも知らない。おれがお先っ走りをやったんで、しかたなく助太刀に出た。そうはっきりと、頼んだ人にいっておいてくれないか。あの男に迷惑はかけたくないからね」

「わかります。あの健さんてかたも、にいさんも、お友だちおもいなのね。お名まえうかがっちゃ悪いかしら。お名まえだけでいいんですけど」

「金子健四郎という剣術つかいだ」

「にいさんのほんとうのお名まえは？」

「小平さんていうんだ。勘当むすこだから、親の名はかんべんしといてもらいたいね」

「いまどこにお住まい――？」

「行きあたりばったり、風来坊でね。こいとおっしゃれば、今からでもねえさんの家へころげこんでもいいご身分なんで」

「もったいない。どなたさまのご落胤かしれないのに――」

「ねえさんは辰巳芸者のちゃきちゃきでござんすね」

「まあ、お一ついかが」

笑いながら、いそいで銚子を取りあげる。

「すんません。――いきで、俠気があって、話がわかって、頼まれたらあとへはひかない女のなかの女」

「性分でござんしてね。ころんでもただ起きたことなど、一度もござんせんの」

「そのご性分を見こんで、なにか一つおみやげがもらって帰りたいんで。いかがなもんでござんしょう」

こっちはいえるだけのことは口に出した。小平太はその返礼がもらいたいのだ。

「さあ、どんなおみやげをさしあげたらいいのかしら」

さすがにお高は敏感にこっちの腹を読みとったらしく、じっと小平太の目を見かえしながら、その目がいたずらっぽくわらっている。

「きざなようだが、おれのは今もいうとおり、ほんのはねっかえりで飛び出したけんかだが、お高ねえさんのはこれも稼業のうち、ということになるんでござんしょう。だから、無理にとはおねだりはいたしやせん。そのお志があればという話なんで」

これだけ下から出て、それでも話がわからなければ、一流の辰巳芸者もくそもない。ただきれいに着飾って、金でころんで歩く腐（くさ）った女と、けいべつしてやるだけのことだ。

「小平さん、あたしがおみやげをあげたら、さっきのお仲間さんの名を教えてくれますか」

なるほど、ころんでもただは起きない女だ。といより、その顔からすっと血のけがひいたようにしんけんになったのは、できれば黒幕の名は口に出したくない、そのためのいいがかりなのだろう。

「ねえさんの出ようによっては、あっしも男の端くれてござんすからね」

小平太は勝負と出た。

「ついでに、にいさんの本名もですよ」

「こうなったらあとへはひかねえ。というほどの名でもありやせんがね」

「意地わる。くやしいねえ」

追いつめられて、お高はせっぱ詰まってきたようだ。

「なんなら、ねえさん、このままおとなしく帰ってもいいぜ。あっしは育ちがいいから、根はすなおなほうでしてね」

「命が惜しくなかったら、かってにお帰んなさいまし」

「というと――？」

「地まわりさんがうつろいていたの、あんたちゃんと知ってるじゃありませんか」

「ああ、そうか」

おおかたそんなことだろうとは思っていが、ではこの女もやっぱりぐるなのだろうかと、小平太は思わず女の顔を見る。

「だいじょうぶよ。あたしがついていれば、地まわりなんかに指一本だってささせやしません」

お高はにっと笑ってみせてから、

「種をあかせばねえ、小平さん、あたしはこれから、ある金座役さんのお座敷へ呼ばれていくところだったんです。その途中でにいさんの勇ましいけんかを見物して、いい度胸だなあと、感心していたのもうそじゃござんせん。あんなすごい馬陣なんかを相手にけんかを買って出るなんて、なんて命知らず、いくら顔を売りたいからって、ばかにもほどがあると、そう思ったのもほんとうです。おこる？　小平さん」

と、どうやらこの女のおきゃんな地金がちらっと出てきたようだ。

「ごもっとも――」

と、小平太は苦笑する。

「いってみれば、それまではあたしは、けんか見物のただのやじうまだったんです。そのあたしの肩をうしろから、ぽんとたたいたやつがいるんです。あたしをひいきにしてくれる金座役さんと、このごろよくいっしょにくる本庄辰輔（ほんじょうたつすけ）さんというたいこもちみたいなお侍さんで、正直にいえばいやなやつ。あら、うっかりしちゃった。芸者がお客のかげ口、ばちがあたります。聞きのがしてくださいね、にいさん」

口ではいっても、お高は悪びれた顔ひとつしていない。

「いいえ、もうあっしはねえさんの間夫になったつもりでござんすから」

「おことわりするわ。あんたみたいな勇ましい人を間夫にしたら、毎日ひやひやばかりして暮さなくちゃならないもの」

「へえ、夏向きだけの間夫でござんして、そのかわりお値段のほうは格安にしておきやす」

「安物はこわれやすいからまっぴらだわ」

「ごもっともで——。今夜もあぶなくこわされるところでござんした。で、その本庄辰輔さんておかたが、あの野郎うまくこわれずに逃げ出しやがったから、ひとつあとをつけて素姓を洗ってみてくれと、こうねえさんが頼まれたというわけでござんすね」

小平太はそれとなく話をもどす。

「そうよ。あたしのあげられるおみやげはそれだけ。これだけだって、ほんとうは命がけかもしれない。いやだなあ、あんたなんかと心中するの」

お高は気がついたように、あけすけにまゆをひそめてみせる。

「すんません。いいえ、そばによるとあっしはこわれやすいから、なるべく遠く離れて、別々に川へ飛びこみやしょう」

「水じゃだめだわ。あたしは船頭の娘なんだもの」

「なるほど」

「あんた、万年安（まんねんやす）って男、知ってる？」

「存じていやす。この土地の船頭衆の口入れ稼業で、男の奉公人も入れている、たいした親分なんでござんすってね」

「あたしはその万年安の妹なんです」

「お見それいたしやした。道理でにらみがきくはずで、あねごさんでござんしたか」

小平太はぺこりと一つおじぎをした。

「さあ、根っきり葉っきり白状しちまったんだから、あんたのお仲間さんの名まえ、教えてください」

こんどはお高が勝負と出る。ここで隠しても、馬陣の本庄というやつも、いや、その金座役というのまで、あれを親玉と知っているにちがいない。隠したってしようがないのだ。

「あれは昔、金さんていった男だ」

「どこの男なの？」

「北だよ」

「北ってどこさ。吉原のほう――？」

「あねごさんは遠山の金さんて男をしらないかね」

「遠山の金さん――」

お高はびっくりしたような目をする。その目がいきいきと一つまたたきをして、

「じゃ、お奉行さまじゃありませんか」

と、また半信半疑だ。

「らしいと、あっしはにらみやしたんで」

「ほんとうかしら。じゃ、どうしてあんなかっこうしてるのさ」

「と考えたらついでに、それを知っていてどうして馬陣さんがあんなだいそれたけんかを吹っかけたか、あねごさんふしぎに思いやせんか」

小平太はつい探るような目をしていた。

「なにを隠そう、おやじどのはね。あっしは勘当むすこだから、ただの小平さんさ」

と、お高の顔が急に底意地わるくなる。

「わかった。あんた八丁堀さんね」

その目をじっと見かえして、

「そうねえ」

「どうして勘当されたんです」

「打つ、買う、飲む」

「――ってがらでもなさそうだけどな」

「見かけによらない悪党でござんしてね」

「よかったわ、間夫にしないで」

どこか用心しているような冷たい顔なので、

「そうきらわれたんじゃしようがない。これでおいとましますんでござんす。ごちそうさまになりやした」

と、小平太は座ぶとんをすべっておじぎをした。

いえることだけはいったし、聞けることだけは聞いた。もうこのへんが潮どきだと思ったからである。

「あんた、まっすぐ家へ帰るんでしょ」

「帰りやす」

「じゃ、ちょっとお待ちなさいよ。表の様子見てあげるから」

お高はすそを引いて立ち上がって、するりと座敷を出ていった。

万年安の妹なら、まかせておいてもなんとかしてくれるだろう。地まわりなど相手にしてけがをしたって、だれもほめてはくれない。

その地まわりを頼んだり、お高をつけてよこしたりした本庄辰輔というおたいこ侍は、何者なのだろう。しかも、そのうえに金座役がついているという。

——親玉は勘定奉行をつとめていたからな。

今夜のけんかは、馬陣だけの恨(うら)みではない。その馬陣の恨みを利用しているやつがいるのだ、相当根が深いとすると、親玉襲撃は今夜だけにとどまらないことになる。

——知っているかな。

妙に不安になってくる小平太だった。

「お待ちどうさま」

お高が紺の半纏(はんてん)をかかえてもどってきた。

「これ、着ていくといいわ」

「すみません」

「お立ちなさい、着せてあげるから」

立ったまま半纏をひろげている。背中に、丸の中に万と染めぬいてある半纏だ。

賭(かけ)

町奉行職の役宅は、廊下の杉戸一枚で、奉行所に通じている。

西の丸から退出してきた景元(かげもと)は、あけ放した役宅の小書院にくつろぎながら、しずかに茶を喫していた。

庭に秋の日があかるい。

——あのおかたは、とにかく変わっていられる。

景元はいま会ってきた大御所家斉(いえなり)のつやつやとした顔を思いうかべて、微笑が出た。

一妻二十一妾(しょう)とは表面のことで、後宮の美妃(びき)三千はおおげさすぎるにしても、常人ではとてもまねのできない精力家だ。

豪放で、磊落(らいらく)で、もっともそれでなければ、口のうるさい陰謀好きな女どもに取りまかれて、とてもきょうまで長生きはできなかったろう。

若いとき、日光廟（にっこうびょう）へ参拝して、おりから真夏だった、橋をわたるとき、あたりを見まわすと、もうそこまではほんの近習（きんじゅう）の者数人しか供をしていない。

「ほかに人目はないようだな」

家斉はふりかえって、近習にきいた。

「御意（ぎょい）――」

「暑い。裸になる」

たちまち衣類をぬいで素っ裸になり、ふんどし一本で歩いたという。

先導の神主は、さぞどぎもをぬかれたことだろう。

そういう濶達（かったつ）な一面、また非常に細心なところがある。それでよく老中どもが一本やられるので、いまだに将軍より隠居のほうがこわいということになるのだ。

――つまり、生まれながらの親分、しあわせなおかただ。

景元がきょう呼ばれたのも、それだった。

「金四郎（きんしろう）、越前と賭をしたか」

御前へ出ると、いきなりの質問である。

数日前、景元は水野越前守に呼ばれて、五人組の凶盗の件について、非公式なないつも、人目を気にしながら注意をうけている。

「ほうっておいては公儀（こうぎ）の威信にもかかわることだし、あたりの口もうるさい。どうだな、そのほうに見こみは――」

いつごろつかまえる見こみかといいたいのだろう。まだ手がかりさえついていない盗賊を、幾日ぐらいでつかまえますとは、断言できない。

「今夜にもつかまえる覚悟で、全員必死に働いております」

「それはそうだろう。しかし、なにぶん世評がうるさい。いつまでにつかまえろというのは無理だが、物には励みということがある。どうだ、いちおう一カ月と日を切って、賭をいたそうか。越前はこの差し料を賭けよう」

冗談のような口ぶりだが、それが老中首席の口から出たからには、景元は職を賭けなければならない。

「承知いたしました」

むろん、景元もあとへはひかなかった。

越前がいった、はたの口がうるさいとは、不信任案が出ているぞということだ。

町奉行の要職をねらっている者はたくさんある。それらの政治を駆け引きと心得ている出世欲の旺盛（おうせい）なやからが、その職にある者をなんとかしてけ落とし、自分が取ってかわろうと、かげで猛運動をしているのは当然のことだ。

派閥からいえば、越前は現将軍派の頭領であり、景元は大御所派と見られている。越前が景元をのぞいて、わが党から町奉行職を出したいのも、また当然な人情だろう。

だからといって、出没自在の強盗を一カ月以内につかまえてみろ、それがつかまらなければ。おまえは無能だときめてかかるのは、少しろこつすぎる。すくなくとも大政治家の口にすることではない。

景元は奉行所へ帰っても、賭のことはだれにもいわなかった。そんなことをいまさらいわなくても、全員血眼になって凶賊の捕縛にあたっているのは事実だ。

このうえ日まで切って、おのれの賭のために部下によけいな心配をさせることはない。つくすだけはつくして、もしそのときになったら、黙って自分だけが責任をとればすむことである。

大御所はだれからそれを耳にしたか、けさ突然呼び出して、越前と賭をしたかとの質問だった。

「はい、三十日以内につかまえてみぬかと、激励をうけました」

「そううまくいくかな」

「今夜にもつかまるかもしれませぬ。また、つかまえてやろうと、全員努力しております」

「そうであろうな。賭をしたからといって、つかまるものなら、三十日まで遠慮していることはない。今夜つかまらなかったら、あすつかまえなさい」

「はっ」

「三十日めになってもつかまらなかったら、三十一日めにつかまえることだ」

「はい」

「町奉行は強盗をつかまえるだけが職ではないが、強盗もつかまえて、一日も早く江戸市民を安心させてやる必要はある」

「おおせのとおり、必ず努力つかまつります」

「そのこと、そのこと、――遠山の金さん、しっかりやんなさい」

そばで愛妾お美代(みよ)の方(かた)が、厚化粧の顔をにっとさせていた。

おそらく、反対派の口があまりうるさくなりはじめたので、水野美濃(みの)あたりが心配して、お美代の方から大御所をつつかせてくれたものなのだろう。

これで、賭のことは気にするなと、大御所が身分を保障してくれたことにはなきた。

　——それにしても、かれらが江戸を荒らしはじめてから、やがて七十日近くなるが、問題がこうおおげさになっては、結果として、どうしても三十日以内に五人組をつかまえてしまわなくては、遠山の金さんの面目にかかわることになって

る。

　まだなんの手がかりさえつかめないのは、けっして自慢にはならぬと、景元はいささか歯がゆい。

　こんどの場合は、五人組という大きな特徴がある。五人組でどこかへ集まって、仕事にかかり、一軒をすませて他の一軒へ向かう。一団となって行くにしても、ひとりひとりばらばらになって落ち合うにしても、数年前の鼠小僧や稲葉小僧のようにひとりで進退をするのと違い、常識からいえばずっと網にかかりやすいはずだ。

　しかも、すでにかれらの盗んだ金は、三千両の上を出ている。三千両としても、ひとり頭六百両、その金をどこでつかうか。これも常識からいえば酒、女、ばくちだ。岡場所を見張っていて、このごろ金づかいのはでなやつを洗ってみれば、すぐ見当がつきそうなものである。

練達な南北の与力同心が、そこに抜けめのあるはずはない。しかも、加役の者まで加わり、町内町内は自分たちで夜警団までこしらえて網を張っているのに、いまだにかれらの影さえ見たという者がない。

おそらく、かれらは岡場所では金をつかわぬというかたい約束でもあるのだろう。

すると、夜、江戸の町、といってもだいたい下町を中心にして、ふらふら出歩いているやつをかたっぱしから尋問して歩く。それ以外に手がないことになる。むろん、それもやらせてはいる。が、これはいうべくして、いざやってみると、なかなかやっかいな仕事だ。だいいち、尋問するほうの目がぼんくらでは、せっかく犯人をつかまえておきながら、うっかり逃がしているかもしれない。

要するに、現在は、かれらがどこかでしっぽを出すまで、根気よく網を張って待つという状態にあるのだが、悪いことには、一方にそういう神出鬼没の五人組があって、容易につかまらないとなると、おれもやってみようと、しり馬にのりたがるやつのあることだ。

今月にはいってすでに十八件というなかには、たしかにそれらしいのが四、五件ふくまれているようだ。

「遠山の金さん、しっかりやんなさい」

けさの大御所のことばが、妙に胸へ突きささってくる景元だ。

「笠井（かさい）平三郎（へいざぶろう）でございます」

ふすまの向こうで、低いが幅のある声が呼んだ。

「はいりなさい」

「はっ」

平三郎が気むずかしい顔をして、はいってきた。景元がまだ金さんでぐれていたころからの友だちで、定町回りを三十年近くもつとめた練達な同心だったのを、景元が現職についてから、用人格内与力として手もとへ引きぬいた男である。こんどのことではひどく心配して、できればもう一度自分も町へ飛び出していきたい腹があるらしい。

「昨夜は、深川でばか者が飛び出したそうでございますな」

ことばはていねいだが、平三郎は遠慮なく正面を切って、なにか腹にいいたいことがあるような鋭い目をしている。

「うむ、ちょいとすごい野郎のようだった」

平三郎とふたりきりのときは、なるべく格式ばらないことにしている景元だ。

「連雀町の仙台屋の用心棒馬場陣十郎、お奉行さまと知っていてけんかを吹っかけたと、磯貝はそう申しています」

磯貝七三郎はかげ供頭をつとめている、若いが腕ききの与力である。

「野郎としては、一世一代の大ばくちをうつ気だったんだろ、冷や汗をかいてやがった」

「馬陣はあとで、本庄辰輔というやつといっしょに、大新地の大漢楼へ登楼していた金座役後藤三右衛門の座敷へあいさつに出たそうです」

「ふうむ。おおかたそんなことだろうと思った」

「本庄辰輔というやつは、長崎で小役人をつとめていたことがあるとかで、今は鳥居の手先みたいになっている男です」

「鳥居どのといわっしゃい。あの仁は公職のお目付役、かみそりのように切れるすごい才物だ」

たしなめながら、景元の目が笑っている。

「後藤三右衛門は信州飯田、堀大和守さまのお勝手向きお仕送りをつとめている若松屋弥七という者のせがれで、金座役後藤の養子になり、資産二百万両といわれ、帯刀ご免、馬上勤めをゆるされている当代の怪物です」

「そいつは初耳だねえ。野郎、どこでそんなにもうけやがったかな」

景元の冗談口にかまわず、平三郎はいいたいことをつづける。

「堀大和守さまは、ただいまお側ご用人をつとめておいでになります、また、三右衛門はご老中水野越前守さまとも縁が深く、あいだに立っているのは、公儀お目付鳥居さまだという風評もあります。後藤はその権門を利用して、もっと出世もしたいし、金もうけもしたい」

「これこれ、権門はそう簡単に利用するものでも、されるものでもない。おだやかならんことを口にする男だ」

「はい。たとえ世上の風評にもせよ、けしからん話でございます。その後藤が、このまえの勘定奉行それがしさまが就任の節、賄賂をとどけました。金で殺して、そのそれがしさまさえうむといってくれれば、大きなうしろだてとはもう話がついているから、出世もできるし、金ももうかる。それをそれがしさまはきっぱりとはねつけました」

「欲のないやつもあったもんだ。当節賄賂や役得はお役人さまの常識になっているのにな」

「欲のない者が憎まれる、それが当世です。どうしても敵が多い。毎晩の夜回りは以後ご遠慮をねがいます」

　平三郎はきっと景元を見すえるようにした。

「それとこれとは、話が別じゃないのか」

　景元の目はあいかわらず笑っている。

「別ではございません。あなたさまには味方も多いかわりに、敵も多い。欲のかたまりが類をもって集まると、どんな悪知恵をしぼり出すかわかりません。なにも好きこのんで自分から身を危険にさらすことはないと思います」

　むきになっている平三郎だ。

「好きこのんでとは、ひでえことをいいやがる」

「いいます。お奉行さまがなにも毎晩岡っ引きのまねをして歩かなくても、強盗はつかまるときがくればつかまる、みんないっしょうけんめいやっているんだ、万一お奉行さまの身にまちがいでもあったひにゃ、それこそ与力同心は面目なくて、みんなお役ご免を願い出なくちゃならない、かえって迷惑だというのが、一同の意見でございます」

「なにっ」

　景元の目がきらりと光った。

「だいいち、お奉行さまの恥になる、みっともないと心配しています」

「だんな、迷惑は少しことばが違いやしねえか」

平三郎はそれとなくいい直す。

「それならいちおう話がわかる。心配してくれてありがとうと、礼をいっておいて、さておれにもいいぶんはあるぜ。それほど心配してくれるなら、なぜ早く五人組をつかまえてくれねえのか。つかまるときがくればつかまるという言いぐさはないはずだ。みんないっしょうけんめいやっています、それだけでいい。みんながいっしょうけんめいにやっていてくれるのに、お奉行さまが役宅で安閑と寝てもいられないから、おれはそのいっしょうけんめいを毎晩見て歩いているんだ。岡っ引きのまねをしているんじゃない、礼心かたがた、しっかりやってくれと、頼んで歩いているんだ。それが迷惑なやつは、いっしょうけんめいやっていないやつだろう。お奉行さまの恥になるの、みっともないのと、そんなのんきなことを心配している場合じゃなかろうと思う」

「あなたはさるおかたさまと賭をされ、場合によっては詰め腹を切らされる、そういううわさを聞いています」

平三郎の顔に必死なものが出てきた。どこから漏れたか、もっとも大御所の耳にさえはいっているのだから、職掌がらこの連中に知れずにいると考えているほうがおかしいかもしれぬ。

「詰め腹は少しおおげさだな」

「それをてまえにさえ隠していられるのはみずくさい。いや、口になさらぬ気持ちは、われわれ一同痛いほど胸にこたえていました。正直に申せば、そのためにあせっていられるのではないか、あせっていただきたくない、自分たちはどんなにも手足になって働く決心でいるのだから、どうか自重していただきたい、そう申し上げてくれるようにと、けさてまえは頼まれているのです」

だから微行はやめてくれと、平三郎はいいたいのだろう。

「だんなにも、奉行があせっていると見えるかね」

景元は深いまなざしになっていた。

「はい」

平三郎は思わず目を伏せる。さぞつらいではあろうが、こういうときこそ奉行らしくどっしりとおちついて、配下からも世間からも、陰口をきかれないようにしてほしい、そういかつい肩が訴えているようだ。

いってみれば、いちばん身近にいて、景元の身にかかる毀誉褒貶をわがことのように心配している平三郎が、今度の事件ではいちばんあせっているともいえるようだ。

「笠井、おまえのその気持ちはありがてえが、おれはな、負け惜しみじゃないが、奉行になったことを、そう出世したとも、えらくなったとも思っちゃいない人間だ。おれから頼んでお奉行さまにしてもらったわけじゃない。知ってるはずだぜ、おれは人からいわれなくても、その任にあらずと思えば、いつでもお奉行さまを返上する気でいる。あせってなんかいるもんか。ただな、おれ一身は町奉行をやめればそれでさばさばと事ずみになるが、すまねえのは凶賊五人組のほうだ。こいつは一日も早くつかまえてやらねえと、江戸の庶民が迷惑をする。おれが心配しているなあ、そのことだけだ」

面(おもて)には出さないが、烈々(れつれつ)たる闘志がからだじゅうにたぎっている。小理屈をならべていねえで、その暇にやるだけのことをさっさとやれと、みんなにいってくんなと、啖呵(たんか)をきっているようでもある。

ああ、そうだった、この人の器量を自分の了見で計ろうとしたのはまちがいだったと、平三郎は気がついて、

「わかりました。今夜からてまえも、かげ供の仲間へはいりましょう」

と、あかるい顔をあげた。

「そいつはいけねえ。本陣をみんなでるすになあ、時節がら物騒だ」

「しかし、定まわりは笠井平三郎の本職ですからな」

これもいいだしたらあとへひかない男なので、

「そういえば、ゆうべ深川で金さんのけんかを横どりした威勢のいい若い衆があった。聞いているかね」

と、話をはずす。

「そのほうは、ついうっかりしているうちに見失ったと、磯貝がいっていました」

「なあに、おれにはわかっていたから、べつに注意はしなかったんだ」

「何者です」

「だんなのせがれだよ」

あっと平三郎は目をみはる。

「まだ聞かなかったが、どうして勘当したんだ。ひとりむすこだろう」

平三郎は当惑したように口をつぐんでしまった。

「酒、女、ばくち、そんなせがれじゃなさそうだな」

「お見のがしおき願います」

「いつごろから家を飛び出しているのかね」

景元はそれとなく追及の手をゆるめない。

「昨年の夏あたりから、家へ寄りつきません」

平三郎は苦りきった顔だ。が、その肩のあたりが急に気ぬけしたように力なく見えるのは、胸に断ちきりがたい親心が去来しているからだろう。

「すると、蘭学会の無人島渡航事件が起こったころだな」

「はい」

「小平太は斎藤弥九郎の門人で、蘭学会の連中とも親しくしていたと聞いたが、原因はそれか」

「はい」

無人島渡航事件を摘発したのは、目付役鳥居忠耀であった。

訴状の内容は、近来無人島へ渡航を企てているやからがある、目的は外国との交易で、三宅藩の家老渡辺登、町医高野長英などの蘭学者の一派がこれに関係し、大塩の乱の残党も加わっているという風評もある、というので、訴人したのは御家人花井虎一だった。

渡航も交易も重い国禁になっているから、ただちに関係者一同を吟味中入牢おおせつけ、取り調べてみると、無人島渡航などは根も葉もない虚構で、花井が何者かから使嗾されて訴人した形跡さえある。

けっきょく、去年の暮れの十二月に裁断が下されたときには、無人島渡航の罪名はひとりもなく、政治誹謗の筆禍で渡辺登が国もと蟄居、おなじく『夢物語』の著述が世間を惑わしたという罪で高野長英は永牢、その他はしかりおくで事件は落着した。

花井をおどらせたのは鳥居忠耀で、鳥居のねらったのは崋山や長英ではなく、韮山の代官江川太郎左衛門をけ落としたかった。蘭学会をつつけば、蘭学会びいきの江川が必ず網にひっかかってくると考えてのことだろうとは、識者にはすぐ想像のつくことだった。

いずれにせよ、この事件は無人島渡航という珍しい問題に、当時全盛をきわめていた民間の蘭学弾圧という問題がからんでいたので、相当世間をさわがせた。

それを取りあつかったのが、前任の北町奉行大草能登守で、本来は南の筒井伊賀守が月当番だったのを、伊賀守の次男下曽野金三郎が蘭学会の会員だったので、急に変更されたのである。

　そんなわけで、北の組下同心だった笠井平三郎が、役目のてまえ自分からせがれを遠慮させたか、小平太のほうからおやじに迷惑のかかるのを恐れて家を飛び出したか、当時としては事情やむをえないものがあったのだろう。

「あのときの吟味与力は、中島嘉右衛門だったな」

「はい」

「もういいかげんほとぼりはさめている時分だ。一度おれから話してみよう」

「お捨ておき願います」

　平三郎は、にべもなくいう。

「なぜだね」

　景元は目をみはった。

「あれは世の中になにか不平を持っているやつです」

　平三郎はいかにも苦々しげな顔をする。

「ふうむ。若いうちはとかく一本気だからな」

　景元は軽くいってから、ふっと気がついて、

「ああ、そうか。去年の裁断に不服がある、それでぐれているのか」

と、きいてみた。

「しようのない世間知らずです。満足なこともできぬくせに」

「いや、若い者は若い者なりに、なにか考えているのだろう。こんど出あったら聞いてみてやろう」

「お捨ておき願います」

「昨夜はな、小平太め、お奉行さまと知っていて飛び出してきたようだ。伯父貴（おじき）の一大事とでも思いやがったんだろう。かわいいもんだ」

景元はそのはつらつたる兄貴姿を、夢多かりし自分の若き日と思いくらべて、なんとなく微笑せずにはいられなかった。

その日、笠井小平太が浅草福井町の裏長屋で目をさましたのは、もうやがて昼に近いころだった。

「目がさめると、いきなり腹がすきやがる。おかしなもんだ」

起き出しても、ひとり者だからすぐ飯というわけにはいかない。床の上へあぐらをかいて、大きなあくびを一つしながら、目がすぐ壁のすみに立てかけてある健四郎（たけしろう）の差し添えを見つけていた。

「そうだ、きょうはあいつを返しに行かなくちゃいけねえな」

その壁のくぎにもう一つ、丸万の半纏がひっかけてある。

あいつももらっておくわけにゃいかねえだろうと考えながら、お高あねごの高慢ちきな顔が目にうかんできた。

ゆうべ、『深川屋』の門を出ると、門前河岸に屋根船が用意してあった。

「大新地まで行くから、送ってあげるわ」

いっしょに船へのったが、船はあかりを消してある。

お高は、へんにまちがわないでくださいよといいたげに、わざと離れたところへすわって、障子を細めにあけ、じっと河岸のほうを見ていた。あかりはなくても、月があるから、取りすました横顔が、ひどく冷たく見えた。

「あねごさん、だれかつけているようでござんすか」

ついからかってみたくなる小平太だ。

「おしゃべりね、にいさんは」

小声で一本ぴしゃりとやられて、こんちくしょうとは思ったが、むっとした顔を見せるのも業腹だ。

「おっかねえあねごだ。いいえ、こいつはひとりごとでござんす」

にやり、と笑ってみせて、あとは口をきかないことにした。

口さえきかなければ、顔はいくら見ていてもおしゃべりにはならなかろうと、半分は意地で、小平太は遠慮なくお高の横顔を拝見していた。

高慢ちきではあるが、まったくちょいと類のない美貌（びぼう）である。

――しかし、こう気位が高くちゃ、かわいそうに、ろくな亭主は持てねえな。

なんとなくけちがつけたくなって、ばかだなあ、くやしがってやがると、小平太はふっと自分が恥ずかしくなる。

船は大島町（おおじまちょう）をまわって、石置き場から新地へ着いたらしく、とんとふなべりが桟橋（さんばし）へ軽くあたって、

「ねえさん、着きやした」

と、船頭が艫（とも）から声をかけてきた。

「小平さん」

お高は急にこっちを向いて、

「船頭にいいつけてありますから、このままいいところまでおいでなさいまし。

――さようなら」

と、まじめにあいさつして、

「ありがとう」

こっちが礼をいっているあいだに、もうするりと船房を出ていく。

「辰んべ、もう帰ってもいいよ」

上でそういいつける声がして、お高は桟橋へあがったようだ。

「へえ」

船頭はぐいとさおを突っ張ったらしく、船が一つ大きくゆれたとたん、

「おい、ちょっと待った、その船」

だれか二、三人桟橋へ駆けだしてくるぞうりの音が耳についた。

「おや、兼さん、どうかしたんですか」

「ねえさん、あの船へさっきのやつを乗せてやしませんか」

「おあいにくさま、あたしはまだ男とふたりきりで船へ乗るほど、だらしのないまねはいたしません」

「知りやせんぜ、あとで――」

そのあとのことばはよく聞きとれなかった。船はぐいぐい桟橋を離れて、まもなく大川へこぎだしていたようである。

「どこへ着けやす、お客さん」

もう安心と見て、船頭がきいてきた。

「すまねえが、両国へ着けてもらいたいな」

「かしこまりやした」

「今のは地まわりらしかったね」

「へえ」

「お高ねえさん、だいじょうぶかな」

「だいじょうぶでさ。万年安親分の目が光っていやすからね」

「すごい器量だなあ、ねえさんは。金座役さんがだいぶひいきにしてるって話だね」

　ちょいとかまをかけてみる。

「後藤のだんなでさ。千両積んでもいいっていうんですがね、ねえさんがうむといわねえんです」

　――後藤三右衛門は政治へ金を張っている大ばくちうちだからな。陰でどんな手をうっているかわかりゃしねえ。

　このけんかは、へたをすると、親玉のほうがあぶなっかしいと、小平太は昨夜から気になることの一つだ。

気になるもう一つは、お高はゆうべあきらかに敵を逃がしている。しかも、それを地まわりに見られていて、はたして後藤の座敷がうまくつとまったかどうかということだ。

「あたしだって、首があぶないかもしれないんですからね」

意地でみやげをくれるとき、そんな啖呵をきっていたくらいだから、これもへたにまちがうとのっぴきならないはめに落ちているかもしれない。

「――と、おれがここですきっ腹をかかえて気をもんでいたって、くその役にもたちゃしねえ。どれ、起きるとしようか」

起きてもふとんは万年床ときめているから、あげる世話はない。寝まきだけ着かえて、井戸ばたへ出てざぶざぶと顔を洗ってくると、健四郎の差し添えを腰へぶちこんで、すきっ腹のままふらりと家を飛び出す。

飯などは男が無精ったらしく家でたかなくても、時分どきに顔を出しさえすれば、ちゃんと食わしてくれるごひいきを、小平太は町内にも他町にも何軒か持っているのだ。

ざっと数えても、天王橋の留頭、茅町の師匠、柳橋の船政、福重で通る福井町の岡っ引き重五郎、そのどこにも女の子がいて、

「小平さんは道楽ものだから、いけ好かない」

と、はっきり敬遠しながら、行けばきっと給仕をしたり、よけいな世話をやきたがったりしてくれる。

しかし、小平太がいちばん行きいいのは、なんといっても福井町の重五郎の家で、ここはおやじが定町回りをやっていたあいだじゅう、ずっと目をかけてきた家だ。いわば家来筋にあたる家だが、親戚へ行くより行きいい。

ここにもお加代坊という十八娘がいて、

「若だんなは女たらしなんだもの、きらいだわ」

と、これは小平太が出入りしている家の娘は、かたっぱしから手をつけていると思いこんでいるらしく、けっしてほれたはれたを顔にも口にも出さない。

そのくせ、小平太のるすにときどき家へきて、そうじをしたり、よごれものを持っていって、いつの間にかせんたくをしてきてくれたりするのは、このお加代坊ひとりだ。

もっとも、お加代坊にいわせれば、

「へんにとっちゃいやだわ。おとっつぁんがさんざん世話になった家の若だんなだもの、そのくらいしようがないじゃありませんか」

という腹があるのかもしれない。

とにかく、去年母親が死んでから、ばあやを相手に、人の出入りの多い家をてきぱきと切り盛りしていけるのだから、相当しっかりはしている娘のようだ。

浅草橋通りと並行している茅町の裏通りの、西側一帯が福井町で、表通りから行くと、茅町二丁目の木戸のそばの横町を西へはいり、裏通りと四つつじになる福井町側の右かどが、伊勢屋新兵衛（いせやしんべえ）という大きな質屋だ。福重の家はちょうどその裏になっている。

「おはよう」

小平太は玄関の格子（こうし）をあけて飛びこむなり、いつものことだから、返事も待たず茶の間へ押しこんでいく。

「あら、なぐりこみ？　若だんな」

岡っ引きの娘だけに目が早い。長火ばちの前でなにか帳つけをやっていたお加代が、小平太の腰のわき差しを目ざとく見つけて、頭からあびせてきた。

「これこれ、親しき仲にも礼儀ありといいます。娘は娘らしく、おはようございますと、三つ指をつくもんだ」

「だって、若だんな、もうお昼でしょ。ごあいさつなら、こんにちはじゃないかしら」

「ところが、おれはまだ朝飯まえでね、こんにちはにはだいぶ縁が遠いんだ」

「じゃ、なぐり込みでなくて、かっこみのほうだったのね」

ういういしい緋鹿の子の結い綿に結いながら、この下町娘はときとして、なかなか口が悪い。

「ときに、親分は――?」

かっこみのほうだけではなく、きょうは福重にきいてみたいことがあるのだ。

「出かけましたわ」

「遠くへ行ったのかえ」

「いいえ、お昼には帰るっていってましたから、もう帰るんじゃないかしら。なんかご用――?」

「うむ、帰ってきてからでいいんだ。すまねえが、かっこみのほうをたのむぜ」

「はい」

お加代は帳面と矢立てを長火ばちの引き出しへしまって、すなおに立ちかけながら、

「これからどこかへお出かけになるんですか」

と、気がついたようにきく。

「うむ、腹ごしらえができたら、なぐり込みをかけるところがあってね」

冗談口には取りあわず、

「おこづかいなら、あたしでもわかりますけど」

と、そんなこまかい心づかいもしてくれるお加代だ。小平太の入用は、たいていは福重からみついでもらっているのである。

「ありがとう。なあに、きょうはなぐり込み先から、日当をかせいでくる」

「若だんなは、ゆうべもおそかったんでしょ」

「遊んで歩いてるわけじゃありません」

「いいえ、お遊びになるのはごかってですけれど、あんまり夜おそく町を歩いていて、五人組強盗の片われとまちがえられちゃつまらないのにって、おとっつあんが心配していました」

「心配してくれるのは、おとっつあんだけかなあ」

小平太はついからかってみたくなる。

福井町の重五郎が帰ってきたのは、小平太がお加代の給仕で、ちょうどかっこみを終わったところだった。

「こりゃ、おいでなさいまし」

重五郎は両手こそつかないが、いつも小平太を主人あつかいにしている。

「親分、るすに来て、まだごちそうになっている」

親しい仲でも、目上に対してはけっして礼儀は忘れられない小平太だ。

「きょうは珍しいものを持っていますね、若だんな」

重五郎もすぐ、ひざのわきの差し添えを見つけていう。

「うむ。いまこれを差して飛びこんできたら、お加代坊がなぐり込みとまちがえてね。あぶなくきゃあっと腰をぬかすところだった」

「うそばっかし」

お加代は笑いながら、台所へ膳をさげていく。

「差し添えのようですね。新しく手に入れたんですか」

「いや、金子(かねこ)健四郎のだ。きのうこれでちょっと武勇伝をやってね」

「へえ、どこです」

「それはそうと、五人組はゆうべどこへ出たんだね」

「ゆうべはどこへも出なかったようですよ」

「そうか。すると、今夜あたりあぶないな。蔵前通(くらまえどお)りから浅草橋へかけては、まだ一度も出ていないんだろう」

「そうなんです。それで今、番屋へ行ってきたんですがね。ちょうど大八木(おおやぎ)のだんなが回ってこられて、やっぱり同じご意見でした。今夜は特に念入りにやってみろとね」

この辺では、北は花川戸(はなかわど)から並木町(なみきちょう)、駒形(こまがた)まで、南は両国横山町から馬喰(ばくろ)町、西は本郷、湯島あたりまで一帯に荒らされているのに、ふしぎと浅草橋からこっち、蔵前通りへかけてと、筋違橋(すじかいばし)から黒門(くろもん)町へかけては、まだ一度も五人組は現われていない。

「今夜は親玉もこの辺へ回ってくるかもしれない」

「遠山さまがですか」

「うむ。おれはゆうべ深川の一ノ鳥居のところで、たしかに親玉を見かけているんだ」

「へえ、やっぱりおしのびですかえ」

「そうなんだ。遊び人がひとりで歩いているようなかっこうでね。むろん、かげ供はついているだろうが、手ぬぐいをぬすっとかぶりにしているから、ちょいと顔はわからない」

「そういううわさは、あっしもたびたび聞いていました。大八木のだんなも、そんなことがないとはいえないから、心にとめておくようにと、さっきいっていました」

「そうだろうな。実はゆうべ、深川でその親玉にけんかを吹っかけたすごい野郎がいるんだ」

「へえ、気がつかなかったんですかねえ、お奉行さまと」

「いや、それがちゃんと知っていてのことなんだから、すごい野郎さ」

「相手を遠山さまと知っていて、けんかを吹っかけたってえ太い野郎は、どんなやつなんです」

福重はまったくあきれた顔つきだ。親玉がまだ金さんでぐれていたころ、友だちづきあいをしたことがあるというのが、重五郎の一生を通じての自慢の一つで、お奉行さまを神さまのように尊敬しているのだから無理はない。

「馬場陣十郎というすごい御家人くずれさ」

「ああ、あの野郎か。なるほどねえ」

それならわかるという顔になって、大きく一つうなずいたが、

「へえ、あの野郎と若だんな、やりあったんですか、そのわき差しで」

と、こんどは急にまゆをひそめる。

「なあに、ちょいと親玉を逃がしといて、それからおれも逃げただけの話だ」

あっちも冷や汗をかいていたが、こっちもあぶら汗をしぼっていたんだから、小平太もゆうべの立ちまわりはあんまり自慢はできない。

「しかし、よく逃げられましたね。野郎には四天王がついていたんでしょう」

「四天王だなんて、馬陣にはそんな気のきいた子分がいるのかね」

これは初耳だった。もっとも、小平太はあまり賭場へははいりこまないし、そういうあいだへ顔を売ろうとはしないから、一人まえの遊び人とはいえないのである。

「綱五郎、金助、貞造、末吉、つまり渡辺綱、坂田金時、碓井貞光、卜部季武でさ。四人とも肩書きつきの悪党ばかりで、子分というより居候といったほうがいいかもしれません。よく逃げられましたね」

「そういえば、うしろに四、五人ついていたようだが、そいつらは健四郎がひきうけてくれたんだ」

「なるほど、金子さんといっしょだったんですね」

「そうなんだ。あの辺で一杯やってね、祭りの前景気を見物しながら、八幡さまへおまいりして帰ろうといったことになってね」

「けど、あとを気をつけなくちゃいけませんね、あいつらは執念深いから」

「そういえば、親分、本庄辰輔というやつを知らないかね。よく金座の後藤のおたいこをつとめている侍だって話だが」

「へえ、そいつを若だんなが知らないのは変ですね。鳥居の手先みたいなことをやっている男なんですがね」

「なあんだ。それで役者がそろいやがった」

小平太にはもうすっかりわかったような気がする。みんな親玉の敵ばかりで、それがぐるになってかかったとすれば、昨夜の襲撃はたしかに計画的なものだったのだ。

「本庄がどうかしたんですか」

「うむ。ゆうべのは、馬陣のうしろに本庄がいて、そのまたうしろに鳥居と後藤がいるってわけさ」

「へえ」

福重はさすがに目を丸くした。

「つまり、お奉行さまを正面からやったんじゃ、ただではすまない。町の金さんとけんかになって、腕の一本も落としたくらいなら、つい知らずにやりましたで、事はすむ。馬陣のほうはそれで事がすんでも、そんなかっこうで腕を一本落とされたお奉行さまのほうは、世間のいいわらい者だ。もうお役はつとまらない。それがやつらのねらいだったのさ。すごいことを考えやがる」

　小平太はそういってから、ふっと気がついた。あれに懲(こ)りて、親玉ももう金さんはやめにするかもしれない。きかない気だから、自分ではつづける気でも、だいいちあたりの者が承知しなかろう。

　親玉ともあろう者が、あんな軽率なまねはしないほうがいいんだと、小平太は人ごとながらゆうべからの肩の重荷が急に取れたような気がして、

「親分、ひとつ賭(かけ)といこうか」

　と、明るい顔をあげた。

「賭――?」

「うむ。金さんが今夜このかいわいへ回ってくるかどうか。親分はどう思うね」

「そりゃ、大八木のだんなが、ああして念を押していったくらいだから、きっと回ってきなさるだろう」

それをまた楽しみにしているような重五郎の顔つきだ。

「おれは今夜は来ねえだろうと思う」

「ああ、ゆうべのことがあるからですね」

「なあんだ。そう気がつかれたんじゃ賭になりそうもねえな。あんなきざなまねは、やめたほうがいいんだ」

「そうでしょうかねえ」

福重はちょいと不服そうな顔をする。

「親分はそうは思わないかね」

「遠山さまは、なにもみえや道楽で、あんなまねをしておいでなさるんじゃねえでしょう」

「じゃ、あんなまねをして歩くと、なんのおまじないになるんだね」

「器量人のすることは、あっしどもにはよくわからないが、どろぼうよけのおまじないぐらいには、たしかになりますね」

そのどろぼうが、いまだにつかまらないじゃないかと、口まで出かかったが、いけねえ、重五郎は親玉の信徒だったと気がついて、

「そういやそんなもんだが」

と、小平太は苦笑にまぎらせ、

「それ、腹ごしらえはできたし、この物騒なえて物をもとの鞘へおさめてこよう。ごちそうさま」

「若だんな、こづかいはあるんですか」

ぺこりと一つおじぎをして、差し添えを腰へぶちこむ。

「うむ。まだある」

「遠慮しちゃいけやせんぜ」

そう親身にいわれると、やっぱり胸が暖かくなって、そんな顔を見せるのもてれるし、

「遠慮なんかしねえよ」

と、いそいで玄関へ逃げ出す。

「お加代、お加代、若だんなのお出かけだぜ」

台所から手をふきふき、お加代が玄関へ走り出てきた。

「若だんな、今夜もまたお帰りおそいんですか」

もう土間へおりて、ぞうりを突っかけている小平太の背中へ、まるで女房のいうようなことをいう。

「そうだなあ」

ぜひ家へ早く帰らなくてはならない絆があるわけではないから、行きあたりばったりで、たぶん今夜もおそくなりそうな気がする。というより、いつも自分のほうから、なにか足を引き止めてくれるものを捜しまわっている小平太だ。

「だめよ、若だんな。ほんとうに五人組とまちがえられても知りませんからね」

お加代は障子につかまって、おこったような顔をしている。

「あれえ、お加代坊は知らねえんだな」

「なにをさ」

「こう見えても、おれは毎晩五人組を捜して歩いているんだぞ」

「女の五人組でしょ、若だんなのは」

にこりともしないお加代だ。女たらしだと思いこんでいるから、けいべつに託して、ほんとうはやいている、そんなむきな生娘の目の色だ。

「あんなことをいいやがる。待っていな、今夜こそ、おれが五人組をひっくくって、びっくりさせてやるから」

「じゃ、いってごらんなさいよ。今夜はどっちのほうへ五人組が出るか」

「それはちゃんとわかっているんだ。はばかりながら、おれは福井町の重五郎親分の一の子分だからな」

「ごまかしちゃいや、ひきょうだわ、ほんとうのことをいってくれなくちゃ。いってごらんなさいってば」

きょうのお加代は、なかなか強硬にからんでくる。

小平太は黙って、この辺だというように自分のまわりへ指で円を描いてみせて、

「人に教えっこなしだぜ」

と、真顔で念を押す。

「ほんとう――?」

「ほんとうさ。おれの勘に狂いがあるもんか。賭けてもいいや」

「なにを賭けるんです」

「もし、おれの勘がはずれていたら、これからはこんりんざい夜遊びはしねえ」

「そら、ごらんなさいな。若だんなのはやっぱり五人組を捜しているんじゃなくて、夜遊びなんじゃありませんか」

「あ、わ、わ」

口を押えて、小平太はあわてて飛び出そうとするたもとを、お加代はすばやくつかみ止めて、

「若だんな、あぶないけんかだけは、きっとやめてください。八丁堀のおうちへ、おとっつぁんが顔を出せなくなりますからね。ようござんすか」

と、こんどこそしんけんな声音(こわね)だった。

月の声

「心配しなさんな。おれはこう見えても口ばっかりのほうで、人さまにほめられるようなはでなけんかはできねえやつさ」

小平太（こへいた）はむきになっているお加代（かよ）の胸乳（むなぢ）のあたりを、人さし指でちょいとこづいて、はっとお加代がひるむ間に、笑いながらすばやく玄関を飛び出す。

そのまま足早に路地から裏通りへ出ながら、

――娘なんか案外大胆なもんだな。かげでおやじが聞いているのに、平気で女房みたいな口をききやがる。

福重（ふくじゅう）がへんにとりやしないかな、と妙に胸がくすぐったい。

が、その福重の渋い顔が、いつの間にか八丁堀の父の苦い顔にかわってきた。

もう一年の上も会わない。

面と向かって、勘当（かんどう）するから出ていけといわれた覚えもないし、これこれだから家出をしますと、はっきり断わって家を飛び出してきたのでもなかった。

ひとりっ子で、母に死に別れたのは十三のときだったが、父はそれっきり後妻をもらわなかった。せがれにつまらない気苦労をさせたくなかったからだとも、ちゃんとわかっている。

普通なら、年ごろになれば奉行所へ見習いにあがって、そろそろ親のあとをつぐしたくを始めるのがほんとうだが、それも父は無理にとはいわなかった。だから、小平太はかってに斎藤弥九郎の門に学び、あわよくば大剣客になってやろうかなという夢さえ描いて、必要以上に練兵館通いをやめなかった。その練兵館で同じ志を持っている金子と友だちになり、その健四郎の関係で三宅藩の渡辺崋山や蘭医高野長英などを知ったのである。

そして、それから先覚者たちの言説にふれるようになってから、若い小平太の気持ちは急に変わってきた。一本気の健四郎は、境遇からいっても、剣客者たらんとする初一念を捨てるわけにはいかず、また捨てもしなかったが、小平太は親がかりだから、べつに剣客にならなければならない理由は少しもない。大剣豪になってやろうという夢は消えて、それならなんになろうという目的はまだつかめなかったが、ただ、しきりに国の問題が気になる。

「いったい、公儀はいまだに外国船打ち払い令なんて法令が今日通用するとまじめに考えているんですかねえ」

おやじをつかまえてそんな議論を吹っかけ、

「ばかだなあ。それをおまえがここでひとりで力んでいたって、まるで月と相撲を取るようなもんじゃないか」

と、父に笑われたことがある。

政治を誹謗する者は厳罰に処せられる、すでにそういう危険におちいっているせがれをさえ、たしなめはするが、けっしてしかろうとはしない父だった。

そこへ起こったのが、昨年の無人島渡航事件である。

悪いことには、去年の正月、小平太は父平三郎には内密で、国士気取りを実行運動に移している。

当時、英船が日本へ渡航するという風説があり、外国船打ち払い令を出している以上、幕府は当然英船を打ち払うのではないかと、識者のあいだで大きな問題になった。

崋山が『慎機論』を書き、長英が『夢物語』を書いて、幕府を啓蒙しようとしたのもそのときのことで、公儀でも英船の渡航は事実らしいと長崎奉行から通報がはいると、この問題をそのまま捨ててはおけなくなってきた。

攘夷鎖国は幕府の祖法ではあるが、外国船がそんなことにおかまいなく近づいてくるとすれば、当然海防ということがまず急務になってくる。

そこで、公儀は才人の鳥居忠耀に命じて、相州沿岸の測量をやらせることになった。しかし、鳥居は漢学の家がらの出で、洋学にはくらい。というより、極端に洋学を排斥している。測量の技術は洋学のほうが進歩していることは、公儀にも識者があってわかっているから、鳥居の副役としては、坦庵江川太郎左衛門があげられた。

その坦庵が、浦賀から、斎藤弥九郎を使者として、ひそかに江戸の渡辺崋山のもとへ急行させてきた。用件は、いま鳥居が作っている測量図は絵地図で、とうてい海防の基礎としての役にはたたぬ。鳥居のほうとは別に、自分のほうでも測量図を作ることにしたから、至急蘭学会のほうとも相談のうえ、しかるべき人物をよこしてくれというのである。

蘭学会では、ただちに人選のうえ、長英の門人内田弥太郎が数学の大家なので、あいにく眼病にかかってはいるが、むりに行ってくれるようにと依頼した。

「それはもう国の役にたつことですから、よろこんで行きますが、測量のほうならわたしより奥村喜三郎という本職がいるじゃありませんか」

奥村喜三郎は芝増上寺の霊屋の下役人で、自分で地球儀をこしらえ、蘭学会の賞賛を博したことさえある、その道の技術者である。

「なるほど、それはうっかりしていた。では、ご苦労でもふたりで行ってもらおうじゃないか」

そう話のきまった席で、

「相手は鳥居だからね、自分のほうがかなわぬと見ると、またどんな妨害をやりだすかわからないんじゃないか」

と、いいだす者が出てきた。

「そうですな。わしはほかにもまだ用があるんで、じゃ道中用心のために、うちの金子をつけることにしましょう」

弥九郎が言下に答えた。

「先生、てまえではいけませんか。金子はせっかく百錬館ができたばかりですからね」

新しく道場ができたばかりだのに、いく日もるすにするのはあとの人気にもさわるだろうと考えたから、その用心棒役を小平太が買って出たのだ。

鳥居のつれていっている測量家は、小笠原貢蔵といって、文化年間松前奉行にしたがい、蝦夷地方の沿岸を検知測量したと自称している男である。

小手先の器用で絵地図ぐらいはこなし、鳥居の目はごまかせるだろうが、識者の目はごまかせない。

内田弥太郎、奥村喜三郎、それに奥村の門人になっている三宅藩の上田喜作が助手として参加することにきまり、斎藤弥九郎はこの吉報をもたらして、ひと足先に浦賀へ走った。二、三日準備に手間取って、あとの三人を小平太が護衛して現地へ急行すると、

「よく来てくれた」

と、待ちかねていた坦庵は非常によろこび、

「わしは鳥居どのと製図争いをする心は毛頭ない。しかし、事は国家百年の計をたてる海防の基準となる仕事だ。正確のうえにも正確を期さなくてはならぬ。明日からは太郎左衛門も両君の助手となって働く覚悟だから、どうぞしっかり頼みます」

と、実に丁重なあいさつだった。

小平太はりっぱだなあと思い、自分にその技術のないのが、なんとなく寂しい

気さえしたくらいである。

そこへ、まもなく鳥居から使者がきて、奥村喜三郎にちょっと出向くようにというあいさつだった。

「どんな用でしょうなあ」

奥村は不審そうな顔をして出ていったが、しばらくしてまっさおになって帰ってきた。

「どうした、奥村君」

「江川さま、残念です。てまえは、てまえは、すぐ江戸へ帰らなければなりません」

「なにっ」

「浮屠(ふと)の下官、不浄(ふじょう)役人が、こんなたいせつな公儀の御用をつとめた先例はない。これは目付役として取り調べるのだが、おまえはだれの許可を得て当地へまいったのかと、鳥居さまはいうのです」

あきらかに、専門家に来られてはとうていかなわぬと知って、小笠原貢蔵が鳥居をつっついたのだ。鳥居は日ごろ蘭学会に反感をもっているうえに、副役たる江川が自分のほうでも製図を作りたいと公儀に願い出て、ゆるしをうけたことに対しても、功名心の強い男だから、激しい敵愾心を持っている。

「てまえは、てまえは申しました。学問、技術というものに身分はないはずです。わたしはなにか国の役にたちたいと思えばこそ、それを楽しみに今日まで勉強してきました。こんどのことは、国の防備のためのたいせつな仕事でございます。どうか、しばらく大目に見ていただくわけにはまいりませんでしょうかと、いくえにもお願いしてみました」

奥村はなだらかに口がきけず、男泣きに泣いているのである。

奥村は江戸を立つとき、霊屋取締に休暇の願いは出してきたが、寺社奉行の許可までは得てこなかった。それが違法だと、鳥居はいうのだそうである。

「鳥居どのは、目付役として違法は見のがせぬ、今夜じゅうに当地を立たなければ、霊屋取締のおちどまで糺明することになるから、そのつもりで進退せよといわれるのです。てまえ一身の儀は、どうなってもかまいませんが、上役に迷惑をかけては申しわけありません」

その夜のうちに、奥村はかごで江戸へ帰ることになった。

「たのむよ、内田君。――あとを、たのむよ」

門口まで送り出した弥太郎の手を握り、血を吐くようなことばを残して、かごへ乗る奥村を見送りながら、小平太は、ちくしょう、鳥居と小笠原をたたっ切ってやると、興奮せずにはいられなかった。

坦庵は宿の上がりかまちまで出て、奥村のかごがあがると、心から目礼を送っていた。

「小平太――」

坦庵のそばについていた師匠の弥九郎が、ぎろりとにらみつけて、坦庵が奥へ引き取っていくと、

「おまえは江戸へ帰りなさい」

といった。

「どうしてです、先生。わしも不浄役人のせがれだから、ここに置けないというんですか」

小平太はそんないいがかりを口にして、師匠に食ってかかった。不浄役人だから国のたいせつな御用はつとめてはならぬといった鳥居のことばが、胸にこたえていて、むやみにしゃくにさわるのだ。

「ばか、おまえの顔を鏡でみろ」

おそらく、ひどく殺気だっていたので、こいつはあぶないと師匠は見てとった

のだろう。

「だいじょうぶです、先生。わしは先生がいわれるほどばかじゃありません。どろ試合なんかやりませんから、安心してください」

「そのことばを忘れるなよ」

江戸へ帰ってから、それを金子に話して聞かせると、

「ばかだなあ。先生に黙って、なぐるぐらいはかまわなかったのになあ」

と、しきりにくやしがっていた。生一本の健四郎ならやりかねなかったろう。

しかし、それから測量を終わって二月下旬江戸へ帰るまでの三十日あまり、小平太はあんな生きがいのある日を送ったことはなかった。

「わしは未熟だが、死にもの狂いでやります」

目の悪い内田が主任となって、江川組は上も下もなく、文字どおり測量という仕事と取っ組んだのだ。それは、

「おてつだいしましょう」

と、浦賀奉行づきの役人でさえ、全員の死にもの狂いにうたれて、自分から進んで人即のさしずに当たってくれたほどである。

江川組は二月下旬、四枚の浦賀付近測量図を作りあげて、江戸へ帰った。

待ちかまえていた蘭学会の連中は、奥村喜三郎を中心にさっそくこれを検討して、それぞれ意見をのべ、あらためて清書して、精密な測量図ができあがった。坦庵はこれに『相州備場見分上書』という意見書をそえて、幕府へ提出する。一方、鳥居も小笠原の作りあげた測量図に、『浦賀近海防備意見書』というのをそえて、幕府へ差し出した。

老中首席水野越前守は、ただちに諸役人を召集して、双方を比較審査させたが、専門家の測量図と、器用でこなした絵地図とでは、とうてい比較になるはずはない。そのうえ、世界へ目をひらいている坦庵の見識と、独善偏狭な鳥居の攻防意見とでは、雲泥のひらきがある。

「やはり、もちはもち屋ですな」

鳥居のほうは一笑に付されてしまったばかりでなく、洋学の重要性がようやく幕府のあいだでも問題になってきた。

――ざまあみやがれ。

小平太は人足がわりに働いただけだが、大いに得意で、その一面、おれはこんなことでいいのかと、自分の無能さにあせりを感じてもくる。

それが去年の二月から三月にかけてのことで、越えて五月に、突然、無人島渡航事件の旋風が巻きおこったのだ。いうまでもなく、鳥居が目付役という職権を濫用して、直接には浦賀測量の仕返しをたくらみ、ついでこの際儒学の敵たる洋学を撲滅してやろうと考えたにちがいない。かれは儒学の宗家たる林家の出なのである。

――もういけねえ。

小平太はそう観念せざるをえなかった。執念深い鳥居のことだから、浦賀へ行った江川組の人員は、ひとり残らず身もとを洗っているだろう。

むろん、鳥居の目から見れば、こっちはたかのしれた雑魚にすぎないのだから、いちばんあとまわしになるだろうが、吟味中なにかのついでに浦賀問題が出ると、

「不浄役人のせがれが、だれの許可を得て浦賀へでしゃばり、江川の組下になって働いたか」

ということになり、それをさばくのが父平三郎の直属上官たる大草能登守だから、父の身に災いがおよんでくる。

おなじあげられるにしても、家出をして、勘当ということになっておいたほうが、父にかかるとがめが軽い。そう考えたから、小平太は黙って八丁堀を出て、福井町へ隠れた。

隠れたとはいっても、ちゃんと重五郎の家へ顔を出しておいたのは、万一父の身に迷惑がかかった場合は、すぐに自首して出る腹だったたし、父のつごうでは福重の手でなわつきになっていってもいいと考えたからだ。

「若だんな、どうなすったんです、そんなかっこうで」

あのとき、二日ばかり吉原へいつづけをしたあげく、やくざっぽい身なりになって、朝っぱらから赤い顔をしながら、ぶらりと福重の家の敷居をまたぐと、重五郎はびっくりして目を丸くしていた。

「勘当されちまってね。しようがないから朝帰りというやつなんだ」

「ほんとうですか」

「ほんとうなんだ」

「どうして勘当になったんです」

「あんまり吉原へ通うからさ。すまないが、親分、どこかあき店を一軒世話してくれないか」

「その女と所帯でも持とうっていうんですか」

「ゆくゆくはそうなるだろうが、当分はひとりだ。まだ女の年季があけないんでね」

「まあ、当分家においでなさい」

女のことはうそだと、すぐ見ぬいたらしい。しかし、勘当と聞いてはほうってもおけなかったのだろう。小平太が二階でひと眠りして目がさめると、ひどい夕立で、その雨の中を重五郎が頭からずぶぬれになって帰ってきた。さっそく八丁堀へ行って、父に会ってきたのだろう。

が、そのことは重五郎はひとこともいわず、まもなく今の裏長屋を一軒借りてくれた。

その後、重五郎は一度も勘当の理由を聞こうともしないし、こっちもいわずにいる。当座は、もしそれを重五郎が口にするときは、首の座へ直るときだと、小平太は覚悟していたが、ついに雑魚は相手にされなかったようだ。

もっとも、無人島渡航事件などというのは、途方もない虚構だったのだから、吟味が進むにつれて、意気ごんでいた奉行所のほうでも、なにがなんだかさっぱりわからなくなり、それでは公儀の威信にかかわるというので、むりに崋山と長英が罪をしょわされる結果になってしまった。

そのためにまた、これから大いに国の文化に貢献しようと、それぞれの科学に情熱をたぎらせていた蘭学会は解散され、民間の蘭学は禁止されるにいたったのである。

「学問が一奸吏の策謀でひっくりかえされるような国じゃ、なにをやったってしようがねえ」

雑魚は忿懣にたえない。

しかも、この雑魚は、事件がいちおうかたづいても、ふたたび父の家へはもどれないのだ。雑魚が少しでもなにかやって雑魚でなくなると、いつ旧悪をあばかれるかもしれないからである。

「と、てめえは自分の無能に理屈をつけて、世の中をすねていてえんだろう」

そういう反省が、ときどき小平太の胸を、すきま漏る秋風のように吹きぬける。

そして、また自嘲するのだ。

「雑魚になにができるもんか。せいぜい馬陣と威勢よくけんかをやるぐらいなもんさ」

金子健四郎は水戸家の藩中に有力な後援者があって、船河原橋の近くに百錬館という道場を持っている。そのうちに水戸家から扶持を受けるという話が去年からあるのだが、いまだにこれは実現していない。渡辺崋山に深い関係のある男だから、水戸家でもだいじを取っているのだろう。

「それにしても、少し長すぎるなあ、健さん。先生の刑がきまってから、もう半年の上にもなる」

きのうもその話が出たら、

「なあに、おれはもうそんなことは考えちゃいない。実は、道場なんかやめて、田原へ行っちまおうかと考えているんだ」

と、しみじみいっていた。

崋山の刑が国もと蟄居ときまって、伝馬町の牢から三宅藩の自宅へ帰されたのは去年の暮れの十八日で、田原へ檻送されたのは正月の十三日だった。そのあいだじゅう、健四郎は道場をあけっぱなしにして、ほとんど渡辺家に入りびたっていた。

三宅藩では、公儀から預けられたたいせつな罪人だから、厳重に藩士を監視役につけて、他人はいっさい玄関を通さない。むろん、健四郎も玄関を突かれたが、

「おれは他人じゃない。ここの居候だってことは、きみたちもよく知ってるじゃないか」

と、逆にけんつくをくわして押し通ってしまった。

監視役はまた冷厳をきわめ、崋山の居室に座ぶとん一枚ゆるそうとしなかった。

「三宅藩の士道紙のごとし。わしはけいべつします」

健四郎は泣いて罵倒した。家老在職中は、一藩のために身をなげうって働いた人が、国を憂うるのあまり、一朝誤って筆禍に問われた。天下の同情はみな先生に集まっているのに、三宅藩は先生を盗賊人殺しなみの罪人あつかいにして、居室まで監視する。

「先生が逃亡するとでも考えているのか。いかに厳重に預かれといわれても、藩の手にわたったうえは、藩の情けでむかえるのが武士の情義だ。ここに座ぶとん一枚、火おけ一つない。これが一藩のために至誠のかぎりをつくした重臣をむかえるの礼か。三宅藩の侍どもは、冷酷無残の鬼だ。わしはけいべつします」

男泣きに泣いて、さすがの監視役を退散させてしまった健四郎だった。

その崋山はいま、田原の蟄居で、食うや食わずのひどい生活をしているという。健四郎としては、すぐにも飛んでいって、恩師のためになにか働いて助けたいという念がしきりなのだろう。

――うれしい男だ。

小平太はそんなことを考えながら、百錬館の台所口へ回っていった。やくざ姿になりさがってからは、けっして玄関からはたずねないことにしているのである。健四郎はまだひとり者で、飯たきばあさんを雇い、内弟子ふたりと暮らしている。

　ばあやはどこかへ買い物に出かけたらしく、台所にはだれもいないので、小平太は遠慮なく健四郎の居間へ通って、差し添えを床の間の刀架へもどしておいた。床の間には崋山筆の竹の軸が掛けてある。健四郎が入門したとき、手本にかいてくれたもので、

「竹を描かせれば、先生よりおれのほうがうまい」

と、当人はよく自慢しているが、とうていこの竹の絵にはかなわない。手本だから型にはまった竹だが、いつ見てもこの竹は生きている。

　それよりおもしろいのは、健四郎が手本の竹を軸にして、年中それを床の間に掛けていることで、絵かきになりそこねて剣客になった健四郎としては、忘れられない感慨があるのだろう。いや、健四郎にはこの手本が崋山に見えるのかもしれない。

　——この絵の前で、あの男はこのごろ、ときどき泣いているかもしれないな。

　ふっとそんなことを考えると、小平太はじいんと胸が熱くなってきて、自分は

またしても父の顔がまぶたにうかんでくる。

「若だんな、こんど遠山さまが北にお直りになったそうですよ。八丁堀のだんなは、そのご用人におなんなすったそうで、もうそろそろ若だんなもやくざの足を洗うときじゃありませんかね」

この春、福重がそういってくれたことがある。

「だめだよ。そんな甘いおやじじゃない」

小平太はあっさり答えておいたが、その後二度と福重もそれを口にしなかった。福重はいつもおやじに会っているはずだから、父にもまだその意思のないのがわかったのだろう。

――おやじもさぞつらいだろう。

なにかと口実をこしらえて、父が福重に金を渡している姿を、小平太はときどき考えることがある。

小平太の胸の中には、竹の軸ならざる父のおもかげの絵が、絶えずかかっているのだ。

八ツの休みになったのだろう。道場の竹刀の音がぴたりとやんで、道場着姿のさっそうたる健四郎が居間へ引きあげてきた。

「やあ、来ていたのか」

「うむ。あれを返しておいたよ。どうもありがとう」

　床の間のほうを目でさすと、

「そうそう、ゆうべはちょいとやったなあ」

と、健四郎は笑いながら、ずしりとそこへすわった。

「すごい野郎さ。冷や汗をかかせやがった」

「あの突きはよかった。あれがゆうべの勝負の山だったな。見なおしたぜ、平さん」

「あの馬陣の相手はだれなんだ。あれもちょいと心得のある男のようだな」

　健四郎が正直にうれしそうな顔をする。

　当たったろうといいたげな健四郎の顔だ。

「大きな声じゃいえねえが、北の親玉らしかった」

「北の親玉って、遠山左衛門尉、奉行さまのことか」

「うむ」

「なんだってお奉行さまが、あんなかっこうをして、ひとりでふらふら出歩いているんだね」

健四郎は半信半疑らしい。

「まさか、昔の癖が出て、深川通いでもなかろうから、たぶん例の五人組強盗を捜して歩いているんだろうと、おれはにらんでいるんだがね」

「ああ、五人組強盗か。あいつだけは早くつかまえなくちゃいけねえな」

あんまりあっさりいうので、

「いけねえとも。だから、お奉行さまもああして、少しあわてているんだろう」

と、小平太は親玉のために先まわりをしておく。なにをぼやぼやしているんだと、この義憤居士に頭からやられるのは、やっぱりいい気持ちはしないからだ。

が、健四郎の関心は別のところにあったようだ。

「そうか、馬陣のやつ、それで位負けがしていたんだな。――はてな。すると、馬陣はあれをお奉行さまと知っていて、けんかを吹っかけたことになるのか」

「そのとおりだ」

「そうだろうな。そうでなければ、あそこまで行って抜かないという法はない。野郎のはちゃんと切る腹がある構えだった。やっぱり、位負けがしたんだな。ほんの一瞬、これで切れるかな、やりそこなうとたいへんだぞと、堅くなった。そこへだんなが飛び出したというわけだ。あぶなかったなあ」

健四郎はいまさらのように目を丸くする。

「あぶなかったのは、おれのほうさ。どうもありがとう。あいにく、おれはお奉行さまでもねえもんだから、野郎、くやしまぎれにすごい抜き打ちだった。平公、あぶないと、だんながあのとき虎のようにほえてくれなかったら、今ごろここにこうしてすわっちゃいられなかった。命の恩人、恩にきやす」

小平太は負け惜しみでなく、感謝せずにはいられない。

「なあに、おれは平公を見なおしているんだ。くそ、死んじまえと思ったろう、あの突きを一発入れるときは」

「それよりしようがなかった。引っぱずして逃げる、とてもそんなすきはつかめそうもない」

「捨て身ほど強いものはないな。おれはもう安心だと見たから、いきなりてんびん棒をふりかぶった」

「そうそう、あのてんびん棒はどこから手に入れたんだね」

「そいつがおかしい。ちょいと貸してくれといって、わきにいたやつのをひったくって、夢中で飛び出した。あの馬陣の抜き打ちの寸前だから、その男の持っているてんびん棒は目にはいったが、顔は見ていなかったんだな。どんな男だったか、どうしても思い出せないんだ」

人のよい健四郎は、気のどくそうな顔をする。

「やっこさん、さぞびっくりしたろうな。どうせ、くらいつきそうな顔をしていたにちげえねえもの」

「かんべんしてもらおうや。けんかに飛ばっちりはつきもんだ。それで、馬陣はなんだってまたお奉行さまにけんかを吹っかけたんだね」

「あれは連雀町の仙台屋の舎弟分なんだ」

「ああ、土佐をお払い箱になったあれか。それにしちゃいい度胸だな」

「いや、そのうしろに金座の後藤三右衛門と、鳥居の手先らしい本庄辰輔って野郎がついている。後藤は政治に金を張っているばくちうちだし、鳥居は自分がお奉行さまになりてえんだろう」

「ふうむ。鳥居の野郎はかんべんできねえ」

鳥居の名が出ると、健四郎はきまってぎろりと目をむく。

「ぶんなぐりてえか、健さん」

「おれは今、考えているんだ。鳥居をぶんなぐると、田原の先生にしりが行く。おれが先生の家の居候だってことは、世間が知りすぎてるからな。これだけは、けんかに飛ばっちりはつきもんだじゃすまされない」

「じゃ、やめるのか、ぶんなぐるのは」

そんな弱気は健四郎らしくないから、小平太はちょいとやじってみたくなる。

「だから、いまそれを考えているんだ」

健四郎は床の間の竹の軸をながめながら、ほんとうに考えているふうだったが、

「平さん、きみは今、遊んでいるんだろう」

と、ふいに木に竹をついだようなことをいいだす。

「うむ。遊んでくれる相手がなくて困っているんだ。おれは天下の仲間はずれなんでね」

「いい遊び相手をこしらえてやろうか」

「そんな物好きが、どこにいるんだね」

「まあ、ゆっくりしていけよ。もうひとけいこ済ましてきてから、一杯やりながら相談しよう」

ばあやが出していった番茶をがぶりと一口に飲んでから、健四郎はのっしのっしと道場へ出ていった。

――愚直の一念。

江戸っ子の小平太から見ると、そんなふうにしか思えなかった健四郎が、いまはともかくも百錬館のあるじになって、愚直は愚直ながら、人間がひとまわり大きくなってきた。

——おれはあいかわらず女たらしの小平さんか。

この女さえ、実はまじめにたらす気にはなれない小平太なのだ。

その夜、夜道は物騒だからと、木刀を一本借りて腰にさし、小平太が百錬館を出たのは、もう十時近くであった。

仲秋（ちゅうしゅう）名月をあすにひかえて、今秋も真昼のように月があかるい。

——おどろいたなあ。健四郎め、とうとうおれを福重の子分に見たてやがった。

小平太はまたしても苦笑が出る。

昼間の話が途中で切れていたので、おれの遊び相手ってのはだれなんだと、一杯やりながらきいてみると、

「どうせ遊んでいるんなら、ひとつ発憤して、五人組強盗をつかまえてみないか」

と、健四郎は大まじめでいうのだ。

「ひやかしっこなしさ。いくらおれが不浄役人のせがれだからって、なにもどろぼうごっこを押しつけなくたっていいだろう」

　小平太はあきれてしまった。

「いや、けっしてどろぼうごっこじゃない。それが証拠には、お奉行さまでさえああして苦労している仕事なんだ」

「そりゃあまあ、福重の手先になれってんなら、下っ引きにでもなんにでもならねえこともねえが、それが鳥居をぶんなぐる話と、どうつながりがあるんだね」

　話があんまり飛躍しすぎるので、念のためにきいてみた。

「鳥居を奉行にしちゃいかん。あんな陰険なやつを奉行にすると、天下が迷惑する」

「なるほど。親玉がいつまでも強盗をつかまえないと、奉行をやめさせられる。すると、鳥居が奉行になる。だから、小平太よ、おまえが強盗をつかまえろと、こういう論法だな」

「うむ。やっぱり、おめえは頭がいい」

「ほめてくれて、ありがとう。で、じゃ、だんなも夜まわりをはじめる気か」

「おれもやる。五人組なんてのは早くかたづけなくちゃいかん。それにひょっとするとちゃんと鳥居にぶつかるかもしれないからな」


「なんだ、やっぱりぶんなぐる気か」

「なぐるとも。夜ならわからん」

「考えやがったなあ」

　愚直の一念も、ここまでいけばたいしたものだと、小平太はしみじみと顔をながめてしまった。

「いいか、平公、おめえが五人組をつかまえると、いちばんよろこぶのはおやじさまだ。あの田原の先生でさえ、牢内で死罪ときまりそうになったとき、どうか命だけは助けてください。年をとって、老い先のないおふくろさまにだけは嘆きをかけたくないと、公儀へ泣いてすがったもんだ。天下の士で、めめしいと笑った者がひとりでもあったか。おやじさまのために強盗をつかまえるのが、なんで恥ずかしいんだ」

　健四郎がぼろぼろとはすでに涙をこぼすのを見て、またおはこをはじめやがったと思いながら、小平太はあわてて水ばなをすすりあげていた。

　――健四郎とくると、むじゃきすぎるからな。

　お茶の水の丘を越えながら、小平太は当惑した気持ちで、寂しい月をあおいだ。

おやじさまのために、五人組強盗をつかまえろと、健四郎は簡単にいうが、そう簡単につかまるくらいなら、なにも親玉があんなに苦労しなくてもいいのだ。お加代を相手の冗談口なら、今夜は蔵前通りへ出る、きっとおれがつかまえてみせるから、びっくりするなと、啖呵もきれるが、さて本気でつかまえるとなると、おやじの職を見向きもしなかった小平太だから、まるっきり見当さえつきかねる。

つかまえれば、むろん、いちばん喜んでくれるのはおやじさまだと、思うにつけても、――そんなことさえできない。よくよく親不孝者にできあがってやがる。と、小平太はやりきれない気持ちだった。

「おしゃべりね、にいさんは」

ふっと、昨夜のお高のこえが、皮肉な顔が、目に浮かんで消えた。そのとおりだ、おれの達者なのは、おしゃべりだけだった。

――はてな。

昌平橋の北詰めから、神田川ぞいに筋違橋へ出ようとしてその筋違橋をふらりと渡ってくる遊び人ふうの男が目についた。そのぬすっとかむりの様子が、気のせいか、どうも親玉のように思えるのだ。

かげ供はと、筋違御門のあたりを目でさぐったが、まだそれらしい影は見あたらぬ。

――今夜もあれをやっている。すると、親玉は昨夜の馬陣の背後に気がついていないないないかな。

気がついていなけりゃ、教えてやらなくちゃなるまい。だいいち、この辺は連雀町の仙台屋が近いうえに、馬場陣十郎の家はすぐそこの佐久間町だと聞いている。

そう気がついたとたん、小平太は急にからだが堅くなってきた。どう話しかけていいのか、いわゆるこれが位負けというやつだろう。

――しっかりしろ、まぬけめ、おしゃべりはてめえのおはこじゃねえか。

先方が裃を着ているんならともかく、おなじぬすっとかむりの遊び人なら、遊び人でつきあっていきゃいいんだ。と、小平太は自分をしかって、ぐっと一つ腹へ力を入れた。

親玉はなれた足取りで、左手を弥造にきめこみながら、ふらりと筋違橋を渡りきる。

「兄い、こんばんは――」

おじぎをするとおじけがつきそうだから、小平太はかまわずすっと肩をならべていった。

ちらっとこっちを見た目が、さすがに底光りがしているように見えたので、二度とは顔を見ないことにする。

——なんとくるかな。

それでも、腹の底が、ともするとこそばゆくなる。

「わけえの、もっと気を楽にするがいい」

親玉の第一発は、それだった。

——あれえ、見ぬかれちまった。

小平太はちょいとこどものように首をすくめながら、なんとなく気が楽になってくる。

歩いていく突きあたりが神田旅籠町（はたごちょう）で、右へ曲がり、左へ折れると御成（おなり）街道になる。町木戸の軒下（のきした）に町内の夜警組出て、じっとこっちを見ているようだが、妙にひっそりとしているのは、前触れがひと足さきを走っているのかもしれぬ。

もう人っ子ひとり通っていない道にも、家並みにも、明るい月かげが露をふくんでしっとりと澄みきっていた。

「わけえのは、どこへ夜遊びに出かけるところだな」

「健四の野郎んとこへ、ゆうべのわき差しをけえしに行ってきやした」

「ああ、ゆうべの剣術屋さんだな」

さすがに話のわかりは早いが、その口で、ゆうべはありがとうよと、ひとこと礼ぐらいいってくれてもいいのにと、小平太は不平で、

「兄いのゆうべの逃げ足は、すごくはようござんしたね。感心しちまった」

と、わざとそこへもう一度念を押す。

「ばかは相手にするもんじゃねえのさ」

あっさりいってのけて、ふ、ふ、と低く笑ったのが、とても親しみ深い。

「あいつはばかでも、あいつのうしろに、もうちっと大きなばかがついているのを、兄いは知っていやすか」

「小さくても、大きくても、ばかはばかだ。ほうっておけばいい」

どうやら、知っているらしい口ぶりだ。

「けど、ばかはこわいもんですぜ。あんまりばかにしちゃいけねえと思いやすね」

それには答えずに、

「わけえの、道楽はなんだね」

と、軽く切り出してきた。

「それが能なしでござんしてね。しようがねえから、ただぶらぶらしていやすんで」

「たいくつしないかね」

「へえ。今夜も健の野郎に、そんなにたいくつしていねえで、強盗でもつかめえてみろと勧められてきやした」

「やる気になったのか」

「やる気になったって、そう簡単にゃいきやせんや。しろうとでござんすからね」

「じゃ、見物しているのかね」

それがひどくけいべつされたように聞こえたので、

「兄いの夜遊びも道楽でござんすか」

と、逆襲してみた。

「おれのは稼業（かぎょう）だ」

「おもしろうござんすか」

「うむ。自分で能なしときめて、高みの見物をしているよりゃおもしろいな」

「兄いの夜遊びは、少し道楽すぎるって人もありやすね」

かまうもんか、ぶつかってみろと、小平太は思った。

「口でいうのは楽だからな、いわしておきゃいい」

親玉は相手にしない。

「けど、道楽がすぎて、いや、いっしょうけんめいに道楽をやって、牢屋へぶちこまれた人だってありやすからね」

いってしまってから、からだが堅くなって、ちくしょう、勝負じゃねえか、殺すんなら殺しやがれと、小平太は歯をくいしばる。

「その牢へぶちこまれた野郎は、びっくりして、もう道楽をやめちまったのかね」

「やめやしやせん。そんなけちな道楽者じゃありやせん」

「そうだろうな。そこが道楽者の値うちだ。わけえのも、人の道楽ばかり気にしていねえで、好きな女にみっちり打ちこんでみることだ。あんな女にほれやがってと、はたからわいわいいうやつが、かえってちゃんちゃらおかしくなってくる。勘当だの、牢屋だの、はたの口だのが気になるようじゃ、りっぱな道楽者にゃなれねえぜ」

　低いが、ずしりと重みのある声が、笑っているような、さとしているような、

——小平太はぐっと胸にこたえて、頭があがらなくなってきた。というより、小生意気な口をきいたのが冷や汗もので、どうにも居たたまらない。

「兄い、ごめんなすって」

「けえるかね」

「けえりやす」

「道楽の金に困ったら、いつでも取りにきな。貸してやるぜ」

「ありがとうござんす」

　ぺこりとおじぎをして、夢中で駆けだしていた。涙が出そうになったからで、そいつは男の意地だから見られたくない。

——けっ、なんだってふいに涙なんか出てきやがったんだろうな。みっともねえ。

　立ち止まって振りかえってみると、親玉は月の中をおなじ足取りで、だんだん小さくなっていく。両側の暗い軒下づたいに、黒い人かげが、ちらっ、ちらっとあとを追っているようだ。

——いけねえ。かげ供のやつらに、泣いたのを見られちまったらしいぞ。

急に顔が赤くなって、小平太はもう一度駆けだす。こんどは旅籠町のかどを曲がらずに、まっすぐ突きぬけると、花房町(はなぶさちょう)から神田川べりへ出られるのだ。

——やっぱり、伯父貴(おじき)にゃかなわねえ。

ふっとすなおな気持ちになって、胸があたたかく、小平太はその神田川べりへ出る。

「兄い、兄い、ちょいと待ってくんな」

川っぷちを和泉橋(いずみばし)の北詰めへかかろうとすると、佐久間町のかどから鳶(とび)の者らしい男がふたり、ひとりがちょうちんを持って、ばらばらと飛び出してきた。夜まわりをやっているのだろう。四ツ（十時）をすぎると、そろそろ通行人の尋問がはじまるのだ。

「へえ、ご苦労さんでござんす」

小平太は如才(じょさい)なくぬすっとかむりの手ぬぐいを取って面をさらし、軽く頭を下げた。

「どこへ帰るんだね」

「浅草の福井町です。あっしは福井町の岡っ引き重五郎の家の若い者で、小平といいやす。重五郎の用で、船河原町の百錬館まで行ってきた帰りなんで」

「くどいようだが、そのことばにうそはないだろうね」

「ああ、そうだ、これを見ておくんなさい。帰りが物騒だろうといって、先生がこんなものを貸してくれやした」

腰の木剣を抜いて、柄（つか）のところを出してみせた。そこに百錬館という焼き印が押してあるのだ。

「なんだ、木剣か、おれはまたほんものかと思った」

ひとりがちょうちんを差しつけて、焼き印を見ながらいった。

「定、おめえ字が読めんのか」

相棒がからかうようにいう。

「人さまの前で、あんまり恥をかかせるねえ」

冗談が出るようでは、疑いは解けたのだ。

「毎晩、たいへんでござんすね」

おあいそをいいながら、木剣をもとのとおり腰にさして、ああそうか、このさし方が型にはまりすぎているからほんものに見えたんだなと、小平太はわざと少しうしろへずらしてみた。

「おまえのほうこそ、毎日たいへんだろう。本職だからな」

「あっしはまだほんの駆けだしなんでしてね。そういえば、馬場陣十郎さんの家は、この近所じゃありませんか」

ふっと小平太は思い出したのである。

「あの人の家なら、ここをはいってすぐ左の横町だ」

あごをしゃくってみせただけでかたづけるところを見ると、町内の評判はよくないのだろう。

「じゃ、ごめんなすって」

「気をつけて行きなせえ」

「ありがとうございんす」

小走りに新シ橋（あたらばし）のほうへ通りすぎながら、小平太は手の豆しぼりの手ぬぐいを、またぬすっとかむりにする。

――はあてな、こいつはかぶらねえほうがいいかもしれねえんだかな。

そうは気がついたが、なんとなく人に顔を見られたくない癖がついている小平太だ。

浅草橋の北詰めから茅町通りへ出た小平太は、ここまで来ればもう自分のなわ張りのうちと同じだし、ちょいと今夜の手くばりを見まわっておいてやろうと思い、わざと軒下づたいに二丁目の木戸のほうへ近づいていった。

「好きな女に、思いきりほれてみろ」

そういっていた親玉の声が、耳についていて放れない。

その好きな女にほれる手始めが、岡っ引きの手先みたいなまねをやることかと思うと、かえるの子はかえるか、争われねえもんだと、われながら胸がくすぐったくなる。

――それがてめえのみえぼうというやつだ。江戸っ子のいちばん悪いところよ。

それにしても、道楽の金に困ったら、いつでも借りにこいと、伯父貴はいっていた。ほんとうに貸してくれる気かなあと、一方では妙に心たのしい。おやじはいつか、月と相撲をとるといって笑ったことがあるが、おれまるで月を伯父貴に持ったようなもんだからなと、そんなふうにも考えられる。

――おやあ。

小平太は目を丸くした。その月の伯父貴が、二丁目の木戸のところへふらりと出てきたからだ。

さっき別れたのは、たしか黒門町へかかろうとするあたりだったから、井上筑後守の屋敷の手前をはいって、三味線堀から森田町のかどへ出れば、道のりからいって、ちょうどこの辺でぶつかることにはなる。

——縁なんてふしぎなもんだなあ。

しかし、こんどは声をかけるのはよそう。さっそく金を借りにきやがったと思われてもばつが悪いやと思い、じっと軒下に立って見ていると、今夜はことに厳重に木戸に詰めている夜警組も、それを親玉と見てか、だれもとがめだてしようとする者はなく、ひっそりと見送っているようだ。

親玉はあいかわらず道のまんなかを、わき目もふらず木戸を通りすぎる。

ふっと軒下からひとり、おそるおそるといったかっこうで、親玉のほうへ出ていく者があった。

——あっ、重五郎だ。

昔なじみだからなつかしい。しかも、今夜のあることを楽しみにしていた福重だ。

親玉がどんなふうに迎えるかと、小平太がひそかに目をみはっていると、

「ご苦労さまでございます」

重五郎は親玉の前へ進んで、丁重に小腰をかがめた。

親玉はじろりと見て、軽くうなずいたまま、声をかけようともしなければ、立ち止まろうともしない。

おや、というように、福重がもう一度親玉の顔を見直そうとしたとたん、ばらばらっとかげ供らしい同心ふうの男が走り寄ってきた。

「無礼者っ」

その男は重五郎のそばへ走りよるなり、低くたしなめて、突き飛ばすというより、猛烈な当て身を一つくれたようだ。

「ううむ」

重五郎はがくんとそこへ両ひざを突いて、えびのようにからだを折り曲げ、前へのめり倒れていく。

もう五足、六足通りすぎていた親玉は、見向きもしない。

そのときになって、小平太は、その同心が、いや、あとからまた三人、いそいで親玉を追う同心たちも、みんな頭巾(ずきん)で顔を包んでいるのに気がついた。

——うぬ、にせ者。

かっとなった小平太は、いきなり軒下を飛び出し、

「おい、待て」

福重に当て身をくれて、すっと前の一団のあとを追おうとするやつの前へ立った。

「無礼なことをいうな」

黒頭巾の同心は、あきらかにどきりとしながら、刀の柄に手をかける。

そのあいだにも前の一団はぐんぐん浅草橋のほうへ離れていくので、

「おい、あいつらはにせ者だ。みんなあとを追え。早くつかまえろ」

と、相手の抜き打ちに備えながら、木戸のほうの夜警組を呼んだ。

「黙れっ、無礼をいたすと承知せんぞ」

夜警組の連中は、どう判断をしていいのか、ちょっと戸惑った顔を見あわせながら、だれも動こうとせぬ。

「おい、早くしろ、にせ者だといっているのに、わからねえか」

そのあいだに、怪(あや)しい同心は、さっと身をひるがえして、前の一団を追いだす。

「うぬっ」

小平太はしまったと思い、腰の木剣を抜いて、二、三間(げん)あとを追ったが、ひとりでは肝心のにせ親玉を取り逃がすおそれがある。

「おい、あれはにせ者だ。あれが五人組強盗だ。早く隣の町内へ合い図をしろ。呼び子を吹かねえか」

振りかえってさしずをして、そっちを向いたときには、もうにせ者の一団はすばやく横町へ曲がってしまったらしく、ひとりも見えない。

「なんだ、小平さんじゃねえか。だれかと思った」

そのときになって、やっと木戸のほうから天王橋の留頭が、こっちへ出てきていった。

「頭、ぐずぐずしているときじゃない。あれは五人組なんだ。早く町内から町内へ連絡をとって、網を張らなくちゃいかん」

「まちがいじゃねえだろうな、小平さん」

まだそんなことをいって、ためらっているのだ。

「頭、うちの親分は岡っ引きだぜ。八丁堀のだんなが岡っ引きに当て身をくわすって法はないじゃないか」

小平太はいらいらとくってかかりながらも、今はすぐそこに倒れている重五郎のほうもほってはおけない。飛びつくようにそばへ行って抱きおこしながら、

「おい、だれか水だ、水だ」

と、大声にどなりつけた。

やっとそのとき、番屋のあたりに立ちすくんでいた連中が、ぞろぞろこっちへ寄ってきた。現に目の前にぶっ倒れている仲間をさえ、だれも介抱してやろうというだけの気転がきかぬ。みんなすっかりどぎもをぬかれているのだ。

――まぬけめ、そんなことで五人組をつかまえようなんて、ちゃんちゃらおかしいや。

小平太はむやみにむかっ腹がたってくる。

福重は歯をくいしばって、両手でみぞおちを押えながら悶絶しているのだ。うしろから背へ右のひざがしらを当て、えびのように縮んだからだをそらせながら、静かに胸をなでおろしているところへ、

「若だんな、水だ」

と、重五郎の子分の三吉がひしゃくに水をくんできて、こっちへ渡そうとする。

「ばか野郎、おれは両手がふさがっているんだ。てめえ水を口にふくんで、おれが活を入れたら、親分の顔へ霧を吹け、気がついたらすぐ、水を口へ持っていって、一口のませるんだ。いいか」

小平太がぐいと重五郎に活を入れる。

「そら、霧だ」

「いけねえ、飲んじまった」

「ぶんなぐるぞ。いいから、早く水を飲ませろ」

それでもその水が通って、福重はううと息をふっかえしたようである。

「親分、しっかりしろ」

耳もとへしかりつけたとたん、ぷっと三吉が霧を吹っかけてきたから、小平太の顔まで水だらけになる。しかし、それで重五郎ははっと我にかえったらしい。

「若だんなか。今、今――」

急に立ちあがろうとしたが、みぞおちにひびいたとみえて、いそいで胸を押える。

「わかってる、親分。もう少しじっとしていなせえ。三吉、戸板を持ってこい」

「へえ」

番屋のほうへ取ってかえそうとした三吉が、

「あっ、こりゃ大八木のだんな――」

と、そこへ棒立ちになった。

八丁堀同心大八木所左衛門が回ってきたのだ。

「どうした、なにがあったんだ」

みると、野ばかまに上帯をしめ、わらじがけだ。ただの町まわり姿ではない。そばにがやがやしていた連中が、八丁堀と見て少し後ろへさがったので、まだしりもちをついている重五郎と、それを介抱している小平太とが、月に照らされて残った。

大八木のこのかっこうは、親玉の先触れかもしれぬと見ながら、小平太はかぶりものを取って立ちあがる。

「だんな、いまにせ者が五人で、ひとりは遊び人ふう、四人は頭巾で顔をかくした同心ふう、そいつらがあっちへ行きやした」

「なにっ」

顔見知りだから、なんだ、笠井のむすこかと微笑しかけた大八木の顔が、さっと緊張してきた。

「五人だな」

「へえ。通りすがりに、重五郎があいさつをしようとしたのを、ひとりの同心ふうが、無礼者とふいに当て身をくわしましたんで――。まだそう遠くは行っていやせん」

「うむ」

うなずいた大八木は、すぐに呼び子を口にして、ぴ、ぴ、ぴと吹きたてた。

左右の軒下のほうから、ばらばらと手先が四、五人走り出してくる。みんなわらじがけだ。

「にせ者が五人、ひとりは遊び人ふう、四人は供の同心ふう、これは頭巾で顔を隠している一組みが、いまここを通った。ふたりは浅草橋をわたって両国から横山町、馬喰(ばくろ)町あたり、ひとりは柳橋一帯、ひとりは左衛門河岸(さえもんがし)から和泉橋のほう、すぐあとを追え。見かけたら呼び子を吹け。途中でてつだいを頼めよ」

「へえ」

「行けっ」

手先五人は言下に、風のように走りだした。

「だんな、申しわけありやせん」

重五郎が青い顔をあげて、立ちあがろうと小平太のほうへ手を求める。

「そのまま、そのままでいい、重五郎」

大八木が手で制しているうしろから、

「兄弟分、また会ったな」

親玉のぬすっとかむりが顔を出して、目がにっとわらっている。

「あっ、兄い、すんません」

ひとりでもいいからたたき伏せておくべきだったと、小平太はわれながら恥ずかしい。

「まあいい。親分、どうした」

ひょいと気軽に重五郎の前へしゃがみこんで、

「ひどくやられたか」

と、心配そうに顔をのぞきこむ。

「こ、こりゃどうも——。ご苦労さまで」

重五郎はうろたえて、そこへ両手を突こうとする。

「そんなまねをしちゃいけねえ。ずいぶん久しぶりだな」

さすがになつかしげである。

大八木はいつの間にかずっと軒下へさがり、白衣（着流し）のかげ供となにか打ち合わせをしているようだ。

そっちを背にして、遠巻きにしている夜警組の連中は、しいんとみんな息をのんで棒立ちになっている。

「へえ、いつもご健勝で――」

　重五郎の声はふるえている。

「笠井のだんなから、うわさはよく聞いている。達者でなによりだ」

「こんな、こんなぶざまなとこをお目にかけまして」

「なあに、おれとまちがえて、ついゆだんした。昔なじみで、しようがねえやね。けど、だいじょうぶか。苦しくはないか」

「無念、くやしい。そのほうが先でございます」

「そうあせることはない。ここにいい若い者もついているんだし、ゆっくり養生してくれ」

「は、はい」

「無理をしちゃいけねえ。先の長い旅だ、のう、兄弟分」

　ひょいと、親玉がそこに突っ立っている小平太を見あげる。

「へえ、兄いのいうとおりで」

「たいせつにしてやってくんな」

　からころと地をけとばすような下駄の音がして、だれか知らせた者があるのだろう。

「おとっつぁん」

お加代がころがるように横町から飛びこんできた。

しいんとした空気に気がついて、はっと立ち止まり、おやじの前の見なれぬぬすっとかむりの男に、まじまじ目をみはる。あどけなくさえ見える娘っぽい表情だ。

「親分の娘さんかね」

親玉が笑いながらきく。

「へえ、お加代といいやす」

「器量よしだな。こっちへ来て、おとっつぁんを見ておやり」

目でまねいてから、

「じゃ、じゅうぶん気をつけてな」

と、すっと立ち上がる。

「兄いもお気をつけなすって」

「うむ。親分をたのむよ」

親玉はそのまま浅草橋のほうへ歩きだす。

だれかそっとためいきをついたようだ。

軒下のかげ供が、音もなく軒下づたいに動きだす。

「おとっつぁん、どうしたのよう」

お加代が夢からさめたように、父親にすがりついていった。

その重五郎は親玉のうしろ姿へていねいにおじぎをして、握りこぶしでいそいで目を拭(ぬぐ)っていた。

——ちくしょう、惜しいところだったになあ。

小平太は立ちつくしたまま、いまさらのように賊を取り逃がしたのがくやしくなってくる。

火花

その夜、重五郎は、戸板なんかみっともねえ、歩ける、といってきかないので、小平太とお加代が両方から腕をとって肩にかけ、そろそろと歩いて家へ連れて帰った。

「だらしがねえって、ありゃしねえ」

道々重五郎はたったひとことといったきりだった。せっかく親玉に会って、口をきく機会にめぐりあいながら、あんなぶざまなかっこうを見せてしまったのが、なんとも心外でたまらなかったのだろう。

三吉が気をきかせて、ひと足さきに走っていたので、家へつくとばあやがちゃんと茶の間へ床をのべて待っていた。

「親分、今夜は下のほうがいいと思って、下にしときましたぜ」

福重親子はいつも二階に寝ることになっているのだ。

「まぬけめ、なんだって木戸をあけるんだ。そんなこって御用がつとまるか」

重五郎は頭からしかりとばして、みぞおちにひびいたのだろう。急に顔をしかめる。

「すんません」

三吉はびっくりして、すっ飛んでいく。

「三ちゃん、ご苦労さんね」

その背中へお加代がいそいで労をねぎらってやってから、

「いやだわ、おとっつぁんは、かわいそうじゃありませんか」

と、そっと父親をしかる。

「御用にかわいそうがあるか」

福重はぶすりといって、そのまま寝床へはいり、くるりと壁のほうを向いてしまった。

「寝まきに着替えたほうが、楽じゃないの？」

「うっちゃっとけ」

「いやだなあ、なにをそんなにおこってんのよ」

お加代が悲しそうな顔をする。

黙っていなと、小平太は目でたしなめた。御用中だから、いつでも飛び出せるようにと考えているらしいのがわかったからだ。

まもなく、留頭が夜番の若い者ひとりをつれて、見舞いに顔を出した。

「医者を呼ばなくても、だいじょうぶなんかね」

さすがに上へあがろうとはせず、玄関から茶の間をのぞきこみながらいう。

「だいじょうぶなんですって。御用中だから、わらじをはいたまま横になってるくらいなんですもの」

お加代はそう答えながら、首をすくめてみせた。

「若だんな、さっきはとんだどじを踏んじまって、すんません。あんまりだしぬけなんで、どうしてもにせ者というのが、ぴんとこねえんでさ。われながら恥ずかしい」

留頭は小平太のほうへ、頭をかいてみせた。半分はそれが早くあやまっておきたくて、わざわざやって来たのだろう。

「まあ、しようがねえや。やつらのほうが運がよかったんだろう」

ちゃんと腰に木刀まで差していて、あのときたとえひとりでもなぐり倒しておく気になれなかったその不覚があるから、留頭に頭をかかれても、小平太はあまり大きな口がきけない。

「けど、みんなびっくりしてますぜ。ここの親分が昔なじみだってことは聞いていたが、こちとらとおんなじべらんめえでよ、ああは直にできねえもんだって、たいした評判なんだ。ええ人はやっぱり違うねえ」

留頭にはにせ者を逃がしたことより、お奉行さまがあんなふうに福重とことばをかわしていった、そのほうがむしろ大珍事に思えるらしい。

「なあに、親玉は昔からああなんだ」

「若だんなはよっぽど懇意なんですかえ」

いつもの小平さんが、今夜は急に若だんなに早変わりをしている。

「うむ、少し懇意すぎるんで困ってるんだ」

小平太は苦笑いをして、

「頭、なにか知らせがあったら、いつでも人を走らせてくんな。すぐに加勢に飛んでいくから」

と、それとなく御用中をほのめかす。

「ちげえねえ。にせ者め、どこへむぐりこみやがったか、なかなか呼び子が鳴りやせんね。じゃ、親分をおだいじになすって」

さすがに留頭は察しよく、いそいで障子をしめて、玄関を出ていった。

「あの人、ほんとにお奉行さまだったの、若だんな」

父親の背中をさすっていたお加代が、首だけこっちに向けて、声をひそめる。なんとなく信じられないらしい。

「ありゃにせ者じゃねえ。ほんものさ」

「でも、なんだかへんな気がするのよ」

「どうしてだね」

「こっちへきて、おとっつぁんをみておやりって、あんまりおやさしいんですもの」

「そうそう、器量よしだなって、お加代坊はほめられたっけな。先はせっかくほめてるのに、お加代坊はふるえてた。おかしいよ、あれは」

「だって、こわかったんだもの、あたし」

お加代は赤くなりながら、ふっとそのうるんだ目が空へ逃げて、月の中の父親と親玉の気安げな姿を、もう一度思いうかべているようだ。

「若だんな――」

重五郎があいかわらず壁のほうを向いたまま呼ぶ。

「なんだね」

ずっとそばへ寄っていくと、お加代と肩がふれるようになる。お加代は平気をよそおって、からだじゅうをかたくしながら、いっしょうけんめい逃げようとしない。

「あっしはあのにせ者の目を、たしかにどこかで一度見ているんだがねえ」

おやと、二度めに見なおしたとき、福重はたしかににせ者の顔を見てとったにちがいない。

「だれなんだ、親分、あの野郎は」

耳寄りな話だから、小平太は思わず目を輝かす。

「そいつが、さっきから考えているんですがね、どうしても思い出せねえ。すっかり焼きがまわっちまやがった、福重も」

重五郎は壁のほうを向いたきりで、吐き出すようにいう。つかまりそうで、どうしてもつかまらない記憶の糸をたぐり悩んで、ついに愚痴が出たのだろう。

「そうか、思い出せねえか」

「へびのように、いやあな目つきだった。はっと思ったとたん、あの当て身なんで、まったく面目(めんぼく)ねえ話さ」

「それ、ほんとに五人組だったの、若だんな」

「うむ、五人いたにはいたんだ」

「じゃ、やっぱり若だんながいったとおりだったのね」

昼間の冗談を思い出したように、お加代がそっとためいきをつく。

「そうよ。おれの勘に狂いがあってたまるもんか」

ちょいとそりかえってはみせたが、その五人組がどこを荒らしたとは、いまだに知らせがないようだ。するど、あれはこれから仕事に出かけようとするところだったのか。それとも、あのにせ者のかっこうで、うまく夜番の網がくぐれるかどうか、それをためそうとしたものか。

――こうなると藤四郎(とうしろう)の悲しさで、かいもく見当がつかねえ。

小平太はひそかに苦笑せずにはいられない。

その晩は、とうとうどこからも、なんの知らせもなかった。

翌日になってわかったことは、昨夜は五人組強盗の被害はどこにもなかったことと、にせ者たちはあれっきり、どこの木戸、夜番の目にもふれず、煙のように消えてしまったということだ。

「神田川へ船を用意していたんでしょうよ」

起きるだけは起きて、長火ばちの前へ青い顔をしてすわっている福重が、さすがに巧者なことをいう。

小平太は重五郎が出歩けるようになるまでと思い、それを口に出してはいわなかったが、もう一晩泊まることにした。

「たいへんよ、若だんな」

夕飯をすませてから、風呂へ行ってきたお加代が、福重のかわりに茅町（かやちょう）の番屋へ顔を出してこようと、玄関へおりた小平太をつかまえて、いきなりおおげさな顔をした。

「もう出たのか、五人組が」

「違うわ。若だんなはね、お奉行さまのご落胤（らくいん）だって、ふろ場で話してた人があるんです」

「えっ、このおれがか」

小平太は思わず目をみはる。

「ゆうべのお奉行さまのかっこうが、若だんなにからだつきまで似ていたし、顔もそっくりなんですって。それに、お奉行さまが若だんなを見るときの目が、とてもただの目じゃなかったって、ふろの中でひそひそ話しているおかみさんがいるんです、あたしびっくりしちまって、ふろからあがれなくなっちまったわ」

お加代は湯上がりの娘らしいさわやかなかおりをみなぎらせながら、格子口(こうしぐち)をふさいで、いたずらっぽく笑っている。

「さては見破られたかな」

あんまりばからしくて、小平太はまともに返事もできない。

「そのおかみさん、もっと見破っていたわ。お奉行さまも若い時分は道楽者で、うちのおとっつぁんといつもぐれて歩いていた。その時分どこかの女とのあいだにできた子なんで、ご当人は知らないけど、福重親分はなにもかも知っていて、ああして若だんなを預かっているんですってさ」

「お加代、若い娘っ子が、そんな上がりばたでべちゃくちゃしゃべってるやつがあるか。みっともねえ」

障子の向こうから重五郎が聞きかねたらしく、大きな声を出す。

「あら、しかられちまった」

お加代は首をすくめてみせて、

「若だんな、また夜遊びにおいであそばすんですか」

と、たちまち白い目に変わる。あざやかな豹変(ひょうへん)ぶりだ。

「うむ、親ゆずりでね。こいつばっかりは直らねえ」

「どうぞ、ごゆっくり」

ぷっとふくれて、格子口をよけて体をかわしながら、右手がおどるように小平太の腕をつねって逃げる。

「いてえっ」

「あら、ごめんなさい」

もう障子をあけて、上へあがって澄ました顔だ。

「おぼえてろ」

わざとぴしゃりと格子をしめて路地へ飛び出しながら、ねこの目のように変わる娘心が、なんとなく小平太の胸をくすぐる。

——あきれたもんだ、おれがご落胤。

うわさの出どころはゆうべの一幕だろうが、それにしても、人のうわさなどというものは、とんでもないことをでっちあげるものである。もっとあきれたのは、

「こんばんは——」

と、小平太が番屋の油障子をあけると、もう遊び半分そろそろあつまっていた夜番たちの話し声がぴたりとやんで、

「これはこれは、若だんな、昨夜はどうも」

妙に取ってつけたようなあいさつぶりで、ここでもどうやらご落胤の話がはずんでいたらしい。

こいつはいけねえと、小平太はわれながらへんな気がしてきた。

その夜も、その翌晩も、五人組強盗は、江戸のどこにも現われなかった。

「やつら、あの晩にこりたんですね、きっと」

三吉がうかがったようなことをいうと、

「そうじゃなかろう。ここ四、五日は、一晩じゅう月が明るすぎらあ」

と、福重は福重らしい見方をしていた。

その日、八丁堀の大八木（おおやぎ）が、見舞いかたがたわざわざ重五郎の家へ寄って、

「これはまだ一般には内密にしておかなくちゃいけないが、あのにせ者はあれ以前に、日本橋と牛込へ二度あらわれているようだ」

と、話していった。

その二度とも、質屋が五人組に押しこまれている。押しこんだときのかっこうは、五人ともやくざふうで、牛込のときには女に手を出しているという。これは

五人組が江戸を荒らしだしてからはじめてのことだ。

「それで見ると、あの晩はこれから仕事をするつもりで、まず手配りの様子を見て歩いていたんだろうな」

「まったくくやしいことをしました」

二階へかくれて、下の声だけを聞いていた小平太は、くやしそうな重五郎の顔が見えるように思えた。

「いや、あれはまるっきり失敗ではなかった。賊があんなふうに網の目をくぐっているとすると、役向きの見回りが問題になってくる。こいつはしろうとにはむずかしいが、よく含んでおいてくれ」

このごろの町へは、加役の者や、お先手組、目付役の配下なども夜まわりに出ているから、それらのほんものとにせ者を見わけるとなると、たいへんなことになる。が、そのたいへんなことの裏に、思わぬ抜け穴があるかもしれぬと、あの晩のことで気がついたのだろう。

「お奉行さまは、あいかわらずでございましょうか」

「うむ、まあな」

大八木がそこまで福重に見送られて、帰っていくと、お加代がそっと二階へ上

がってきて、

「若だんな、あんたのおとっつぁん、あいかわらず夜遊びをしているんですって。親子って争われないもんね」

と、立ったまま目で笑った。

そうたしなめた小平太は寝ころんだままだったので、

「お加代、娘のくせに立ったままものをいうやつがあるか」

「いやだわ。若だんなこそ、お行儀が悪いくせに」

と、赤くなりながら、それでも入り口の敷居の上へひざをつく。ふたりきりでは、思いきってそばへ来られない恋心が、ふくよかな肩にも胸にもせつなくはずみながら、わざと平気をよそおって、呼んでくれるのを待っている。そんなふうに見えるお加代のういういしいかっこうだ。

「お加代、おれは女たらしの小平さんだからな、ほれっこなしだぜ」

清純な生娘の、からだじゅうで描いている恋という字が、あまりにもあざやかに見えすぎるので、小平太はふっと自分があやしくなりかけて、あわててわが胸へ水をぶっかけるように吐き出した。

「いやだなあ、そんなこといっちゃや。ほれやしないわ、あたし」

お加代はまっかになりながら、障子のふちへつかまって、どぎまぎとにらみつける。

「おれはな、お加代坊だけはたらさねえことにしているんだ。居候のくせに、親分に申しわけねえからな」

「大きらい、若だんなは」

急に泣きだしそうな顔になって、お加代はばたばたと下へ逃げ出していった。

——娘っ子なんかと遊んじゃいられねえ。

小平太はむりにすすけた天井をにらみあげながら、胸に残るほの甘い感情をかみつぶしてしまった。

その晩、もう福重もいつものとおりに動けるようになったので、小平太は四日ぶりで長屋へ帰った。お加代がなるべくこっちの顔を見ないようにしている。それがちょっと窮屈だからでもあった。

しかし、がらんとほこりっぽいひとり者の長屋住まいは、味もそっけもなくて、宵からはやっぱりおちつけない。

——そうだ、あいつをひとっ走り行って、返してこよう。

壁にぶらさがっている丸万の半纏を取って、そでだたみにして、小ぶろしきにつつみ、木剣の柄のほうへ結わえつけた。これから深川へ行って帰ってくれば、ちょうど夜まわりの時刻になる。

小平太はその木剣をかついで、今つけたばかりのあんどんを吹き消し、ふらりと家を出た。

「若だんな、お出かけですか」

物音を聞きつけて、隣りの大工の女房が窓から顔を出す。

「ちょいと出かけてきやす」

「今お茶をあげようと思っていたんですよ。若だんなは、ほんとはどなたさまかの若さまなんでございますってね。ちっとも知らないもんだから、失礼ばかりしちまって――」

いやにことばがていねいだと思ったら、ここまでご落胤のうわさがひろまっている。うんざりして、

「どういたしやして、ばかさまにつける薬はないっていいやすからね。なにぶん、るすを頼んます」

小平太はつかまらないうちに、さっさと路地を飛び出してしまった。

――あきれたもんだ。こうなると、もう町内じゅうひろまってしまったんだぜ。

今夜あたりから、江戸の町は一晩ごとに宵やみが深くなっていく。

永代をわたるころ、やっと月が顔を出して、町並みがよみがえったように明るくなった。

祭りのあとというが、ひと足色町へはいると、ここはあいかわらずぞろぞろと人足が絶えない。

門前河岸の『深川屋』へ行ってきけば、お高の家はわかろうと、小平太は漫然とそう思ってきたが、考えてみると、今ごろ売れっ妓のお高が家にお茶をひいているはずがない。

――いっそ『深川屋』から呼んでやるかな。こう見えても、小平さんはご落胤なんだからな。

畳横町を抜けて、門前河岸へ出て、河岸っぷちを『深川屋』のほうへいそいでいると、

「あれえ、小平さん――小平さんじゃねえかな」

今すれちがったばかりの船頭ふうの若い男が、いきなりうしろから呼びとめる。

「なんだ、辰んべさんだったな」

このあいだの晩、両国まで送ってもらった船頭だ。こっちはあいかわらず手ぬぐいをかぶっているのに、よく見つけたもんだと思う。

「やっぱり小平さんだね」

「このあいだはありがとう」

「どこへ行くところだね、兄いは」

「ちょうどよかった。実は、『深川屋』へ行って、お高ねえさんの家を聞こうと思ってきたんだ。このあいだ借りた半纏を返そうと思ってね」

「そいつはいけねえや」

辰んべなんとなくあたりを見まわす。

「なにがいけねえんだ」

「まあ、こっちへ来なせえ」

ずんずん先に立って歩いて、『深川屋』の前を通り越し、この辺の路地にはどこへ行っても一杯屋がある、そのあんまり上等でないほうのなわのれんをくぐった。

橋向こうの佃の鴨でもひやかしに行くような連中が二組みほど土間で飲んでいるだけで、突きあたりのついたてで仕切った斬り落としの小座敷があいているところへ、さっさと上がってしまった。

「いらっしゃい。どうしたの、辰つぁん」

赤だすきをかけた赤い前掛けの、十八、九の娘が土間へきて立って、ふしぎそうな顔をした。ぽったりとした、なかなかあいきょうのある顔だ。

「うむ、友だちに会っちまったんだ。一本たのむぜ、お新ちゃん」

察するに、ここで飲んで帰る途中で、小平太と出会ったということになるらしい。

「ここなら安心なんだ」

辰んべは小平太の顔を見て、にっと人なつこそうに笑った。こうしてみると、この男もからだつきこそがっしりしているが、まだはたちまえの、どこかういういしい顔つきだ。

「ああ、わかった。ここは辰んべさんのこれの家だな」

小平太が小指を出してみせると、

「しようがねえんだ。どうしてもっていわれてみるとね」

生まじめな顔をして、手放しの辰んべだ。

「うらやましいな、辰んべさん」

小平太は、かぶりものを取りながら、にやりと笑ってみせる。

「そうでもねえのさ。女なんて、すぐやきもちをやきやがる。うるさくってね」

辰んべはそんなおとなびた口をきいて、

「ああ、兄い、おめえさんはなんにも知らないようだね」

と、急に真顔になる。

「なんのことだね」

「なんのことって、お高ねえさんのことさ。兄いはなんにも知らずに、土地へやって来たんじゃないんかね」

「お高ねえさん、どうかしたのか」

さすがにどきりとさせられる小平太だ。

「大きな声じゃいえねえが、お高ねえさんあれっきり行くえをくらましちまって、お祭りの手古舞(てこま)いにも出なかったんだぜ」

「ふうむ」

やっぱり、ただではすまなかったらしい。

「いったい、どうして行くえなんかくらましたんだろうな」

「おれはいつもねえさんにひいきにしてもらってるんで、それとなく様子を聞いて歩いてわかったんだが、あの晩、兄いを逃がしたのがいけなかったんだな」

「そうかなあ」

「あの晩、兄いは馬陣とけんかをやったんだってな。すごい切り合いだったたっていうじゃねえか。いい度胸だなあ」

辰んべはいまさらのように感心する。

「なあに、おれは逃げ出したほうだから、自慢にゃならねえさ。で、お高ねえさん、だれにしかられたんだね」

「兄貴の万年安親分にしかられたのさ」

「兄貴の親分にしかられたのか」

「万年安親分は馬陣と兄弟分だからね」

「ふうむ」

「おまけに、あの晩、大新地の大漢楼へ後藤のだんなが来ていて、万年安親分も馬陣もその席にいたんだ。そこへねえさん、兄いを逃がして、澄まして出たもんだから、あの若僧をどうしたってことにならあね。そのとき、ねえさんの返事がいけなかったんだ。おかぼれしたから逃がしましたって、意地になったんだね。親分はねえさんを金座さんに押しつけてえ腹があるが、ねえさんは金座さんがきらいなんだ。だから、わざとふてくされに出たんだが、その席にいた親分の顔はまるつぶれだ。いきなり、ねえさんのたぶさをつかんでひっぱたいて、てめえにそんなふてくされをいわれちゃ、おれがだんなに顔がたたねえと、ひどくおこったって話だ」

「そうか。そいつは悪いことをしたな」

「とかなんとかいって、兄いはほんとうにねえさんとはなんでもねえ仲なんかね」

辰んべは怪しいというように、にやりとする。

お新がちょうしとつまみものを運んできて、黙ってならべて、さっさと立っていく。

「なんだ、酌をしていかねえのか」

辰んべが不平そうにいうと、

「だって、いそがしいんだもの」

と、うわべははなはだぶあいそうだ。ほれているのを、他人に見られないように用心しているのだろう。

「ここんとこ、ちょいと払いが悪いもんだからね」

辰んべはぺろりと赤い舌を出してみせる。

「それで、お高ねえさん、満座の中で親分にぶんなぐられたのが恥ずかしくて、姿を隠してしまったんかね」

小平太はさりげなく話をもどす。

「それもあるんだが、親分はもともとねえさんを金座さんのめかけに押しつけたかった。うむといわせれば千両になる。それをねえさんは、金でおもちゃにされるのはいやだって、意地を通してきた。それがあるもんだから、こんどはおれの顔をつぶした埋め合わせに、どうしても金座さんのいうことをきけって、かさにかかってきたんでさ」

「おかしいな。おれを逃がす逃がさないは、金座さんにはなんの関係もない話だぜ」

小平太はちょいと一本さぐりを入れてみる。

「そりゃまあそうだが、つまり親分が金座さんのいうことをきけといっているのに、ねえさんがそれにそむいて、人もあろうに兄弟分にけんかを吹っかけるような若僧といちゃいちゃして逃がした、だから承知できねえと、いってみりゃこれさいわいのいいがかりだと、おれは思うな」

それ以上のことは、さすがに辰んべの耳にははいっていないらしい。

「そいつはぬれぎぬだ。あの気位の高いねえさんが、おれなんかを相手にいちゃつくはずがあるもんか。それも親分のいいがかりだな」

「そうかなあ。なんにもわけがなけりゃ、どうしてねえさん、あの晩兄いを逃がしたんだね」

辰んべは通りいっぺんの疑い方をして、またしてもにやりとする。

「そこがお高ねえさんのおとこ気さ。で、ねえさんどこかへ隠れちまったんだね」

「そいつはおいらにもわからねえな」

「困った。おれはあの晩ねえさんから借りていった丸万の半纏を返しにきたんだが、ねえさんの家はどこだね」

「家へ行く気か、兄い」

「うむ、るす番にでもわけをいって返していこう」

「悪い了見だ。ねえさんの家は『深川屋』の裏で、『深川屋』は親分のめかけがやっているんだ。うっかり顔を出してみな、命がねえぜ、兄い」

だから、わざわざここへ連れてきたんじゃねえかといいたげな、もっともらしい辰んべの顔つきだ。

「万年安親分は、そんなにおれを恨んでいるのかなあ」

小平太はちょいと意外だった。

行きがかりで、あの晩は馬場陣十郎の仕事のじゃまはしたが、万年安からそんなに根深くねらわれる理由はないはずである。

「兄いはだれかのご落胤だってね」

辰んべがふいにいいだす。

「なんだって」

福井町あたりのうわさが、もうこんなところまで飛んでいるのかと、小平太はびっくりせずにはいられない。

「兄いが福井町の重五郎さんていう岡っ引きの家にいることまで、万年安親分はちゃんと調べているんだ」

「ふうむ」

「つまり、親分は、ねえさんを隠したのは兄いだと思っているんだろうな」

なるほど、それなら調べもするだろうし、恨みも深いわけである。

「おいら、ねえさんが姿を隠した翌日、親分に呼びつけられてね、若僧をどこまで船で送ったって、あぶらをしぼられちまったんだ。しようがねえから、正直に、柳橋まで送りやしたと白状しちまったんで、それから足がついたんだね。どうもすんません」

ほんとうにすまなそうに、ぺこりと顔をさげる辰んべだ。

「そうか、それがあるから、辰んべさん、おれを見かけて、ご親切にここへ連れこんでくれたんだね。どうもありがとう」

「礼なんかいわれちゃてれちまうけど、こんど兄いを見かけたら、きっと知らせろって、おこっているんだ。見つかるとたいへんだぜ、兄い。それに、馬陣のやつも四天王の子分といっしょに、まだ万年橋の親分の家に遊んでいるからね」

「ふうむ」

ひょいと小平太の頭へ、へびのようないやあな目といった福重のことばが浮かび、あのけんかの晩抜き打ちをかける直前の馬場陣十郎の冷酷な目が、ありありと思いあわされてくる。

人数も五人だし、船を使えば万年橋から神田川へ、神田川から万年橋へ、人目につかず行き来ができる。

そういえば、牛込にも日本橋にも船の便はある。よし、すぐに帰って福重の耳に入れてみよう。

「辰んべさん、いろいろ世話になっちまった」

「なあに、それで兄い、正直んとこ兄いはどなたのご落胤なんだろうな」

辰んべが声をひそめて、もったいらしく首をこっちへさしのべたとき、お新がちょうしのおかわりを持ってあがってきた。

「辰つぁん、表へ変なやつがうろうろして、家をのぞいているんだけれど、だいじょうぶかしら」

こんどはぴったり男のそばへすわりながら、心配そうにまゆをよせている。

「どんなやつらだ、お新」

さっと辰んべが顔色をかえて、これもうっかりお新を女房あつかいにしている。

「地まわりのようだけど、万年安親分の身内に知らせるって、いまひとり、河岸のほうへ駆けだしていったわ」

「いけねえ、勘づかれちまったんだな、兄い」

「そうか」

勘づかれたとなると、もう網にひっかかったも同然だ。お高のぬれぎぬがあるうえに、うわさにもせよ親玉のご落胤ということになれば、江戸のかたきを長崎の筆法(ひっぽう)で、たたっ殺してしまえということになるだろう。しかも、このあいだのにせ者が馬場陣十郎なら、ひょっと顔を見られているかもしれないという不安があるから、馬陣は当然殺意をおこす。

「辰んべさん、おめえは巻きぞえを食うといけねえ。おれは裏口からそっとずらかるから、やつらがここへ踏んごんできたら、いま知らせに行こうと思っていたところだ、野郎は裏へ用でも足しに出たんだろうといっておくがいいぜ」

小平太はそう教えながら、手ぬぐいをぬすっとかむりにして、ふろしきづつみを解き、手早く丸万の半纏をひっかける。

「うむ、おいらのほうはなんとでもならあ。けど、兄い、永代の道はもうきっとふさがっているぜ。路地づたいに、汐見橋のほうへ出るといい。潮どきを見て、あとからおいらが船を持ってってやろう」

そんなうれしいことをいってくれる辰んべだ。

「ありがたいが、無理はしないがいい。おめえは土地の人間なんだからな」

「なあに、おいらは真人間だ。悪党なんかこわがってやらねえ」

「いい度胸だな、辰んべさん」

「あれえ、ほめられちまったぜ、お新」

「心配だわ、あたし」

その度胸のいいのが、ほれているお新にはかえって不安になるのだろう。

「お新ちゃん、お勘定だよ」

小平太は二分銀を一つ膳の上へおいて、

「立っちゃいけない。おれが消えちまうまで、だんなのそばにいてくんな」

にこりと笑ってみせて、こことねらいをつけておいた正面のふすまから、するりと奥の座敷へぬけ出る。右手の障子をあけると、案の定そこが板場になっていて、お新の父親とも見える年配のおやじが、向こうはち巻きで酢だこを作っていた。

「こんばんは――。とっつぁん、下駄をちょいと借りるよ」

「へえ、どうぞ」

下駄を突っかけて、台所口から裏の路地をのぞいてみると、はたしてここまではまだ手はまわっていないようだ。

路地へはぬけ出してみたものの、この路地がどこの横町へ出るのか、はじめての小平太には見当がつかない。

歩いてきた方角から考えて、なるべく門前河岸へ出ないように、反対のほうへ歩いていくと、二つ三つ曲がってから、もうその路地はつきて、にぎやかな横町へ出ていくようだ。

――べつにぬすっとを働いたわけじゃあるまいし、大手を振って歩け。

小平太はぐいと一つ下っ腹へ力を入れてから、丸万の半纏の下へ木剣の柄頭（つかがしら）を隠すようにして、ふらりと横町へ出ていった。

右へ行けば門前河岸、左へ出れば本通り、どうやらこれは摩利支天横町（まりしてんよこちょう）らしいと見て、左へ折れたとたん、

「おい、どうした、野郎は」

そこの軒下（のきした）に三人ばかり立ち話をしていたおなじ半纏のやつらが、こっちを仲間と見て、ふいに声をかけてきた。

「野郎はまだおちついてるよ」

小平太はいい捨てて、さっさと行きすぎようとする。

「おい、おい、どこへ行くんだ」

「親分にご注進だ」

「待て、――てめえはだれだ」

はっと気がついたように追ってくる。

「おれだよう。わからねえかな」

くるりと振りかえって、わざとつらを突き出してみせ、相手があっと警戒するように立ち止まったすきに、すばやくきびすをかえして、またすたすたと歩きだす。

「へんな野郎だな。待てったら待て」

そういう声が五足六足おくれて、こいつ怪しいとやっと気がついたのだろう、急にばたばたに変わったので、もういけない。

「だれが待つもんか」

小平太も遠慮なく、下駄を脱ぎ捨ててぱっと駆けだす。

「逃げたな、野郎」

「ご注進——ご注進だよう」

「うそをつきやがれ」

「かってにしやがれ」

往来の遊客たちが、びっくりして道をひらいてくれる中を、小平太はいっさんに本通りのほうへ走った。

いけない、その出口をふさぐように、ぞろぞろっと七、八人、なかには長わき差しを腰にぶちこんだのや、手に棒を持っているのがまじって、さてはというようにこっちを見ている。

「おうい、つかまえろ。野郎だぞ」

それと見て、追っ手がうしろから口々にわめきたてる。

「野郎だ、野郎だ。つかまえろ、つかまえろ」

小平太もいっしょになってわめきながら、まっしぐらに前の敵の中へぶつかっていった。

「わあっ、こんちくしょう。だれだ、てめえは」

あわてて敵の人数が二つにわれる。

「うぬっ、待て。待たねえか」

吹けば飛ぶようなやつらのなかにも、ひとり、ふたりは命知らずがいるものだ。みんながうろたえて二つに飛び散ったなかに、ひとりだけ踏み止まって、いきなり長わき差しを抜き打ちにしてきたやつがある。

「あぶねえ」

こっちも腰の木剣を抜き打ちに引っ払ったが、小平太の腕には年季がはいっているから、いざとなるとわざも力も違う。相手の長わき差しは苦もなくたたき飛ばされ、とたんにその胸もとへ火の出るような体当りをくらって、

「わあっ」
二、三間うしろへすっ飛んで、どすんとしりもちをつく。
「野郎っ」

「やれやれっ」

それでも二、三人が、やっと気がついて棒や長わき差しをふりまわしてきたが、小平太はさっと右へ切れて、有象無象は相手にせず、本通りを風のように八幡前のほうへ走りだす。

「それ、逃すな」

「たたっ殺せ」

わあっとやくざどもはいっしょになって追いかけだしたが、足に自信のある小平太は、八間、十間と、たちまち敵を離していく。

――どこか横町へ飛びこんだほうがいいかな。

走りながら、そうも考えたが、この辺はどの横町、どの路地へ飛びこんでも色町の中で、しかも堀や川に道を断たれているから、できれば汐見橋を渡ってしまいたい。

八幡社の前を走りぬけたが、さいわい前からは敵はあらわれぬ。門前町を通りぬけさえすれば、汐見橋はもうすぐそこだ。それを渡れば、色町の外へ出られる。

——ほねをおらせやがる。

明るい月の中を、小平太はゆうゆうと走りつづけた。ことによると、辰んべは船を持ってきて待っていてくれるかもしれない。

——そいつは少し虫がよすぎるかな。

船はどうでもいいが、あとで辰んべとお新がやくざどもに変ないいがかりでもつけられて、困っていやしないかな。そのほうが妙に心配になってくる。

「悪党なんか、こわがってやらねえ」

そういっていばっていた辰んべの童顔が、ふっとまぶたに浮かんで消える。

——いけねえ。あんなところに網を張ってやがる。

汐見橋のたもとに黒々と七、八人、ちゃんと立って待っているやつらがあるのだ。

いまさらあとへもひけない。おそらく、これが最後の網だろうから、血路をひらいて突破するだけのことだと腹をきめ、かまわず距離を縮めていくと、ぬっと橋を背に月あかりの中へ出てきて立ったのは、馬場陣十郎のようである。

——くそっ、こうなっちゃ、もうしようがねえ。

小平太は走るのをやめて、二つ三つ深呼吸をしながら息をととのえ、右手の木剣を握りしめて、ゆっくりと馬陣のほうへ進んでいった。

陣十郎はぬっと立った自然体で、あごをひき、じっとこっちをにらんでいる。今夜こそ若僧め、逃さねえぞ、といいたげな、傲岸な殺気と憎悪が全身にみなぎっているようだ。

おれひとりでだいじょうぶだ、どいていろ、とでもいわれたのだろう、橋の両そでにわかれた万年安の子分たちらしいのが、みんなけんかじたくで、ひっそりと息をのんで待っている。

——野郎のねらっているのは、例の抜き打ちだろう。

敵の腹はそう読めるが、飛びさがってかわしても、引っ払ってのがれても、今夜の小平太のえものは木剣だから、あとの切り合いにすごみがきかない。最後はどうしても逃げるほかに手がないのだ。

——お加代、あばよ。

どうしてそんなことを思い出したのか、ふっとお加代の、あの二階で障子につかまっていたときのやるせなさそうな顔がひょいとまぶたに浮かび、あばよと思わず別れを告げたのは、半分今夜は助からねえと、自分でもきめていたからだろうしろからの追っ手の声がみるみる迫ってきて、それさえもそんなふうにしか耳へはいらなかった。

——なるほど、こいつはいやな目だ。

めらめらと殺意の燃えている馬陣の目が、はっきりと見えるところまで近づいて、小平太の足は自然に立ち止まった。

それを臆したと見たか、それとも、もうこっちのものだと心おごったか、陣十郎がにたりと青鬼のようなうすら笑いをうかべて、右手が腰の刀の柄へかかった。

来るなと思ったとたん、まったく自分でも考えていなかった罵倒が、小平太の口をついて出た。

「五人組強盗、御用だ」

あっとひるみながら、

「うぬっ」

猛烈な抜き打ちだったが、あっとひるんだだけ馬陣の抜き打ちに狂いがある。

「御用だ」

うか。

「わあっ」

と、引っ払った小平太の木剣が、がっとしたたか敵の白刃を空ではじきかえし、
「くそっ」
かわり身の早い馬陣の二の太刀が、一歩さがって大きく大上段にふりかぶった
せつな、こっちは捨て身だ。
「えいっ」
死にもの狂いでそのあいた胴へ、おどりこみざま切りこんだ。
「あっ」
真剣だったら、致命傷とまではいかなくとも、たしかに手を負わせたほどの手
ごたえがあって、さすがの馬陣が左へよろめきながら、それでも一刀を上段から
横なぐりにしたときは、小平太はもうそれの届かない橋の上へ、ひらりと飛びぬ
けていた。
――しめた。
血路はついにひらけたのだ。御用だと一喝くらわしたのが、やっぱり功を奏し
たらしい。ざまあみやがれと、小平太はそのまま一気に汐見橋を渡りきった。
「追え――。野郎を逃がすな」
馬陣がじだんだを踏んでわめきたてている。

「野郎はあそこだ。それ、取っつかまえろ」

ちょうどあとからの追っ手が駆けつけてきたので、一団は十四、五人の人数になって、どかどかと橋を渡りだした。

橋をわたると入船町になって、まっすぐ行けば六角越前守の下屋敷へ突きあたり、そこから右へ折れて州崎村へ出る。

馬じゃあるめえし、まっすぐ走らなけりゃならない義理はねえと、小平太は橋を渡ってすぐ左へ切れた。敵の追跡の目をくらます目的だったが、

――いけねえ、あわててやがる。

曲がった道が河岸っぷちでは、追っ手にひと見えだから、曲がったにはならない。しかも、この道は、すぐまた堀へ突きあたって、どっちにも橋はないから、いやでも右へ折れて堀ばたぞいに走ることになる。

――あいにく、ちょうちんいらずの、いい月夜ときてやがる。

右へ堀ばたぞいの道へ曲がって、目についた第一の路地はわざときらって見のがし、第二の路地へすばやく飛びこんだ。飛びこみながら、ちらっとさっきの町かどのほうを振りかえったが、まだ追っ手の姿は見えなかった。

――さあ、おちつくんだぞ、小平さん。

いま曲がったかどの家の裏に、また右へ曲がる路地がある。つまり、いま走ってきた表通りの裏側になる路地だ。

よし、ここへはいってみろと、もう走るのはやめて、すたすた歩きだすと、

「そこを曲がってみろ。きっとその路地だ」

表通りをわめきたてながら走っている敵の声が、はっきり耳についた。

まさかこんなところにいるとは、敵もちょいと気がつくまいが、どこかしばらく身を隠す場所がほしい。うの目たかの目で見まわしながら行くと、表側の何軒めかの台所口の雨戸が、三寸ばかりあいているのが目についた。おはいりなさいといわぬばかりだ。

かまわずあけて、はいって、あとを締めて、もし人がいたら、声をたてられないうちに、両手を合わせて拝んでしまう腹だった。

見ると、この辺の家のことだから、あまり豊かではないが、きちんとこぎれいにかたづいた一坪ほどの台所で、障子に茶の間のあかりはほの明るいが、だれも立ってくるけはいはない。

「るすかな」

察するに、入り口の雨戸が三寸ばかりあいていたのは、ここの家の者がちょい

と近所へでも用たしに出かけたあとだったからだろう。

それにしても、ここが明るいのはぐあいが悪い。がらりと雨戸をあけられれば、それっきりの話だ。といって、人の家だから、まさか内から桟をおろしてしまうわけにもいくまい。

「どこへむぐりこみやがったのかな」

「なあに、どこへむぐりこんだって、この一角は四つの橋しか出口はねえんだ」

そんなことをいって、敵が表通りをぞろぞろ通っていく。その四つの橋はふさいでしまったとみえ、敵ももう駆けだしてはいない。

「さあいけねえ。いよいよ袋のねずみかな」

それより、さしずめ、この裏路地へ敵がはいって、一軒一軒調べにかかられるほうが今はこわい。

「いっそ外のほうが気が楽だったかな」

じっと聞き耳を立てていると、

「おい、この路地は調べたか」

と、いま表を通っていったやつが、路地口に立ってどなりだした。

「なに、まだだって。――だれか二、三人はいってみろ、野郎はそう遠くは行っていねえはずだ」

とうとう、しりに火がついてきたようだ。

――もうしようがねえ。

小平太はそこにあるぞうきんで手早く足をふき、思いきって茶の間へ入ろうとしたが、明るいところはどうもはいりにくい。右手に二階へあがる急な階段があって、二階はまっくらだ。

「ぬすっとじゃござんせん。しばらく二階をお貸しなすって」

ぬすっととまちがえられては困るから、いそいでかぶっていた手ぬぐいをとり、足音をしのばせて、手さぐりで階段をあがりはじめた。

「あっ」

頭がその階段の上へ出たとたん、そこにだれかひっそりと立っているのが目についた。全く思いがけなかったので、小平太はどきりと立ちすくむ。

――女だな。

それらしいほのかなにおいでそれを感じ、じいっとひとみをさだめて見上げると、どこからか漂ってくる月あかりに、ぼうっと白い顔がやみに浮かんできた。

幽霊じゃない、たしかに生きている女らしいと見たが、まだ口をきかないのがなんともぶきみだ。

路地では、すぐ台所口の前へどかどかと人の足音が乱れて、

「やあ、こんばんは――」

ぴたりとその足音がそこで立ち止まった。

「こんばんは――。なんかあったんですか」

女の声がきいている。

「うむ、いまここへぬすっとが逃げこんだんだが、おっかあは、木剣を持って、手ぬぐいでほおかむりしている若い野郎を見かけなかったかね」

「おおこわい。あたしは出会わなかったけれど、ほんとうにこの辺へ逃げこんだんですか」

「たしかにこの辺なんだ。おっかあの家はどこだね」

「ここですよ」

「なんだ、ここか。せっかく送ってやろうと思ったのになあ」

「また始めやがった。ばかいってねえで、それ行け。――おっかあ、怪しい野郎を見かけたら、すぐ知らせてくんな。頼んだぜ」

足音は、笑い声を残して、どかどかと通りすぎていく。

――ここのかみさんが帰ってきたんだな。

小平太は暗い階段の中途に立ち往生をしたきり、進むも退くもできない。台所口があいて、どっちかの女に大きな声をたてられたらそれっきりだと、冷や汗をかいていると、前の幽霊じみた女がすっと頭の上へ身をかがめるようにして、

「おあがりな」

と、ささやくようにはじめて口をきいた。

「すんません」

足音をしのばせて、一気に階段を上がりきると、そこは三尺の板の間になっているらしく、すぐ左の暗い居間の入り口のふすまがあいている。

女は板の間の壁のほうへぴったり身をよけながら、すばやく小平太を両手で居間へ押しこむようにする。通りぬけるとき、さわやかな女のにおいがなまめかしく鼻を打った。

暗いへやだが、ここは雨戸漏(も)るほのかな月あかりに、がらんとして道具らしいものはなにもない六畳ほどの座敷である。立っていてもしようがないから、小平太は目についた小火ばちの前の座ぶとんの上へそっとすわって、木剣をそばへ引きつける。

女はまだ入り口の板の間に立ったまま、じっと下の様子をうかがっているようだ。

どかどかと、また一組みこの路地へ駆けこんできて、台所の前を通りすぎていった。敵もこの辺が臭いと、はっきり目をつけだしたらしい。

「ねえさん――」

しばらく台所へ立っていたらしいかみさんが、階段の下へきて、あたりをはばかるように呼ぶ。

「ここよ、おばさん」

「どうしたんでしょうね。今夜は万年橋の子分衆がたくさん出ているんですよ。だれかを追っているんだっていうけれど、踏んごまれるとたいへんですからね。そうしたら、すぐ押し入れの中へはいってくださいよ」

「ええ、だいじょうぶよ」

その心配そうなひそひそ話を耳にしながら、はてな、と小平太は思った。

――お高じゃないかな。

どうもそうらしいと気がつき、そうか、だから表のあわただしい空気に、いそいであんどんを消していたんだろうと、小平太は思いあたった。

そういえば、はっきり耳に残っている今の、おあがりなは、たしかにこっちを知っているやわらかい声音だった。

——おかしなところで、ぶつかったもんだな。

小平太は暗い入り口のほうを見ながら待っていたが、女はまだ板の間へじっとしゃがんだまま、下の様子をうかがっているようだ。

なるほど、お高なら万年安の身内がこわい、気になるわけだと思いながら、いけねえ、こんなところへやつらに踏んごまれると、ぬれぎぬがほんとうらしくなって、ちょっと申し開きがむずかしくなると、小平太は苦笑させられる。

「野郎、どこかの家へでもはいりこんでいるんじゃないかな」

「見ず知らずの男を、まさか家へ入れる物好きもあるめえ」

「こんないい月夜だ。表をうろついてりゃ、もう見つかるはずなんだがな」

「二度でも三度でも、見つかるまで夜っぴて捜せとおっしゃる。馬陣先生、今夜はおっかねえぞ」

窓下の表通りを、ぞろぞろと話しながら行く声が、どうやら第二の路地のあたりで立ち止まったようだ。声は聞こえるが、話していることばはもうわからない。

——夜っぴてとおっしゃるのか、恐れ入ったなあ。もっとも、御用の声はずんと胸へこたえたろうからな。

小平太は首をすくめながら、手持ちぶさたな手が、なんとなく腰のたばこ入れをさぐる。とんでもねえことだと、気がついてその手を放し、

——お高ねえさんもおっかねえからな。

もう一度首をすくめて、ついでに赤い舌をぺろりと出したとたん、入り口で立ち上がるけはいがして、女の白い顔が、足音をしのぶようにへやへはいってきた。入り口の戸はわざとあけっぱなしのままである。

やみになれた目が、ただよう月あかりにたしかにお高だと見て、小平太はにっと笑って迎えた。

ふだん着のしどけない姿で、前へ立ったお高は、すわろうともせず、強い目でちらっと小平太を見おろす。あかりのないところで、ふたりきりというのが、なんとなくうしろめたいのだろう。

「どうぞ、お敷きなすって」

小平太は自分の敷いていた座ぶとんをはずして、いそいで裏がえしにして、お高の足もとへすすめた。稼業がら、すそからのぞいていた伊達の素足が、さすがにつめまでよくみがきこんであるようだ。

「どうする気、小平さん」

お高は、しようがないというように、そこへひざを突いて、そのどうするには、こんなところへ逃げこんで、と、とがめだてている語気が、たぶんに感じられる。

「すんません。すぐおいとまいたしやす。まさか、ここがねえさんの隠れ家だとは、ちっとも知らなかったもんだから」

小平太は苦笑するよりしようがない。

「おいとまするって、橋はもうみんなふさがっているようよ」

「なんとかなりやす。ああ、そうそう、ちょうどいいところでお目にかかりやした。実は、今夜はこれを返そうと思って出かけてきたんだ」

いそいで丸万の半纒を脱いで、そでだたみにして、お高が敷こうとしない座ぶとんの上へおき、

「先夜はどうもありがとうござんした」

と、礼儀は礼儀だから、小平太はきちんとおじぎをした。

「義理がたいのね。当分そんな気をおこしてもらわないほうがよかったんだけどな」

お高は左手を帯の間にさしこみながら、くずれるように横すわりになって、た

め息をつく。うそ寒そうなかっこうが、ひどくやるせなげである。

「まさか、万年安親分にこんなに恨まれているとはおれも気がつかなかった。まっすぐ『深川屋』へ行って、ねえさんの家を聞こうと思い、畳横町をぬけると、運よく辰んべさんに出会ったんでさ。そいつは悪い了見だと、お新ちゃんの家へひっぱっていかれて、はじめてねえさんの話を聞いたんだ」

「あ、ここの家、辰んべが話したの？」

急にまた強い顔になりかけるのへ、

「へえ、辰んべはここを知っているんかね」

と、小平太のほうが目を丸くする。

「知ってるわ。ここ辰んべのおっかさんの家だもの」

「ふうむ、辰んべさん、さすがに男だな。ここのことは一口もいわなかった」

「そうお――。あの子はしっかりしているから、たぶんだいじょうぶだとは思っていたけど」

「お新ちゃんの家で、話を聞いているうちに、もう地まわりが目をつけだしてね、辰んべさん、おれは裏口からずらかるが、おめえだいじょうぶかというと、心配してくれなくたっていい。おいら悪党なんかこわがってやらねえと、笑っていた」

「あんた、どうしてこっちのほうへ逃げたの？」

「辰んべがあとで汐見橋の下へ船を持ってってやるというもんだから、こっちへ突っ走ったんだが、敵もさるもので、その汐見橋の上に、ちゃんと馬場陣十郎が待ってやがった」

それから、というように、お高はじっとこっちを見すえている。

「おれはまだ死んじゃいられないんでね、めちゃくちゃに木剣を振りまわして、やっと汐見橋を突破したまでは上できだったが、まっすぐ州崎へ突っ走ってしまえばよかったのに、面くらってやがるもんだから、左へ切れて、あっちへうろうろ、こっちへうろうろ、とうとうここの台所口へ飛びこんでしまったってわけさ」

「あんた、階段をあがりかけて、びくっとしたわね」

ふ、ふ、とお高が、いたずらっ子のように笑う。からだじゅうに張りつめていた警戒心が、いつの間にかゆるんできたかっこうだ。

「人が出てきたら、手を合わせて拝んでしまうつもりだったが、るすのようだ。まさか暗い二階に人がいるとは思いがけないんで、こいつ、幽霊かと思ったんだ。

おまけに、きゃっともすんともいってくれねえ」

「いえないじゃありませんか。こっちだって落人なんだもの。あたしのほうこそ、どうしようかと思った。ぬすっとじゃござんせんだなんて、のこのこと鼻うたまじりで、あんたとくるとわりにずぶといんだから、小憎らしくなっちまう」

「すんません。まあ、お敷きなすって、夜分は冷えやす」

つつしんで、そばにそのままの座ぶとんを、手で押しやる。

「おせじ使ったって、泊めてなんかあげないわよ」

きっぱりといって、本気で白い目になる。ああ、そうか、おれがなれなれしくなるのをこわがっているんだなと、はじめて気がついて、

「どういたしやして、あっしはすぐおいとましますでござんす」

と、小平太は苦笑しながら、少し座をしさった。

「あたしはそれでなくてさえ、へんなぬれぎぬをきせられているんですからね」

「うかがっていやす、辰んべさんからね。あっしをあの晩逃がしてくれたばかりに、金座さんのおめかけにならなくちゃならなくなった」

「だれがなるもんですか。金で女をおもちゃにしようなんて、あたしはまっぴらだ」

「どなたかほかに、おかぼれさんでもござんすので──」

うっかり口に出た冗談である。

「ふうんだ。そんな人があれば、とっくにその人んとこへ行ってます。あたしは男なんか、みんなきたならしくて、大きらい」

夢を追っている女か、それとも男にひどくいじめられたことでもあるのか、小平太はなんとなく面じらんだ気持ちで、

「世の中には、きたならしくない、りっぱな男だってたくさんありやす。ねえさんはまだそんなのにぶつからねえんでしょうよ」

と、つい冷たくやりかえしてしまった。

「そういえば、小平さんはりっぱな殿御なんですってね。お見それしてごめんなさい」

打てばひびくように、つんとお高の目が底意地悪くなる。

「それほどでもありやせん。あっしのはただきたならしくないというだけのことでさ」

小平太はわざととぼけた顔をした。

「にいさんはりっぱな殿さまのご落胤なんですってね。ちゃんと聞いてます」

「かわいそうに、それこそとんだぬれぎぬでさ」

これだけは苦笑するよりしようがない小平太だ。

そらぞらしいといいたげに、そっぽを向いてしまうお高の高慢ちきな顔を見ると、なんの因果でそう意地だの張りだのばかり気にして、男と張りあいたがるのが、相手になっているこっちのほうが、芯が疲れてきてどうにも長くはつきあいにくい。

「ぬれぎぬといや、このうえねえさんに迷惑をかけちゃ申しわけがない。どうやら、外の騒ぎも少し下火になったようだから、おいとましやす。とんだお世話をかけやした」

　小平太はあっさりあいさつをして、そばの木剣を取って立ち上がった。

「待って、小平さん」

「どうかしやしたか」

「下のおばさんに、なんて断わっていってくれるんです」

「なるほど――」

　下の辰んべのおふくろには、無断で二階へあがってきている。お高にすれば、るすに妙な男をひっぱりこんだとでも思われるのがいやなのだろう。

「なあに、おばさんにゃよくわけを話していきまさ」

「あんた、あたしに恥をかかせる気？」

　にらみつけるようにするので、

「そんなにねえさんの恥になることはしてないつもりだが」

と、こっちはちょいとむきにならずにはいられなかった。

「あぶないとわかりきっているところへ、むりに追い出すようで、あたしが薄情にとられるじゃありませんか。どうして、もう少し待っていられないんです」

それをけんか腰でなければいえないお高なのだから、あきれて顔をながめていると、

「おい、ここだ、ここだ」

でかどかと数人の足音が家の表へ来て立ち止まった。ぎくりとお高が中腰になる。

「おっかあ。こんばんは――。ちょっとここをあけてくんな」

外のやつらはどんどんと、遠慮会釈もなく雨戸をたたいて、野ら声をあげる。

「はい、――どなた」

おふくろはすぐに立っていったようだが、その声もいくぶん震えをおびているようだ。

「おっかあ。おれたちは万年橋の身内なんだ。怪しいもんじゃねえ。辰んべもいっしょなんだ。ちょいとここをあけてくんな」

そういう表の声に耳を澄ましながら、

「来たわ、小平さん」

と、中腰のお高はあえぐようにいう。

「ねえさん、早く押し入れへ隠れるがいい」

小平太は手早く小火ばちをすみへかたづけ、ちょうど階段の上になっている一間の押し入れをそっとあけて、座ぶとんと半纏(はんてん)を投げ込む。

「辰、いるのかえ」

下でおふくろが、表へきいている。

「うむ、いるよ。なんにも心配しなくたっていいんだ。馬場(ばば)先生もいっしょなんだから、ここをあけてくれよ」

明るい辰んべの声が答える。辰んべはまさか二階に小平太がいるとは知らないだろうから、お高にそれとなく話しかけているのだろう。

「あんたを捜しにきたのね」

お高は押し入れの前に突っ立っている小平太のそばへきて、両手で腕をつかむ。足ががくがくして、ひとりでは立っていられないのだろう。

「ねえさんじゃないいんだから、心配しないで、ここにおちついているがいい」

小平太がそのためにあけておくらしい下の押し入れへ、お高のからだを押しこ

もうとすると、

「あんたはどうするの」

と、腕をつかんだままきく。

「おれは男だ。悪党なんかこわがってやらんことにする」

ここにいて見つかったら表の堀ばたへ出て、馬場陣十郎(じんじゅうろう)ともう一度決戦をやるばかりだと、とっさに腹はきまっているので、小平太はわざと冗談口をきいた。

「ひとりじゃいやだ。いっしょに隠れて」

ひとり隠れては悪いとでも思うのだろう。

「つまらぬ意地を張っちゃいかん。ここにだれもいなければ、やつらはきっと押し入れをあけてみる気になる」

もう下では、がたぴしと表の雨戸をあけているのだ。しかりつけるように耳もとへいって、無理にお高を押し込もうとすると、

「いやだったら。ひとりじゃこわい」

お高は腕へしがみついて、いっしょに押し入れへひっぱりこもうとする。

どかどかと表の人数が下へなだれこんだようだ。

ここでもみあっていては、けっきょく時期を失う。いや、いっしょに押し入れ

へはいっても、見つけ出されることはわかりきっているが、逆上している相手ではどうしようもない。

——女の意地っぱりなんて、たかがしれたもんだな。

小平太はあきらめて、押し入れへひっぱりこまれ、そっと唐紙を締めきった。

「おっかあ、心配しなくてもいいぜ。お身内衆が今夜、おいらがへんな野郎を家へ隠したろうって、どうしても承知しねえんだ。——さあ、お身内衆、かまわねえから家捜しをしてくんな。四の五のいってるより、そのほうがいちばんてっとり早いや」

二階のお高に聞こえよがしに、辰んべは威勢よく啖呵をきっている。

どたばたと台所へ飛びこむやつ、押し入れをあけているやつ、

「どこにもいねえようだな、下にゃ」

「二階、二階へあがってみろ」

「まっくらだぜ」

階段の下へきて、どなったやつがある。

「暗いから臭いんだ。あがってみろ」

「だれか、ちょうちんを持ってねえか。あがっていく頭から、あの木剣でぽかり

とやられたひにゃたまらねえからな」

　さすがに上がり口でためらっているのが、ちょうどその真上が二階の押し入れになっているから、手に取るように聞こえる。

「ばか野郎。どけ。おれがあがってみる」

　度胸のいいのをあとでほめられたいお先っ走りが、どどっと一気に階段をあがりはじめた。

「来たわ」

　狭い押し入れの中へ、めじろ押しにぴったりと肩と肩を寄せて、身動きもできないお高が、小平太の右腕を両手で胸の中へぎゅっと抱きこみながら、耳もとへ泣き声を出す。熟れたような濃厚な女のはだに押しつつまれて、そのほうが小平太にはよっぽど息苦しい。

「手を放すんだ」

　がらりと唐紙があいたら、自分だけ飛び出す気の小平太は、左手で木剣を握りしめながら、すばやくお高の耳へいいきかせたが、お高は激しくかむり振って、

「こわいっ」

　こんどはいきなり、首っ玉へしがみついてくる。

「だれもいねえぜ」

入り口に立って、へやをのぞきこんでいるらしく、そうどなる声が、があんとへやじゅうへひびける。

「いねえか。押し入れをあけてみろ」

波のようなお高の胸の動悸が、小平太にもはっきりわかった。

「よしきた」

つかつかとはいってきた男が、押し入れの前に立ち止まって、いまにもあけるかなと、冷やりとしたとたん、

「だれもいねえよ。二階じゃなさそうだな」

もう一度どなりながら、ゆっくり入り口のほうへ引き返す。

「いねえか、兄貴」

「ああ、いねえ」

どすんどすんと、そいつは階段をおりかけて、ふっと中途で立ち止まったようだ。

「どうした、兄貴」

下に待っていたやつがきく。

「なあに、いまちょいと思い出したんだが、野郎、苦しまぎれに下屋敷の庭へでも飛びこんだんじゃねえかな」

中途へ立ち止まったやつが、そんなことをいいだす。

「そいつはやっかいだな。大名屋敷じゃ、まさか踏んごむわけにはいかねえだろう」

「しようがねえ。気ながに出口をかためて、出てくるのを待つんだ」

そういいながら、こんどはゆっくり下へおりていく。この一角には、大名の下屋敷が三軒あるのだ。

——助かった。

と、小平太は思った。気がついてみると、前から上半身をひざへのしかかるように、首っ玉へしがみついているお高の胸を、自分もまたしっかりと抱いて、冷や汗をかいている。

「馬場先生、野郎はどこにもいねえようです」

家の中の子分どもは、みんな表の土間のほうへ集まっていたようだ。

馬陣はどこに立っているのか、たぶん黙ってうなずいたのだろう。

「引きあげやすか」

と、ひとりがもう一度そっちへきいてから、

「おっかあ、騒がせてすまなかったな。いずれあらためておわびにくるからな」

そんなおざなりをいって、ぞろぞろと表へ出ていったようだ。

「ちくしょう、土足で踏んごみやがって」

辰んべがいまいましげにいうのを、

「しっ」

おふくろがあわてて止めているのが聞こえる。

「助かったわ」

ほおとほおをぴったり寄せていたお高がささやくようにいって、急にぐったり全身から力を抜いてしまう。

「まだ助からねえよ」

小平太はささやきかえして、わざと抱きしめているお高の胸を放さない。いまさら、つい夢中だったでは、気恥ずかしくて、なんとも収拾のつかないかっこうなのだ。

「どうしてさ」

あえぐようにいうお高も、もうちゃんとそれを意識して、熱い息をはずませて

いる。

「お高、どうしてこんなことになっちまったんだろうな」

小平太は段どりをつけるつもりで、ことさらずぶとく抱いている腕に力を入れる。――きたならしい、大きらいと、罵倒(ばとう)が飛んだら、それをきっかけに、どうもすんませんと早いところあやまって、それでこの息苦しい一幕はけりがつくと思った。

「知らないわ、そんなこと」

お高は男にからだをあずけっぱなしで、舌の根さえとろんとゆるんでいる。

「おれだって、知らねえよ」

ほおにふれているお高の火のようなほおを感じたとたん、小平太はむらむらっといたずら気にかられ、そのほおをじゃけんに振りほどいて、いきなりくちびるをくちびるでとらえていた。

狭い押し入れの中のやみが、急に熱ぼったい歓喜にたぎり熟(う)れて、男の激しいくちびるに征服されたお高が、せつなげに息をはずませながら、うっとりと目をつむっているのが、そのゆるみきったからだつきで小平太には目に見えるようである。

「お高、男はきたならしくねえのか」

ちょっとけんかが吹っかけてみたくなる小平太だ。

「きたならしいわ」

とろんとした声があえぐ。

「ぬかしやがったな」

これでもかと、もう一度思いきりくちびるを押しつけていきながら、そうか、この女は初めからおれが好きだったのかもしれねえ、それが見せたくなくて、わざと強がっていたんだ。

――なあんだ。

と、小平太の全身もかっと情熱の炎に燃え狂ってくる。

わけえの、おまえも好きな女にみっちり打ちこんでみろ。そういっていた親玉の声が、ふっと耳に聞こえてくる。

みしりみしりと、足音を忍ばせて階段をあがってくるけはいがした。

「だれか、だれかくるわ」

さすがにびくっと、お高のからだが緊張する。

「辰んべだろう」

その口をまだくちびるで押えつけながら、小平太はずぶとくお高を放そうとしない。

足音が唐紙の前へきて、

「ねえさん、いやすか」

と、あたりをはばかるような辰んべの声だ。

「いるわ」

そう答えるお高のからだを、やっと放して、もとのようにすわらせてやると、

「もうみんな帰ったかえ」

お高はひとりではすわっていられないように、肩へしなだれかかってくる。

「帰りやしたがね、今夜はまだ物騒ですぜ。やつらは小平さんを追いまわしているんでさ。知ってるでしょう、小平さんを——」

「ああ、あの小平さんかえ」

そっと男のひざをつねりながら、声だけはしらじらしい。

「そうなんです。小平さんこのあいだの半纏をねえさんとこへ返しにきたんでさ。運よくおいらが見つけたんで、すぐ当たり屋へ連れこんでその話はしたんだが、やっぱり見つかっちまいやしてね」

「どうしたの、それから」

お高はいい気になって、まだからかう気でいるらしい。

まじめに心配してくれる辰んべを、あんまりからかってしまってからでは、出場を失うと思ったので、

「辰んべさん、おれはここにいる」

と、小平太は唐紙越しに声をかけながら、なぶっているお高のふところの手を放して、そっと押しやった。

「えっ」

辰んべはふいをくらって、まったくびっくりしたらしく、急には口がきけないようだ。

「いま、そこへ出て、わけを話すから」

すぐ唐紙へ手をかけようとするのを、すばやくお高が押えつけて、いきなりのしかかるようにくちびるを捜してくる。

――あれえ、こいつはおれより熱が高い。

そうしなければいられないお高のたぎるような熱情を、片手で抱いてすなおに受けてやってから、小平太は片手で少しずつ唐紙をあける。

「出てだいじょうぶだろうな、辰んべさん」

さすがにてれかくしに念を押しながら、小平太はもそもそと押し入れからはい出した。

ふ、ふ、と、押し入れの中のお高は笑いながら、もう澄まして髪にくしを入れている。

「おどろいたなあ。おいら、わけがわからねえや」

「あは、は。とんだどぶねずみでね。実は、おれがここにいるのは、下のおふくろさんも知らねえんだ。やつらに追いまくられて、夢中でここの台所口から忍びこんでね、そのときおふくろさんは、るすのようだった。二階が暗いんで、しめた、しばらく借りようと思って、黙ってあがってみると、それがお高ねえさんの隠れ家だったたってわけだ」

「おいら、まさか兄いがここにいるとは思わねえ。汐見橋（しおみばし）へ様子を見に行くと、馬陣もそこにいて、坊主松（ぼうずまつ）が、辰のおふくろの家はあの近所だ、野郎といっしょに飲んでいたっていうから、ことによると、家へ隠したかもしれねえといいやがって、まずいことになったなあ、ねえさんが見つかるとたいへんだと、それればかり心配していたんだが、そうか、まったくあぶねえとこだったんだな、それで、ねえさん、坊主松は押し入れ、あけてみなかったのかなあ」

　辰んべはいまさらのように冷やりとした顔をしている。

「あけなかったわ。あんまりへやん中ががらんとしているんで、ほんとうにだれもいないと思ったのね、きっと」

　お高は平気で小平太のそばへきてすわりながら、そんなのんきなことをいう。

「辰んべさん、さっき二階へあがってきたのは、坊主松っていうのか」

　小平太は気になっていることがあるのだ。

「おいら、ひやひやしちまった。坊主松は万年橋の身内のなかでも兄貴株で、もとは谷中(やなか)の坊主あがりでね、読み書きはできるし、やることに抜けめがねえ。がらっと押し入れをあけられたら、もうそれっきりだもんな」

「その坊主松ってのは、お高ねえさんにまえから思いをかけている、そうらしいな、辰んべさん」

　小平太は笑いながらきいてみた。

「ばかばっかし――。だれがあんなやつなんかに」

　お高は頭からけいべつした顔だが、

「そりゃ兄い、金座さんが千両箱を積んでもいいっていうお高ねえさんのことだ、だれだって、ひょっとしたらと、男なら思うだろうな。思っているだけなら、その男のかってだもんな」

と、辰んべはうがったことをいう。

「すると、辰んべさんもそのひとりかね」

ついからかってみたくなる小平太だ。

「おいらなんかおよばぬめだかの滝のぼりでさ。初めっからお話になりやせん」

「辰んべは初めっから当たり屋のお新ちゃんだったじゃないか。この子ったら夢中なんだもの」

お高は小平太の顔を見てくすりと笑う。

「おっと、冗談口どころじゃなかった。坊主松はねえさんが押し入れの中にいるのを知っていて、わざとあけずに帰ったんだな」

「どうしてさ」

「このへやへはいると、女のにおいがする。おれにわかったくらいだから、抜けめのない坊主松にわからないはずはない」

「じゃ、どうして押し入れをあけなかったんだろうな、兄い」

「みんなのいる前でねえさんをつかまえれば、いやでも親分のところへ連れていかなくてはならない。それこそ、めだかの滝のぼりになってしまう。あとでひとりでこっそり引き返して、ねえさんを脅迫して、それからくどく。いやだといったら力ずくでもと、とっさに腹をきめたんだな」

そうでなければ、わざわざ押し入れの前まで来ていて、あけずに引き返すまぬけはないと、小平太はさっきからそれが気になっていた。

「ほんとうかしら」

まじまじと男の顔を見つめていたお高は、

「どうする？　あんた。まさかあたしひとりおいて逃げ出しゃしないでしょうね」

と、急に不安になってきたようだ。

「逃げようにも、四つの橋はふさがっている」

「いいわ、あんたといっしょなら、あたしいつでも死ぬ。もう別れるのはいやだ」

かっと興奮して、人前もなくすがりついてきたので、――あれえ、というように、辰んべはびっくりして、目を丸くしていた。

辰んべのおふくろの家を洗いに行って、むだ足になった馬場陣十郎が、むっつりと汐見橋へ帰ってくると、そこの固めをあずかっていた四天王の綱五郎が、

「どうでした、親分」

と顔色を見ながらきいた。

「うむ」

馬場はただうなずいてみせただけである。その渋い顔つきで、むだ足だったなとわかったので、綱はくどくはきかず、

「どれ、こんどはこっちの番だ。出かけるぜ」

と、新手を三人ばかり連れて、さっさと表通りをまっすぐに歩きだした。小平太を見つけ出した者には五両のほうび金がかかっているので、万年安の子分たちもいやな顔をしているやつはひとりもいなかった。

「よしきた。おれももう一度行ってこよう。五両は見のがせねえ」

いま馬場陣といっしょに帰ってきたばかりの坊主松が、だれにともなくいって、元気よく綱の組のあとを追っていく。

「坊主め、張りきってやがる」

「坊主に短があったらお目にかからあ」

残った組が悪口をついて、げらげらと笑った。花札の短冊は五つで、月には短冊はないからだ。

——ばか野郎、赤い二十坊主が待っているのを知らねえだろう。ざまをみやがれ。

坊主松は腹の中でせせら笑いながら、いいかげんのところでふらりと左手の路地へ飛びこむ。だれも気がついた者はないようだ。

しめたと思う目先へ、めっぽうあだっぽいお高の美貌が、若さをみなぎらせているしなやかな膚が、男心をそそるようにちらついてくる。

あの二階の暗いへやには、たしかに若い女のなまめかしいにおいがあった。お高は日ごろ辰んべをひいきにしている。今までだれもやつのおふくろの家へ気がつかなかったのは、いわゆる灯台下暗しというやつだろう。

——押し入れに小さくなっているやつを引き出して、じわじわと因果を含める。そんな所作にもたまらない興奮があるし、——生娘とは違うから、まさか声をたてなかろう。大きな声を出せば、今夜は絶えず表を子分どもがまわっているから、いやでも親分のところへけっぱり出されてしまうのだ。

——ぬれぬうちこそなんとやらで、案外いっしょに逃げてくれとこねえものでもあるめえ。

いちばんまずくいっても、ちょいとのどさえ絞めてしまえば、あの膚だけは御意のままだと、根が女犯からぐれだした坊主松は、とんだもうけものに舌なめずりをせずにはいられない。

路地から路地へ足音をしのばせながら、ついに目あての台所口の前へ出た。あたりを見まわして、そっと雨戸へ手をかけてみたが、桟がかけてあるらしい。

「おっかあ、こんばんは――」

坊主松はできるだけねこなで声になって、とんとんと雨戸をたたいた。

「辰つぁんに、馬場先生からことづけがあるんだ。ちょいとここをあけてくんな」

ひっそりとして、中からなんの返事もない。

「おっかあ、寝ちまったのか。こんばんは――」

また戸をたたいて、耳を澄ます。ほかの子分たちが、いつこの路地へはいってこないともかぎらないので、気が気ではない。

「辰つぁん、辰んべさん、いないのかね」

「どなた――?」

すぐ雨戸の向こうで、おふくろのおきよ後家の声が聞こえた。なあんだと思い、

「ああ、おふくろさんだね。辰つぁんに馬場先生からことづけがあるんだ。ちょいと顔を貸してもらってくれねえか」

「松つぁんですね」

「うむ、坊主松だ」

桟をあける音がして、がたびしと雨戸があいた。

「辰はもう寝床へはいったんですけどねえ」

そういうおふくろも寝まき姿で、まだ四十まえのみずみずしさが、後家だけにまんざら捨てた姿でもない。今まで見おとしていたのが、ちょいと損をしたような気がしないでもなかったが、今夜は二階にすばらしい二十坊主が隠れているのだから、そんなものに目をくれている暇はない。

「ごめんよ」

からだでぐいとおきよ後家を押しこむようにして、土間へはいり、後ろの雨戸をすばやく締めきって、

「おっかあ、大きな声をたてると、おまえのためにならねえよ。黙って見ていてくんな」

左手で長わき差しの鍔ぎわをつかんで、ぐいとひとつすごんでおいてから、ゆっくり暗い階段をあがっていった。

——ふん、赤い二十坊主のやつ、今ごろこそこそと押し入れの中へ逃げこんで、小さくなっているだろう。

ごくりとなまつばをのみながら、手さぐりで入り口の唐紙をあける。

「松兄い、おいらになんか用かね」

あっと坊主松は目をみはった。ほのあかりのただよう六畳のまんなかに床がのべてあって、むくりと半身を起こしたのは辰んべだ。

——ちくしょう、こんな餓鬼みたいなやつと、ちちくりあっていやがったのか。

むらむらっとなって、ものをもいわず踏んごみ、がらりと押し入れの戸をあけ放った。中は上の段に行李のようなものが二つ三つおいてあるだけで、下はからっぽだ。

そんなはずはないと、勢いこんで反対側の戸をあけてみる。

そっち側もがらくたが入れてあるだけで、お高のかげさえない。

——ちくしょう、逃がしやがったな。

てっきりうまくやったとばかり思いこんでいただけに、坊主松はがっかりして、どうにもあきらめきれない気持ちだ。

「松兄い、いきなり人の家の押し入れなんかあけて、どうしようってんだ」

辰んべがとがめだてるようになじった。

「おい、ここにいた女をどこへ逃がしたんだ。正直にいえ」

「女――？　なんのことだえ、それは」

「とぼけるねえ。てめえたちはこの二階へ、女をかくまっていたろう。ちゃんとわかっているんだ」

「それはどういうわけなんだろうな。おかしなことをいう人だ」

「なにをっ」

「男をかくまったろうの、女をかくまったろうのと、兄いたちは今夜どうかしてるぜ。さっき家捜しをしていったばかりじゃねえか」

辰んべはわけがわからないという顔つきだ。

「こんちくしょう、とぼけやがって」

どうしてくれようと、坊主松は歯がみをしたが、そうか、ここにいなけりゃ下だ、今夜は外へ逃げ出すはずはないと気がつき、さっと身をひるがえして、どかどかと階段を駆けおりる。

そこに青い顔をして突っ立っているおきよ後家を突きのけるようにして、茶の間へ飛びこみ、ふとんがのべてある前の押し入れを、がらっ、ぴしっとあけ放す。

そこはさっき見たときとおなじで、取り出したふとんだけのすきはできているが、ほかに人ひとり隠れられるような場所はない。

念のために店の土間をのぞいてみたが、ここにしじみを並べる低い台が造りつけてあって、土間のすみにしじみざるが三つ四つ重ねてあるだけだから、一目瞭然だ。

「あーあ、いいお月夜だな、兄貴」

「おれのせいじゃねえよ」

表通りをお仲間が、当てのつかない捜し物に、さすがに少しうんざりしてきたらしく、あくびまじりで足をひきずりながら通る。

坊主松はのそりと台所のほうへ引き返して、まだそこにおろおろと立ちつくしているおきよをにらみつけた。

もうどこも捜す場所はない。ちくしょう、行きがけの駄賃に、——ふっとそんな凶暴な欲望にかられないでもなかったが、見ると、階段の中途に辰んべが突っ立っている。

――しようがねえ。どうせここはお高の巣だ。一度は逃げても、きっとまた帰ってくる。そっとしておくほうが、あとの楽しみかもしれねえ。

とっさにそう思いかえして、坊主松はにやりと色好みな薄笑いを浮かべ、おきよがはっと身をよけるとそばを通り抜けて、台所の土間へ降りた。

「おれの勘違いだったかな」

雨戸をあけて出がけに、わざとひとりごとのようにいったのは、さかながが安心してもとの巣にもどれるようにという、坊主松のずるい手だ。

――いそぐことはねえ。何度でも出直しゃいいんだ。

そう思って、五足、六足、第二の路地のほうへ歩きながら、ふっとだれかつけてくるような気がして、

「だれだ」

どきりとしながら振りかえった。

「なんだ、馬場先生ですね」

馬陣が黙って歩けというように、むっつりあごをしゃくる。ここはふたり並んでは歩きにくい三尺路地だ。

まさか、あそこにお高がいることを、馬場陣十郎がかぎつけているはずはない。

するとなんだっておれなどのあとをつけてきたんだろう。

——いや、つけてきたんじゃなかろう。ひょっこり出会ったんだ。

それにしても、おきよ後家の家から出てきたところは見られてるはずだから、坊主松はなんとなく薄っ気味が悪い。

「坊主、おまえ辰の家から出てきたようだな」

はたして、第二の路地から堀ばたの表通りへ出ると、つと肩を並べてきながら馬陣がきいた。

「へえ、見ていたんですか、先生」

「ひとりで、なにしにあの家へ引っ返したんだね」

「悪いところ、見られちまったな。おきよ後家は、先生、あれでまだ四十まえだ。あぶらが乗りきっていやすからね」

「ふうむ」

馬陣はちょっと黙って歩いてから、

「さっき小平を捜しに行ったとき、二階へあがったのはおまえだったな」

と、なにげなく切り出す。

「そうですよ、先生」

「あのとき、おまえは二階の押し入れをあけなかった」

あっと坊主松はふいをつかれて、二の句がつげない。

「小平は下屋敷の庭へ飛びこんだんだろうといっていたおまえが、下屋敷へは行かずに後家の家へ行って、いきなり二階へ押しあがる。おまえの目的はお高だろう」

「ご冗談で――。まさか、あんなとこにお高ねえさんが」

「いや、お高はたしかにあの二階にいる」

「ほんとうですか」

「おまえが自分の鼻でにおいをかいだんだから、まちがいはない」

冷たくいいきって、すっと馬陣がひと足さがったので、ぎょっと坊主松が首をすくめたとたん、えいっ、すさまじい抜き打ちだった。

「わあっ」

青い月かげを仰ぐように、大きくのけぞった坊主松は、ちょうど堀ばたがわのほうを歩いていたので、よろめいた足を踏みはずして、どぶうんと堀の中へ水しぶきをあげていた。

「ばかめ、破戒坊主のくせに、だいそれた野心を起こした天罰だ」

われながらみごとにきまった右袈裟に、陣十郎は小平太を切りそこねた宵からの鬱憤がわずかに晴れた気持ちで、道の前後を見まわしたが、さいわい人かげもない。ゆうゆうと刀をぬぐって鞘におさめ、もうあたりまえの顔になって、町かどのほうへ歩きだす。

――お高はいずれおれのものだ。

おきよ後家の二階に隠れているお高の色っぽい肢体をはっきりとまぶたに描きながら、陣十郎の残忍な顔へふっと薄笑いが浮かんで消えた。

坊主松が堀へ切りこまれているのを、仲間が見つけて大騒ぎになったのは、夜がしらじらと明けてからであった。

「野郎がやったにちがいねえ」

ひとりがそういうと、

「けど、野郎のは木刀だったぜ。木刀じゃこう切れねえだろう」

と、もっともらしく反駁するやつがある。

「なあに、どこかで刀を手に入れたのよ。野郎だって死にもの狂いだからな」

そんなうがったことをいうやつも出てきて、とにかく野郎はまだこの近所に隠れているにちがいないということになり、またひとしきりそこらじゅうを駆けまわって、いい近所さわがせをやったが、ついに小平太はどこからも出てこなかった。

明けがた、あとを子分たちにまかせて、万年橋の安五郎（やすごろう）の家へ引きあげた馬場陣十郎は、昼ごろまでぐっすりひと眠りして目をさますと、安五郎がいつものとおり、一本つけて茶の間へ迎えてくれた。

「馬場さん、ゆうべは惜しいことをしたね」

安五郎はまだ三十を出たばかりで、これから深川一帯を自分のなわ張りにしようという大きな野心があるから、客をたいせつにする。

「うむ」

馬場陣はむっつりと答えたが、

「なあに、野郎の巣は福井町とわかっている。もう二日か三日の命だ」

と、にこりともしないでいう。

「いよいよ、こっちから乗りこむか。まあ、そのほうが早いには早いが、坊主松を切った手口で見ると、野郎も相当なもんらしいからな」

「今夜、ここで坊主の通夜（つや）をしてやるのか」

女房のおかねが先立ちで、いつもより台所がにぎやかなようである。

「うむ、坊主も万年屋のために死んだようなもんだ。できるだけのことはしてやろう」

「ときになあ、安、祭り見物にきて、つい長逗留(ながとうりゅう)になってしまったが、わしは今夜帰る」

陣十郎が突然いいだした。まだ棺おけはついていないが、自分で切ったやつの通夜でもあるまいと思ったからだ。

「ついでだから、坊主の通夜をしていってくれりゃいいのにな」

ゆうべは手足になって働いていた坊主松なのだから、それが当然だと、万年安は意外そうな顔になる。

「いや、小平がゆうべうまく目をくらまして逃げたとすれば、どうせ福井町だ。早く野郎をかたづけたほうが、坊主の供養(くよう)になるだろう」

「なるほど、それもそうだったな」

「ところで、安、わしに頼みが一つある」

「改まってなんだね」

「おまえの妹のお高を、わしの女房にもらいうけたい」

「お高を――」

万年安は冗談をいいなさんなといいたげに、馬陣の顔を見なおした。切れ長な細い目が針のように光っている陣十郎の青白い顔は、ふだんでも冷酷なすごみがしみついていて、ついぞ女のことなど口にしたことのない男である。

「馬場さんでも、そんな気をおこすことがあるのかねえ」

「ばかをいえ。おれだって男だ」

「しかし、お高はちょいと困るな」

青鬼が女をほしがる、まだなんとなく本気になれない万年安だ。

「なにが困る」

「実は、後藤のだんなから、もう五百両前金がきている。ゆうべも本庄（ほんじょう）が使いにきて、この二十五日に金座さんがある下屋敷を借りて、お客を招くことになっている、その席へ吉原（よしわら）から三人、深川から三人、より抜きの芸者を腰元に仕立ててごちそうに出すことになっているから、それまでにぜひお高を捜しておくようにと、掛け合いをうけているんだ」

「ひとりぐらい欠けてもよかろう。六人が五人になっても、給仕にはさしつかえあるまい」

あっさりいってのける馬陣だ。

「そりゃ先方は五人でも用は足りるだろうが、こっちは五百両の件があるからな」

「見つからない者はしかたがない。わしが五百両出せばよかろう」

「見つからない者に、見ずてんで五百両張ろうっていうのかね、馬場さん」

はてなと、万年安は思わず目をみはる。

「金は三日じゅうにとどける」

「お高は千両の売り物だぜ」

「それも承知している。あと金の五百両は、おれがここへくるとき持ってくる」

どうやら本気らしく、青鬼の目が燐のように燃えている。


十七日の晩に家を出たっきり、小平太はもう四日も福井町へ顔を見せなかった。

――どこを遊び歩いているのかしら。

風来坊でよく家をあけることはあるが、こんなに顔を見せないと、やっぱり心配になる。お加代はときどきそっと長屋へ通っていっては、そのたびに隣の大工の女房に見つかり、

「まだ若だんな帰ってこないんですよ。どこへ行ってるんでしょうね」

と、声をかけられて、まるで自分がしかられてでもいるように顔が赤くなった。

――いやだわ、あたしのせいじゃないのに。

このあいだ二階で小平太に面と向かって、おれは女たらしだから、ほれっこなしだぜと、ずばりといわれてから、お加代はどんなに自分が若だんなをおもっていたか、はっきり思い知らされてしまった。

だから、あのときかぎり、若だんなのことはきっぱりとあきらめることにしたのだ。だいいち、いくらおもってみたところで、岡っ引きの娘と八丁堀とでは身分が違いすぎるから、とてもいっしょになどなれやしない。それがあるから、若だんなはわざとあんなことをいったんだと、ちゃんとわかってもいる。

でも、ほんとうは若だんなだって、あたしがそうきらいなんじゃない。

あきらめてはいるけれど、どこかにまだそんな気持ちがあるお加代だから、三日も四日も顔を見ないと、いやだなあ、女たらしなんだから、どんな女と遊んでいるのかしらと、思いはついそこへ落ちて、悲しくもあるし、くやしくもなってくる。

――あきらめたくせに、やきもちをやくなんて、あたしどうかしている。

しまいには腹がたってきて、もう若だんなのことは考えないようにしようときめ、せっせとしばらく立ち働いてみたりするが、いつの間にか、ふっとまた、今ごろことによると長屋へ帰っているんじゃないかしらと思いだし、もう行ってみずにはいられなくなってしまうのだ。

「お加代、若だんなはしばらく顔を見せねえようだな」

けさはじめて父親が、それを口にした。

「まだだれか、きっといいひとが見つかったんでしょ」

お加代はわざと平気な顔をして答えた。

「それならいいが、若だんなはあれで案外けんかっ早いほうだからな。もしまちがいでもあっちゃ困ると思ってな」

重五郎は娘の顔色を見い見い、そんな心配をする。娘の前でなるべく小平太のことは口にしたくないが、思わずそれが口に出るほど、重五郎も気になっているのだ。

「だいじょうぶよ。木刀差して出かけたんですもの、けんかなら負けっこないと思うわ」

そのときはほんとうにそんな気がしていた。

剣客になろうと思って、腕はじゅうぶん修業している人だから、けんかならだいじょうぶだと、そっちは少しも気にしていなかったが、父親にそういわれて考えてみると、それも相手と人数によりけりだった。

お加代はまた心配が一つふえて、血みどろの小平太が口もきけないで、どこかの家へかつぎこまれている姿が目にちらつきだし、いまにもそんな使いが駆けこんでくるのではないかと、その日は一日じゅうおちつけなかった。

夕がた、たまらなくなって、長屋へそっと忍ぶように見にいくと、やっぱり雨戸が締まっている。中へはいってみると、万年床の敷きっぱなしも、きのうのまんまだ。

「どこへ行っちまったんだろうな、ほんとうに」

まくらもとへすわって、思わずふとんの上へ突っ伏していきながら、男のにおいがそこはかとなく胸の底までしみこんでくると、わけもなく涙があふれてきた。

「きらい、――あたし、若だんななんか大きらい」

じいんと胸が痛くなるほどせつなくなって、世の中がなにもかもあじけない。いっそこのまま死んでしまいたいと思う。

そして、別の心か、もしこうやっているところへ、ひょっこりあの人が帰ってきてくれたら、どんなにうれしいだろうと、じっと聞き耳を立てているのだから、お加代はわれながら自分がいじらしくなってしまうのだ。

「しようがないわ。あたし、ほんとうに若だんなにほれてるのね」

かっと顔が赤くなってきて、気恥ずかしい。こんなところ、もし隣のおかみさんにでものぞかれたら、二度とあの家の前が通れなくなると思い、いそいで起き直って、目をぬぐい、髪をさわってから、そっと立ち上がった。

「若だんな、また来ますわ」

もの足らない気持ちをせきたてられるように、澄ました顔で路地へ出たが、さいわいだれも人目はないようだ。みんな夕飯のしたくにいそがしいのだろう。

一度表通りへ出て、かどの伊勢屋の横町から自分の家の路地へはいってくると、右手は伊勢屋の黒板べい、左手にしもた屋が三軒つづいて、突き当たりがわが家、この路地は家の前から西へ折れて、杏八幡(あんずはちまん)の横町へ抜けていく。

西の空にまだ夕焼けは少し残っているが、路地はもうたそがれかけて、まもなくどの家へもあかりがはいる、そのうす暮れのわが家の玄関前にふらりと立って、ぬすっとかむりの男がじっと内をのぞきこんでいるのだ。

お加代はどきりとした。やくざふうの男だが、小平太でないのはひと目でわかる。小平太よりはひとまわり大きいがっしりとした肩幅だ。

──いやだなあ。きのうもだれかのぞいていたって、ばあやがいってたけど、あの男じゃないかしら。

わざと下駄の音をたてて近づいていくと、その男がくるりとこっちを向いた。

「あんた、家へなんかご用なんですか」

しゃっきりとして、お加代はその男へいった。うちのおとっつぁんはお奉行さまもご存じの岡っ引きなんだから、というこどもっぽい気持ちが、こんなとき娘心を強くする。

「こんばんは、にはまだちょっと早いかな」

男はゆっくりとかぶりものを取って、にっとしながら、

「お宅に小平さんて若い兄いがいやすね」

ときく。やがて四十がらみの、あまり人相のよくない男だ。

「います。今はるすですけど」

小平太の名が出たので、お加代は思わずぎくりとして、鈴のような目をみはった。

「今はるすねえ。じゃ、あれっきり帰らねえんですかえ」

「あんた、どなたなんです。あれっきりって、いつごろのことなんです」

「あっしは深川の万年安の使いで来た五郎って野郎なんだが、るすじゃしようがねえな」

「小平さんと、どこで会ったんです」

お加代はなによりもそれが気になる。

「もう二、三日になるかな。深川の賭場で会ったんだが、それっきり帰らねえようだな、ねえさんの口ぶりじゃ」

またしてもにやりと笑われて、なんだかこっちの胸の中を見すかされたような、お加代はつい顔が赤くなりながら、

「どんなご用だか、うかがっておきます」

と、思いきっていった。

「そいつは、当人でないと困るんだ」

その男はなにげなさそうに路地の前後を見まわしながら、

「あすの朝でも、また来てみやしょう。ごめんなすって」

急におじぎをして、杏八幡の横町へ出るほうの路地へ、さっさと歩きだした。

――薄っ気味の悪いやつ。

若だんなにどんな用なんだろう、深川の賭場にいたなんて、ほんとうかしら。

追いかけていって、もっと様子が聞きたいような気もして、ぐんぐん夕やみにとけこんでいくその男のうしろ姿をぼんやり見送っていると、伊勢屋の路地のほうからひたひたと地を踏んでくる重い足音がした。

「やあ、福井町小町君、いたな」

ぬっと前へ立ちはだかったのは、金子健四郎である。

「あら、金子さん」

「小平太はこっちへ来ているかね。あっちへ行ったらるすだった」

「どうぞ、おあがりになって。若だんなは出かけていますけど」

「どこへ出かけたんだね」

「お話があるんです。なんだかあたし、とても心配で」

いい人がたずねてきてくれたと、お加代はわくわくしながら玄関をあける。

「そうか、若だんなはまだ帰ってこないのか」

健四郎が茶の間へすわると、六畳の間がせまく見える。

「ええ。金子さんのおうちへも、あれっきり顔を出さないんですか、あの人」

お加代は茶をいれて出しながら、すがるような目をしていた。

「うむ。木刀を差して帰ったのは、たしか十四日だった。小平太は十七日の晩出たっきりだそうだね」

「あら、知ってるんですか、先生」

「きのう、ここのおとっつぁんが来て、くわしい話を聞いたんだ」

「まあ」

父親は自分より心配していたんだと思うと、お加代は思わずじいんと胸が熱くなる。

「まさか、きょうあたりはもう帰ってきていやしないかと思ってきたんだが、のんきな男だな」

「ねえ、先生、若だんなどこかでけんかなんかして、口もきけないような大けがをしているんじゃないでしょうか」

「そんなことはあるまい。小平太はそんなまぬけじゃない」

「じゃ、やっぱりあれかしら」

「あれって、なんだね」

いってしまってから、お加代はやっぱり顔がまっかになってしまう。

「好きなひとって、平公はお加代ちゃんがいちばん好きなんじゃないのか。それとも、ほかにだれか女でもあるんかね」

健四郎は意外そうな顔だ。

「あら。あたしなんか――」

お加代はふっと涙が出そうになる。好きどころか、若だんなにははっきり、ほれちゃいけないと断わられている身なのだ。

「ああ、お加代ちゃん、やきもちをやいているのか」

健四郎は無遠慮にいって、大きな声で笑いだしながら、

「あの男はだいじょうぶだ。そんなだらしのない男じゃない」

と、ひとりで飲みこんでいるようなことをいう。

ほんとうならうれしいけれどと思いながら、お加代はいそいで目をふいて、

「そういえば、今へんなやつが家をのぞいていたんです」

と、涙をまぎらせるようにいった。

「へんなやつ――？」

「あたしがなんか用ですかってきくと、深川の万年安の使いできた、用は当人でなけりゃいえないけど、若だんなには二、三日まえに深川の賭場で会ったっていうんです。ほんとうかしら」

「ふうむ」

はてなと、健四郎は目をみはりながら、腕組みになる。

「その男は、万年安の使いだというんだね」

「ええ」

小平太はあの晩、万年安の妹でお高という小生意気な芸者に身もとを洗われたあげく、船で逃がしてもらったといっていた。そのことはきのうちょいと重五郎の耳にも入れておいたが、万年安から使いが来るようでは、深川でなにかまちがいがあったにちがいない。

「よし、今夜といいたいが、わしは今夜これから練兵館の先生に会いに行かなけりゃならん。あした深川へ行ってみてやろう」

「深川になにかあるんですか」

お加代が急に不安そうな目をする。

「うむ、行ってみなけりゃわからんが、若だんな、あそこではでなけんかをやっている。その辺へ行ってきいてみたら、なにかわかるかもしれない。じゃ、今夜はこれで失礼する」

健四郎はもうせっかちに立ち上がろうとした。

「あら、まだいいじゃありませんか。なんにもありませんけど、お夕飯でも――」

「いや、それは九段でよばれることになっているんだ。もし、小平太が今夜にも帰ってきたら、あした家へ来るようにいってください。ぜひ話したいことがあるんだ。――まあ、あんまりつまらん心配はしないほうがいいぜ、お加代ちゃん」

なぐさめるようにいって、健四郎は玄関へ降りた。

「あす深川の帰りに、きっと寄ってくださる？」

思い詰めた目の色をして、この十八娘はそんな身がってなことをいう。わがおもう男のことしか、胸の中にないのだろう。

「うむ、寄ろう。おじゃまをした」

健四郎は笑いながら外へ出た。路地の家々には、もう灯がはいっている。

ふっと気がつくと、自分の前を、もう宵やみになった路地をすたすたと通りへ出ていくぬすっとかむりの男がある。

――福重の玄関をのぞいていたやつというのは、あいつじゃないかな。

そうだとすれば、今ものぞいていた帰りかもしれぬ。思わず健四郎が大またになると、足の早いやつで、そいつはもう伊勢屋のかどを左へ、茅町通りのほうへさっさと曲がっていった。

勢いこんでそのかまどまで走ったとたん、

「おお」

そのかどからひょいと出会いがしらに曲がってきた男があるので、さっと健四郎はひと足飛びさがる。

「失礼――」

「やあ、こりゃどうも」

先方もびっくりして立ち止まって、

「おや、金子さんじゃありませんか」

と、目をみはった。重五郎だったのである。

「やあ、親分か」

「いいとこで会いました。実は、深川へ行ってきた帰りでしてね」

「そうか、行ってきたか」

怪しいやつの追跡より、健四郎としても、小平太の消息のほうが気にかかる。

「で、なにか手がかりがあったかね」

「まずお高って芸者を捜してみたんですがね、これが祭りの手古舞いにも出ずに、行くえをくらましているというんでさ」

福重があたりを見まわしながら、声をひそめる。

「小平太のあばれたのは十三日で、祭りはその翌日からだ。お高が姿をくらました原因は、小平太を逃がしたことかな」

「まあ、そんなところでしょうね。万年安は金座から前金を取っているとかで、手分けをして大騒ぎをやっている。ことによると若だんなと逃げたんじゃないかと、先方じゃ疑っている。こいつはぬれぎぬだが、そんな騒動のさいちゅう、十七日の晩、ふらりと若だんながあの土地へ出かけたことになるんでさ」

「ふうむ。じゃ、やっぱり借りた半纏を返しに行ったんだな」

「そうらしいんです。あいにく、祭り見物に行った馬陣と四天王のやつらが、まだ万年安の家に遊んでいたんで、一晩じゅう若だんなを追いまわしていたが、つかまらなかったらしい。敵は、坊主松という女犯からぐれだした坊主あがりのやくざがひとり、入船町の堀ばたで、うしろ袈裟に切られていた。みごとな切り口だから、たぶん若だんなだろうっていうんですがね」

「小平太はわき差しをさしていったのかね」

「いや、馬陣とやったときは木刀だった。あとからどこかでわき差しを手に入れたんだろうってことになっているんだそうで」

「そりゃ違うな。うしろ袈裟はおかしい。小平太はやくざを相手に、逃げるやつを切るようなけちな男じゃない」

「なるほどねえ」

「それは十七日の晩のことで、小平太もお高もいまだに行くえがわからないってわけなんだね」

「そうなんです」

「しかし、お高のほうは知らんが、小平太は生きていることだけはたしかだ。さっき万年安のところから、親分の家へ様子を見にきたやつがあるそうだ。いまお加代坊から聞いてきたんだがね」

「へえ、様子を見にねえ」

健四郎はいまの怪しいやつのことを口にしようかと思ったが、確信があるわけではないからやめて、

「とにかく、あすまた来てみる。今夜は九段の先生が帰ってこられたんで、これから会いに行くところなんだ」

と告げて、福重に別れた。

懇望(こんぼう)されて、江川の手代をつとめている斎藤弥九郎(やくろう)は、ずっと韮山(にらやま)のほうにいて、こんど久しぶりで九段へ帰ってきたのである。

その翌日は、朝から残暑がぶりかえしたようにむしむしして、雲の去来があわただしかったが、昼をすぎるころからしだいに南の風が強くなり、どしゃ降りの雨をともなって、大暴風雨になってきた。

海に近いおきよ後家の二階は、家が古いだけに、台風が吹きつけるたびにみしみしと家鳴り震動して、いまにも屋根を持っていかれそうだ。雨漏りがひどいので、たらいだの、おけだの、さてはすりばちやなべまで座敷じゅうへ並べて、

「ふ、ふ、まるで古道具屋みたいだねえ」

と、お高はそれでもぞろりとすそをひいたまま、平気でわらっている。

「しりぐらいはしょっていたらどうなんだ。屋根を吹っ飛ばされりゃ、いやでも外へ飛び出さなけりゃならねえんだぜ」

雨漏りとにらめっこしながら、小平太があきれてたしなめると、

「よすわ。あいそつかされるといやだもの」

と、そのままのかっこうで、小まめにたまった水を下へ捨てに行ったりする。

——おかしな女だ。ほれきってやがる。

小平太は根づかれがしてきて、雨漏りをよけたへやのすみへ、ごろりとひじま

くらになってみた。

昼間でも雨戸をあけたことのないこの二階は、いつも薄暗いが、きょうはことにどんよりと暗かった。

この薄暗い二階からあの晩以来一歩も外へ出ず、お高とふたりきりできょうでまる五日、情痴(じょうち)のかぎりをつくした小平太は、おれは気が変になってしまったんじゃないかなと、頭を振ってみることさえある。

あの晩、坊主松が押しこんできたときは、たぶんそうくるだろうと思ったから、台所のあげぶたの下へ隠れるところを用意しておいて、難をのがれた。

が、表へ出た坊主松が、たしかに陣十郎に呼び止められた声を耳にして、もうだめだと観念した小平太は、お高の手を取って、かまわずこの二階へあがってしまった。

「だいじょうぶ、あんた？　もう少しあそこにいたほうが、安心じゃない？」

「おれはあげぶたの下で死にたくはねえ」

「だから、死なないために隠れるんじゃないか」

「いや、坊主松は馬陣に見つかってしまったようだ。こんどはきっと、馬陣が自分で押しこんでくるだろう」

来たら、堀ばたへ行って、堂々と勝負をする気だったのだ。

「ほんとうかしら」

ふたりで辰んべが寝ていた床の上へならんですわって、お高が不安そうにいった。

坊主松の声がなにかしゃべりながら、表通りへ回ってきて、町かどのほうへ歩き去るのを、小平太は木刀をひきつけて、じっと耳で追っていた。

突然、えいっという殺気をふくんだ気合いが、やや離れたあたりで聞こえ、わっ、どぶうんと堀へ落ちこむ水音が、にぶくぶきみに耳へついた。

「やったな」

小平太には陣十郎が抜き打ちに坊主松を切って、切られた坊主松がのけぞりながら堀へ落ちこんでいく姿が、はっきりと目に浮かぶ。

「切ったのかしら」

お高が小平太の顔色を見て、おびえたようにきく。

「うむ」

うなずいてみせた小平太は、すぐに馬陣が引き返してくることを予想して、じっと足音に耳をすます。

「いやだ、そんな恐ろしい顔をしちゃ。こわい」

しがみついてきたお高は、ほおを押しつけて、ぐいぐいからだごとのしかかるように身もだえするので、その胸から背へ手をまわし抱きとめていた小平太は、ついからだの中心を失ってうしろざまに倒れ、もつれもみあっているうちに、もうどうにでもなれという気になってきた。

「お高、知らねえぞ、おれは」

こんなところへ馬陣に踏んごまれたら、それこそ四つにされそうだと、小平太にはその不安がないでもなかったが、お高のはだは激しい情火に燃え熟れて、濃艶な香を惜しげもなくたぎらせている。その女という美しいけだものの媚態に魅せられた小平太は、むせるようなはだの香に酔いしれ、つい男というけだものにならずにはいられなかった。

その夜以来、この昼も夜も暗い古ぼけた二階の六畳は、ふたりだけの淫蕩な春の楽園と化して、きょうまで痴態のかぎりをつくしてきた。

あの晩こなければ、翌日はきっと来るだろうと覚悟していた馬陣は、その夜、船をわざわざ汐見橋の下まで持ってきてくれた辰んべの口から、急に神田の自宅へ帰ったとわかった。

「それに、今夜は坊主松の通夜で、身内はみんな万年橋へ集まっている。帰るんなら今だと思って船を持ってきたんだが、どうするね、兄い」

「だめよ、辰んべ。この人いま福井町へ帰したら、それこそ馬陣にねらわれるじゃないか。当分帰さないいんだから、そのつもりでいておくれ」

お高はそんなうがったような口実を作って、頭からぴしゃりやっつけていた。

「へえ、そんなもんでござんすかねえ」

辰んべはふたりの顔を見くらべて、にやにやしながら、

「じゃ、ねえさん、もう一組みふとんを運ばなくちゃなりやせんね」

と、わざとそらっとぼけた顔をする。

「そうねえ、当分一つでまにあわせておくからいいわ」

お高はもう顔ひとつ赤くしようとはしなかった。

小平太は一度どうしても福井町へ帰って、馬場陣十郎のことを重五郎の耳に入れておかなければならないと思っていた。それが五人組強盗の手がかりになるとすれば、一日も早いほうがいいのである。

そう考えていながら、この二階の淫蕩な楽園から、思いきって脱け出す気になれない。お高の火のような情熱と、けっして男にきたならしい姿は見せない洗練

された身だしなみが、多少常軌は逸しているが、若い男心を骨の髄までとろかしているのだ。

「お高、おまえどうしてこんなところへ身を隠す気になったんだ」

「きたならしい男の、めかけになんかなるのいやだもの」

「で、いつまでここに隠れているつもりなんだ」

「いられるだけいるわ」

「いられなくなったら、どうする気だ」

「あんたといっしょに、駆け落ちするわ」

あしたのことはまったく無計画らしい。そういわれても、駆け落ちは小平太は困るのだ。

「おれはおまえと、晴れて夫婦になるには、どうすればいいんだ」

「江戸じゃだめかもしれない。にいさんてまえがってで欲張りだから、きっとあんたに千両出せっていうわ」

「そんな金は、ちょいとおれにできそうもないな」

「だから、ここにこうしていられるだけいて、いられなくなったら、どこかへ駆け落ちしましょうよ」

今さえ楽しければ、それでいいじゃないかという口ぶりである。

「あたしねえ、あんたが馬陣と切り合いをやっているのを見て、好きだなあと思ったのよ。いっしょうけんめいで、なんていうのかしら、うぶでとてもきれいだと思ったのよ。それから本庄に頼まれて、あんたを深川へひっぱっていったでしょ。話しっぷりがさばさばとして、情合いはあるし、そのときはそうでもなかったんだけど、船で別れたら、とたんに気が変になっていたんです」

「おれはべつに、あのときいもりの黒焼きはつかわなかったぜ」

「ばかばっかし——。けど、ふしぎねえ、あたしは一生に一度好きな男と、死ぬほどの恋がしてみたいと思っていた。だから、あたし、あの翌日ここへ身を隠してしまったんだけど、その心のどこかで、あんたはきっとあたしを捜しにきてくれると思っていた。そしたら、あたしの思うとおりになっちまったんだもの」

お高は燃えるような情痴に狂いながら、この世間から隠れたふたりきりの不自然な生活に満足しきっているようだ。

しかし、小平太はいつまでもそんな世界にばかり耽溺（たんでき）はしていられないのである。

「おまえは火のような女だな」

小平太も半分はやけになって、どうにでもなれと思うことはあるが、しかし生活というものを忘れきってしまうことはできなかった。

「どうしてさ」

「おまえのはただ火のように燃えているだけで、先のことはちっとも考えていない」

「そんなこともないけど、いくら考えたって、なるようにしかならないじゃないか」

「男はそうはいかねえ。なるようにしようと思うから苦労するんだ」

「どう苦労しているの？」

「どうすればこの先夫婦になって、満足に暮らしていけるか」

「いまだって、夫婦になって、こうやって暮らしているじゃないか。あんたちっとも楽しくもうれしくもないの？　もうあたしに飽きちまったの？」

「いっそ飽きりゃ苦労はしねえ。飽きられねえから、どうすればこんなもぐらもちみたいな生活から抜けられるか、苦労するんじゃねえか」

「ふ、ふ、ほんとにもぐらもちみたいだね。昼も夜も日の目を見ないで」

「飯ごしらえから、せんたくまで下のおばさんのやっかいになって」

ふろへさえ行けないのだから、夜中にそっと物音をしのんで、下の台所で行水を使わせてもらってすましているのだ。

「こんなの、人間の生活のうちにはいらねえ」

「そうかしら。あたしはあんたがそばにいてくれさえすれば、こんなもぐらもちの二階でも楽しいな」

「だいいち、金がなくなったらどうする気だ」

「まだあるから、当分だいじょうぶよ」

「それがなくなったらのことを、考えちゃみねえのか」

「それはそのときになって考えれば、いいじゃありませんか。どうせ、あんたに千両つくれったって無理なんだから、まあ駆け落ちね」

「駆け落ちするにしたって、先立つものは金だぜ」

「わりに苦労性ねえ、あんたは。家へ帰れば、まだあたし着物だって、髪のものだって少しは持ってるからだいじょうぶよ、これで、あたしだってまんざらばかじゃないんだから、あんたは安心してればいいのよ」

まったく話にはならないし、むろん安心などしていられるはずもない。それでいて、小平太がこの二階を離れきれず、一日一日とぐずぐずしてしまったのは、お高という淫蕩な春の楽園が、けっして男を飽きさせないふしぎな女体(にょたい)の魅力を持っているからだ。

が、小平太はいずれにせよ、どうしても一度は福井町へ帰ってこなければならない必要に迫られている。

そして、きょうの大暴風雨になったのだ。

辰んべは、門前河岸(がし)の船宿のほうへ寝泊まりしていて、めったに家へ帰らない。それに、一度せっかく船まで持ってきてくれたのを、あっさりと断わっているから、また頼むというのも気がひけた。

——さいわいこの暴風雨だ。きょうなら人目にもつくまいから、夜になったらひとっ走り、福井町へ帰ってこよう。

そう思いながら、たたきつけてくる台風の音とは別に、絶え間ない雨漏りの音を耳にして、うつらうつらしていると、下からお高が帰ってきた。

「あんた、うたた寝するとかぜひくわ」

まくらもとへすわって、顔をのぞきこみながら、ふところ紙をひざへのせて、黙ってひざまくらをさせる。

「寝ちゃいねえよ」

「じゃ、また先の苦労をしているの？　いやんなっちまうな」

「べつにそんな苦労もしていねえが、お高、おれはきょう夜になったら、ひとっ走り福井町へ行ってくるぜ」

「どうしてさ。こんな暴風雨なのに」

はたして、お高は目をすえてきた。

「暴風雨だから、人目がごまかせるんじゃねえか。重五郎に教えておきてえこともあるし、金も取ってきてえ」

「うそだろう。あんた、あたしが鼻につきだして、逃げ出す気じゃない？」

「へんなことをいうねえ。ばかだなあ」

「あたしあんたがどこへ逃げ出したって、きっとどこまでだって押しかけていきますからね」

「逃げる気なら黙って逃げらあ」

「福井町にきれいな娘さんいるんですってね」

「それがどうした」

「あんたが、もし、その娘さんに手なんか出したら、あたしはくやしいから、その娘をなぶり殺しにしてやる。ほんとうだから」

かっと燃えるような目になるお高だ。

「ばか、やめろ、くだらねえ。おれはそんなきたねえ男じゃない」

「どうせあたしはばかだわ。ばかだから、あんたみたいなご落胤にこんなにほれちまったんだわ」

「またご落胤か」

小平太は思わず苦笑が出る。

「おかしいなあ。あたし、どうしてこんなに、だらしなくあんたに夢中になっちまったのかなあ」

「きのどくだなあ、お高」

「ねえ、ご落胤の子どもはなんていうんだろう」

「ご落胤の子――？」

「あたしがあんたの赤ん坊うめば、ご落胤の子でしょう。そういうのはなんていうの」

「ご落胤のご落胤。孫落胤てわけだな」

「ふ、ふ、孫落胤ていうの。なんだかお菓子の落雁とまちがいそうじゃないか」

急にそんなこどもっぽいことをいって、笑いだしたりする。

暴風雨は、夜になってもいよいよ地をゆるがして、吹きつのるばかりだった。こんな晩、表をうろついている物好きもなかろうからと、今夜は二階へも珍しく宵からあかりを入れたが、風雨の底におびやかされながら、雨漏りの絶え間ないこの古ぼけた荒星は、かえって陰惨なぶきみさを増したにすぎない。

「こんなこわい晩に、行っちゃいやだ」

お高はからだごとまつわりついて、どうしても小平太を放そうとしなかった。

しかし、一度福井町へ行ってくるには、こんな晩ででもなければ、安心して出られない小平太である。

「行って帰って、長くかかってもたった二刻、九ツ（十二時）までには帰ってこられるんじゃねえか。娘っ子じゃあるまいし、あんまりわからねえことをいうと、おこるぜ」

しまいにはつい腹がたってきて、いらいらしだすと、

「おこっちゃいやだったら」

さすがにお高も、昼間さんざんいいきかされているのだから、自分のほうが無理だと知っている。

「じゃ、きっと九ツまでに帰ってくれますね」

「帰ってくる」

「お金ができたら、あすにでも駆け落ちしてくれるんでしょ」

「うむ」

「きっとあたしを捨てやしませんね」

「ばか」

「ばかでもいいから、捨てちゃいやだ」

かっと胸をかりたてられるように男を押し倒し、からみついて、身もだえして、狂ったようにまたしても愛情をからだで誓わせられ、なんていうざまだと、小平太はわれながら少しあさましい気さえしてくる。

お高はその火のような興奮がおさまると、しょぼんと横すわりに起き直って、

「九ツまでに帰ってきてくれなかったら、あたし首をつって死んじまうからいい」

と、やっと納得しながら、泣きだしそうな目をする。そのなにもかもゆるみきって、くずれた緋牡丹のように息づいている肢体が、陰惨な灯かげに、ふっと哀れな気がしないでもなかったが、ぐずぐずしているとまた気が変わる。

「おまえな、そんなに寂しかったら、おれが帰るまで、下のおばさんのところへ

行っていろ」

　小平太はさっさと帯を締め直し、しりをはしょり、木刀を取って腰に打ちこみながら、

「じゃ、行ってくるぜ」

　と、へやを出ようとした。

「ああ、待って、あんた」

　はっと正気にかえったように立ち上がったお高は、いそいで押し入れから丸万の半纏（はんてん）を出してきて、

「これ、ひっかけていくといいわ、ぬれるから」

　と、うしろから着せかけてくれる。

「あんた、きっと帰ってきてね」

　半纏を着せかけたついでに、またしても肩へしがみついてくるお高を、

「ばか、何度おんなじことをいわせる気なんだ」

　小平太はしかるようにいって、わざとじゃけんにお高のからだをひきずりながら、どかどかと階段を降りはじめた。

「あぶないじゃないか」

それでもお高はやっと肩を離れて、そのまますそをひきながらあとを追ってくる。

「おばさん、ちょいと福井町まで行ってくる。あとをたのみます」

障子越しに茶の間へ声をかけると、

「おや、この降るのに――」

おきよ後家がおどろいたように、障子をあけて顔を出した。

「なあに、こんな晩でなくちゃ、うっかり表へ出られねえ因果なやつさ」

「それもそうですね」

「九ツまでには帰るつもりだが、戸締まりはしとくほうがいいね。帰ってきたら戸をたたくから」

こんな晩には、傘(かさ)も下駄も役にはたたない。小平太は手ぬぐいをぬすっとかむりにして、はだしで台所へ降りる。

「行ってくるぜ」

振りかえると、ふところ手をして立っていたお高が、

「ふ、ふ、ねずみ小僧みたい」

と、寂しく笑う。

「もぐら小僧のまちがいだろう」

自分でもおかしくなって笑いだしながら、思いきって雨戸をあけた。

ごうっと雨まじりの強風が、いきなり顔へまっくろなうずをまいたようで、

「わあ、ひでえ」

目をつぶって一気に路地へ飛び出し、がらりと後ろの雨戸をしめきった。

一度ぬれてしまえば度胸がつく。暗い路地から路地を汐見橋の通りへ出ると、まるでからだを吹っ飛ばすように、風雨が左からたたきつけてくる。往来を歩いている者などひとりもない。

かわらでも飛んでくるとあぶないと思い、道のまんなかをまっすぐ仲町通りへ突っ走った。さすがの色町も、今夜はまっくらだ。

ごうっごうっと風が絶えず中空でうなり、豪雨が地上でうずをまきながら、地鳴りをさせてころげまわっている感じだ。雨はもう下帯までぐっしょりしみとおって、頭から顔へ滝のように流れてくる。

「こいつはすごいや」

全身を緊張させながら、小平太はなんともいえぬ爽快(そうかい)な気持ちになってきた。

どんなに今別れてきた二階の空気が濁っていたか、ねとねととしじゅうからだじ

ゅうにまとわりついていたお高の濃厚なにおいがいちどに洗い落とされただけでも、生きかえったような気がする。

女

小平太は永代を渡らずに、橋手前を右へ切れ、佐賀町へ道を取った。風が背から吹きつけるようになるから、急に走りよくなる。

――お高は人の女房になれる女だろうか。

そばを離れてみて、小平太はいっそうそれが気になってくる。正直にいって、胸が重くならずにはいられなかった。

色町に育って、男の歓心を買うしつけをうけ、それが唯一の生活になって、男から歓心を買われるようになると、自分に集まってくる男というものがみんなばからしくもあり、きたならしくも見えてきた、だから、好きな男と駆け引きなしのほんとうの恋がしてみたい。それは金で女をもてあそぼうとする男たちへの、反逆、鬱憤ばらし、いや、そう深いものではなく、意地だの張りだのを最大の誇りにしたがる女のみえ、その程度のものかもしれない。

だから、お高のほんとうの恋というのは、自分からただ燃えて、恋と遊んでいればいいのだ。どうもそうだとしか小平太には思えない。

お高には、この恋はどうなるのか、どうしなければならないのか、とそんな理性は今のところ少しもないようだ。

いずれ男と所帯を持つようになるとは考えている。所帯を持ったら、いい世話女房になろうとも、漫然とは考えていないこともない。が、こうして暮らしていけるなら、あの二階の度はずれな不自然な生活でも、楽しければそれでいいではないかという考え方なのだ。

——無知というか、世間知らずというか。

とにかく、小平太の常識のうちにはない女だ。あれを世間並みの世話女房に仕立てるのは、たいへんだろうと思う。

しかし、こうなってしまった以上、小平太は男の責任として、どうしてもお高を一人まえの世話女房に仕立てあげなければならない。

——おれは駆け落ちなんかばかなまねはしねえぜ、お高。

千両はむずかしいが、できるだけ金をこしらえて、まず正面から万年安にぶつかってみる。だめだといったら、腕ずくで強奪してやる。もぐらみたいな生活は、もうまっぴらだと小平太は考えている。が、その金がいつできるか。はたして、万年安からお高がうまく強奪できるか、という段になると、やれるところまでやってみるのよと、はなはだたよりなくなってくる小平太でもある。

——ほれたが因果というやつかな。

下ノ橋をわたると、道は川っぷちになって、満々たる大川は流れにさからう逆浪が夜目にも白くあわだって、横なぐりの豪雨にたたきつけられ、水しぶきをあげている。

——お加代。

ふいに小平太はお加代の顔を思い出して、ぎくりと立ち止まりそうになる。お加代の青ざめた顔を思い出すと、小平太はひどく罪悪感に責められる。

「きらい、若だんなは」

そういっていきいきとにらんでいた今までのお加代の顔は、きらいがきらいではなく、十八娘の生一本な美しい恋が、胸にも姿にも、潑剌とはずんでいた。小平太はそういう明るいお加代の顔しか見ていないはずだのに、このごろ思い出すお加代の顔は、白々と青ざめて、目にいっぱい恨みとも悲しみともつかぬ色をたたえた怒りの顔だった。

——だから、いってあるじゃねえか、おれは女たらしだから、ほれっこなしだと。

そのたびに小平太はむりにそのおもかげをかきのけて、おれのせいじゃないと打ち消し、濃艶なお高の体臭に耽溺してきた。

が、今夜はまもなく、いやでもそのお加代の顔に面とぶつからなくてはならないのだ。

いってみれば、お高とこんなことになってしまったのは、ほんの偶然からだった。だからといって、こうなってしまったことに少しも後悔は感じないが、お高さえ目の前へ現われなければ、いつかはお高のかわりにお加代が自分のものになっていた。お高より、今ではむしろお加代しか、小平太の胸の中になかったことは、どう強弁しても打ち消すことのできない事実なのである。

——かわいそうに。

正直にいえば、それがお加代に対する小平太の本音なのだ。

「ふ、ふ、なんでえ、たかが女ひとりのことで」

ばからしいと思い直しながら、小平太はゆるんでいた足に拍車をかける。

「そんなに好きなら、いっそふたりともかわいがってやらあ」

暴風雨の中へ、そう声に出してわめいてみて、苦いあと味をむりにうのみにし、もうなにも考えないことにして、いっさんに走りつづける。

両国橋を渡るときは、頭の上も、足の下も、前後左右、ごうっ、ごうっと風雨がうずまき鳴って、ゆらゆらと橋がゆれ、いまにもからだごと巻きあげられてしまうのではないかと、何度か橋の上をよろめきながら、そのたびにぞっと背筋を寒くさせられた。

——ちくしょう、お高のやつにあんまりかわいがられすぎた天罰かな。

渡りきって、命拾いをしたと、ほっとしたとたん、小平太はわれにも苦笑が出た。

「ばかばっかし——」

お高の顔がとろんとまぶたの奥でわらっている。

——いけねえ、もうおひざもとだ。

広小路を出はずれようとするところを右へ切れて、浅草橋をわたれば茅町通り(かやちょうどおり)で、やがて右手に番屋が見えてきた。いや、見えてきたとはおおげさで、ちらっとすきま漏(も)るあかりの光が一筋目についてまたたいたあたりがそれと、見当がついただけのことである。

番屋とは筋向かいになっている横町を、福井町のほうへ曲がってから、小平太は走るのをやめた。からだじゅうから湯気が立ちのぼりそうな熱いほおへ、横なぐりの豪雨が、なんとも壮快な気持ちである。

この大荒れではさすがの夜警組も番屋に閉じこもったきりらしく、暗い町筋のどこへ行っても、小平太は今までついにひとりの人間にも出会わなかった。

――この暴風雨の中を歩いているのは、天下におれひとりかな。

ちょいと英雄になったような気もするし、ふん、もぐらもちのくせにいばってやがると、おかしくもある。

――あっ。

裏通りの四つかどを伊勢屋の前へかかって、小平太はぎょっとその軒下（のきした）へ棒立ちになった。いま自分が曲がろうとする伊勢屋の西側の路地口から、ちらっと黒い人かげがうごめいて、一度そこへ立ち止まったのは、どうやらあたりを見まわしているらしい。

直感的に、こいつ怪（あや）しいと見ているうちに、すっとそいつが往来へ出てくる。そのあとからまたひとり、――まだつづきそうだ。五人組かもしれぬと、頭にひらめいたとたん、

「強盗っ」

小平太はかっと若い闘志をかりたてられ、腰の木刀を引き抜くなり、大胆にも先頭のやつのほうへおどり出していった。

相手は宗十郎頭巾（そうじゅうろうずきん）で顔をつつんだ武士で、ぎくっとしたらしく、

「野郎っ」

いきなり抜き打ちに切りつけてきた。ひらりとかわして、こいつたしかに五人組と見たから、

「えいっ」

小平太は力いっぱい敵の肩先へ、ぴしりと木刀をたたきこむ。

「わっ」

そやつが、くずれるようにあらしの中へひざをついたのと、

「くそっ」

第二の宗十郎頭巾がうろたえぎみに一刀をたたきつけたのと同時、あやうく引っ払って飛びのきながら、目がちらっと、まだ路地口にうごめいている二、三人を見た。

「強盗だっ」

小平太は勇躍するように叫びたてたが、その声は激しい風雨に吹き飛んで、どこまで届いたか、はなはだたよりない。

「うぬっ」

つかつかと路地口から出てきた同じかっこうの第三の敵が、だっとすさまじい抜き打ちをかけてくる。むぞうさながら、とうていまえのふたりの比ではない。

「あっ」

小平太は愕然として横っ飛びに、夢中で右へかわした。その精いっぱいの背後に剣気を感じ、どうしようもなく、とっさに自分からどすんとしりもちをついてのがれたが、ついにのがれきれず、左の肩先へさっと敵のきっさきが走る。

――やられた、くそっ。

一太刀あびながらも、小平太はしりもちをつくと同時に、右片手なぎに敵の足を引っ払った。

「わっ」

そいつはよろめいて、どっと横っ倒しになったようだが、振り向いてみるいとまはない。前のすごい敵が、すでに二の太刀を上段にふりかぶって、拝み打ちにのしかかってきているのだ。

「あっ、馬場陣十郎」

思わず口をついて出たのは、その構えではっと気がついたからで、絶体絶命、もうだめだと観念しての、いわば念仏がわりの絶叫だった。

が、ずぼしをさされた相手がぎょっとして、わずかに呼吸の狂ったすきに、

「強盗っ」

小平太は必死にはね起き、うしろざまに飛びのいたが、遠道を駆けてきた足が、いや、やっぱりこの数日来の不摂生がからだにたたっていたのだろう、われにもなく腰がくだけて、不覚にもよろめき、またしてもどすんとそこへしりもちをついてしまった。

なむさん、立ち直った馬陣の剣がぐいと大きく迫って、しかもこっちは左肩へ一太刀あびているから、もう右手しかきかぬ。くそっと歯がみをしたとき、

「こらっ、くせ者」

すぐ自分のうしろで、とてつもない大喝がおこった。

「あっ」

すねに傷持つ馬陣だから、ぎくりと飛びのき、そのまま思いきりよく二丁目のほうへいっさんに逃げだした。

「逃げるか、こらっ」

　それを追って、小平太のわきをだっと走りぬけたのは、中間合羽（かっぱ）、韮山笠（にらやまがさ）の大男だ。
　七、八間（けん）あとを追った大男は、なんと思ったかそこで立ち止まり、くるりとこっちへ引き返しながら、
「おい、どうした。だいじょうぶか」

と、あらしに負けない大声できいた。

「金子（かねこ）、――健（たけ）さんか」

「おお、やっぱり小平太か。どうしたんだ」

「五人組強盗らしい。そこに倒れているやつを、逃がさんようにしてくれ」

　健四郎（たけしろう）がどうしてこんなところへと思うまえに、このあいだの失敗があるから、小平太はなによりそれが気になる。

　自分はほっと安心したせいか、息切れがひどく、全身から力がぬけて、急には立てそうもない。

「平さん、こいつはもう死んでいる。肩の骨が砕けているようだな」

「もうひとり、倒れているはずだが」

「いや、この辺には見えんぞ」

するど、足を引っ払ったやつは、どうにかして逃げてしまったらしい。

小平太は左肩に鈍痛を感じだしたので、木刀を放し、右手で傷をさぐってみた。雨とは違うねっとりした血のりを感じ、傷はそう浅くもなさそうなので、思わず傷口を手のひらで押えつけた。血のりは背中から腰のあたりへまで、ねばついているようだ。

「小平太、やられたのか」

豪雨にうたれながら、まだしりもちをついたままなので、健四郎はつかつかとそばへ寄ってきた。

「どれ、見せろ」

小平太の手を押しのけて、肩へ顔を近づけ、手で傷口をさぐりながら、

「かすり傷だな」

と、あっさりいう。

「うむ」

「たいしたことはねえ。しっかり押えているがいい」

小平太の右手を傷口へあてがってやってから、いそいで自分の合羽をぬぎ、肩

からかぶせかける。

ぴしゃぴしゃと茅町のほうから走ってきたやつが、こっちの人かげを見て、

「だれだ、そこにいるのは」

と、ぎょっとしたように立ち止まった。肩へ油紙のようなものをひっかけて、中腰になり、すわといえば逃げだしそうなかっこうだ。

「なんだ。三公じゃないか」

そのへっぴり腰がおかしかったので、小平太は苦笑した。

「なあんだ、小平さんか。どうしたんです。あれえ、金子さんもいらあ」

「小平太はいま五人組にやられたんだ。親分はどこにいる」

健四郎の声はわめくように大きい。

「家です。五人組ですって。ほんとうですか」

「うむ、早く呼んでこい」

「そいつはたいへんだ」

三吉は、すっ飛ぶように、伊勢屋の路地へ駆けこんでいった。

「立てるか、小平太」

「立てる」

なんだ、おれはまだすわったままかと気がついて、小平太はひょいといつものように立ち上がったが、とたんにくらくらとめまいがして、われにもなくよろめき倒れそうになる。

「あぶない。しっかりしろ」

健四郎がうしろから、がっしりと背をささえながらいった。

「よし、おれがおぶっていってやろう」

「いや、歩けるよ。ちょっとめまいがしただけだ」

「じゃ、歩いてみろ」

「もう少し待ってくれ。この死骸を盗まれるといけねえ」

たしかに馬陣の四天王の中のひとりだとは思うが、福重にそれを渡さないうちは安心ができないのだ。

「若だんな、五人組ですって」

三吉の知らせをうけた重五郎が、路地口から雨をついておどり出してきて、はっと死骸の前へ立ち止まった。あとから、寝まきのままはだしで飛び出してきたお加代が、

「若だんな――」

と、すがりつくように走り寄って、青ざめた必死の顔へ、頭からざあっと雨が滝のように吹きつけている。

「親分、その倒れているやつの顔を改めてくれ。五人組の片割れなんだ」

「へえ」

飛びつくようにしゃがんで、宗十郎頭巾をはぎ取り、

「おや、この野郎はたしか、馬陣の子分の綱五郎(つなごろう)だ。――お加代、きのう家の前をうろついていたってのは、この野郎じゃねえのか」

と、しゃがんだまま娘を呼ぶ。

こわごわそっちへ行って、父親の肩越しに死骸をのぞきこんだお加代が、

「あら、この男だわ、おとっつぁん。――こわい」

と、面をそむけ、ばたばたと小平太のほうへ駆けもどってきて、からだで健四郎を押しのけるように、うしろから小平太の背を抱きささえた。

「親分、このあいだのにせ物の、いやあな目のやつというのは、馬場陣十郎じゃなかったのか」

「あっ、そうだ。そうだった。たしかに馬陣にちがいねえ」

「そいつが五人組の大将だ。たった今、二丁目のほうへ逃げだしていったばかり

だ」

「ちくしょう。三吉、番屋へ行って、早くみんなに知らせろ」

「へえ」

三吉は茅町通りのほうへすっ飛んでいく。

「金子さん、ちょいとここをお願いしやす。五人組に押しこまれたのは、この伊勢屋さんらしいんでさ」

福重はそういうと、もう身をひるがえして、若い者のようにもとの路地へ駆けこむ。

「平さん、歩けそうか」

お加代に押しのけられて、そばにぽかんと突っ立っていた健四郎がきいた。

「うむ歩ける」

「じゃ、お加代ちゃん、若だんなをすぐ家へ連れていってやってくれ、いま医者を頼んでやるから」

「はい。——だいじょうぶ、若だんな」

「だいじょぶだよ」

ひとりでしゃっきりと歩くつもりだったが、小平太はまるでからだが宙に浮いているようで、横からしっかり背中を抱きささえていてくれるお加代のからだを、ついたよりにせずにはいられない。

——まだ血がとまらねえんだな。

傷口を押えている指のあいだから、ぽたぽたと血がぶきみに背中へつたわっていくのが、はっきりとわかる。

「若だんな、もっとあたしによりかかってもだいじょうぶよ」

お加代は横からぴったりと小平太のからだを抱きささえて、ゆっくり暗い路地へはいっていった。

「すまねえな、お加代」

ぬれそぼった着物を通して、そのお加代の体温がぽかぽかと身にしみ通ってくると、小平太はなんとなく自責めいたものを感ぜずにはいられない。

こんなふうにお加代に出会おうとは思わなかったし、ましてこんな介抱をうけようとは、夢にも考えてはみなかった。

「五人組はここから出てきたのね、きっと」

右手の伊勢屋の黒板べいのまんなかあたり、板が三枚ばかりはぎ取られて、ぽかんと口をあけ、そこからうずまくあらしが路地へ黒々と吹き抜けている。

　庭の向こうのおもやからちらっとあかりが漏れ、気のせいか、家じゅうがひどくごたついているように思えるのは、福重がここから飛びこんでいって、家人のなわを解いてやったからだろう。

「あの綱五郎とかいうやつね、きのうもおとといもこの路地をうろついていたんです。そして、きのうはうちの格子をのぞきこんでいたのよ」

「ふうむ」

「あたしが、なんか用ですかってきいてやったら、若だんなに会いたい、万年安の使いできたんだなんて、口から出まかせにきまってるわ。ほんとうは伊勢屋さんをねらっていたのね」

「野郎、万年安の使いだっていっていたのか」

「ええ。若だんなはいまるすだけど、どんな用ですってきいたら、それは当人でなくちゃいえないって、行ってしまったの。若だんなには、三、四日まえに深川の賭場で会ったんだなんて、ほんとう？　若だんな」

「うそさ、おれは賭はきらいだ」

　しかし、綱五郎がここへ自分の様子を探りにきたとすれば、むろんそれは馬陣のいいつけで、命をつけねらっていたにちがいない。そのついでに伊勢屋が目についたから、この大荒れをさいわい、押し込む気になった。そうも考えられそうだ。

「さあ、着いたわ、若だんな。しっかりしてね」

お加代はほっとしたように玄関の雨戸をくって、小平太を土間にかかえこんだ。

「ばあや、早くぞうきんを持ってきて」

小平太はどかりと上がりかまちへ、くずれるように腰を落として、まだ血のとまりそうもない傷口から、全身の力がしだいにぬけていきそうな気持ちだった。

――早くこの血を止めねえと、死ぬかもしれねえな。

ぞくぞくと背筋へ悪寒さえ感じてくる。

「若だんな、けがはどこ？」

後ろの戸をしめたお加代は、飛びつくように合羽をぬがせてみて、

「あっ、この血、どうしよう」

と、思わず金切り声をあげ、がたがたと震えだす。

あらしは九ツ（十二時）をすぎても、少しも衰えるけはいはなかった。

もう小平太が帰ってくる時分だがと、気を張り張り、ついうとうととしていた

おきよは、あらしがたたきつけているのとは違うとんとんと雨戸をたたく軽い音に、ふっと目がさめて、

「はあい、今あけます」

と、あわてて寝床をぬけ出し、台所へおりていった。

「いつやむ気なんだろうねえ、ほんとうに」

思わず口に出るほど、暴風雨はまだ家じゅうをがたぴしと揺り鳴らしている。

「小平太さんですか」

それに答えるように、とんとんと外から戸をたたく。手早く桟をはずして、半分ほど雨戸をくると、ごうっと吹きこむ雨風といっしょに、身を斜めにして押しこんできたのは、宗十郎頭巾をかぶったしりばしょりの侍だ。

「あっ」

「静かにしろ」

全身からしずくのたれていた男は、いきなりぬれた手でおきよの寝まきの胸倉を取り、左手で後ろの戸を締めて、桟をかける。そのままからだで押すようにして、おきよを茶の間へ押していく。鉄のような腕力だ。

「た、たすけて——」

頭巾の中のへびのような冷たい目に、ぞっと鬼気を感じ、おきよは人ごこちもなく、がたがたとからだじゅうが震えてくる。

「おとなしくしていさえすれば、命までは取らぬ」

じろりとにらみつけておいて、まくらもとに帯とまとめておいた細ひもをとり、うしろ手に縛りあげて、たちまち手ぬぐいで口までふさいでから、床の上へ突っころがし、上からふとんをかぶせてしまった。

あっという間のあざやかな手口で、おきよはまったく生きたそらもなかった。

まもなく、みしり、みしりと二階へあがっていく足音がする。

雨漏りをよけたへやのすみへ寝床をのべて、眠らずに待っていようと目をあいていたお高も、いつか荒れ狂うあらしの音に耳なれて、とろとろとしていた。

出してやるときは、出ていかれるのがいやで、あんなにからんでもみたが、平太が二度と帰ってこないなどという不安は、少しも持っていないお高だった。だから、ひとり寝の、久しぶりに妙にはだ寂しいのも、男が帰ってきてからの激しい愛撫を思ってみて、かえって心たのしい気さえした。

「ほんとにほれちまったんだわ。好きで好きでたまらない」

お高はそんなひとりごとにも、じいんと胸がしびれるように甘くなってくる。

——いやだなあ。あたしは色気違いなのかしら。

この五日ばかりの昼も夜もない狂ったような痴態を思いうかべると、お高はわれながら気恥ずかしくなって、顔が赤くなる。

が、今までほかの男に、そんな激しい感情をもったことは一度もなかった。それが小平太に出会ってからは、自分でもびっくりするほど、からだじゅうの血がたぎり狂って、どうにも押えきれない。ただあの人にだけなんだから、色気違いとは違うと思う。

——あの人が悪いんだわ、すぐむきになっていじめたがるんだもの。

いくらいじめられても、へび使いに見こまれたへびのように、まるでだらしなくとろけてしまう自分が、お高は歯がゆいようなうれしいような、やっぱりほれきっているんだからしようがないと思う。

腕っ節が強くて、男らしくて、学問があって、お高はなによりも小平太の一本気なのがうれしい。いやだとなったら、だれとでも、公方さまとでもけんかをする。好きなら、命がけでかばい助ける。その若々しい覇気がとてもうれしい。

このあいだも、あんなのは世の中の毒虫だといって、あんまり金座をくそみそに罵倒するから、

「だって、お金があるだけいいじゃないか」

と、ついからかってしまうと、

「そんならおまえ、金座のめかけになれ」

と、いきなり突き飛ばされてしまった。

「いやな人。自分が貧乏だからって、そんなにひねくれるもんじゃないわ」

「なにをっ」

「くやしかったら、あんた一度でもいいから、お金持ちになってごらんよ」

「本気か、お高」

「本気よ。あたし、お金ほしいもの」

「そうか。縁なき衆生(しゅじょう)だな」

ぷいと立ち上がって、押し入れにしまってあった木刀を出し、さっさと腰にさすのである。

止めるなら今のうち、そんな顔色じゃなかった。まっさおになって、目ばかり光らせて、足早に出ていこうとする。

「どこへ行くのよう、あんた」

お高はくやしくなって、夢中でうしろから武者ぶりついていき、

「うそつき、――夫婦だって、あたしをさんざんだまして、いまさら、くやしい、あたし」

それはこどもみたいなけんかだったけれど、そういう一本気が、好きで好きでたまらない。

――早く帰ってこないかなあ。ひとりであたし、寂しいじゃないか。

ならべておいたまくらを抱いて、しみじみと男のにおいをかいでいるうちに、いつの間にかとろとろとしてしまったらしい。

みしりみしりと、階段をあがってくる足音に、お高ははっと目をさましました。

――帰ってきたわ、あの人。

飛び立つ思いで、するりと寝床を抜け出し、

「小平さん――？」

と、きく声さえ甘ったるく、入り口へ走り寄ったのと、外からさっとふすまがあいたのと同時、

「あっ」

いちどに夢からさめた気持ちというか――、いや、夢ではないかとぎょっと立ちすくんでしまったのは、小平太ではなくて、そこに立ったのは、頭からぬれね

ずみの馬場陣十郎だったからだ。

「おまえ、いま小平さんといったようだな」

いつものぶきみなほど蒼白心顔に、残忍冷酷な目が異様にぎらぎらと光って、じいっとこっちを見すえてくるのが、まるで青鬼ににらまれているようで、しかもその青鬼の目的がはっきりと読めるだけに、

「出ていって、馬場さん。女ひとりのところへ、なにしにきたんです」

強がって必死ににらみ返しはしたが、お高はじりじりとあとへさがらずにはいられない。

「そうか、あのとき小平太は、ここへ逃げこんでいたのか。——ちくしょう」

陣十郎はうめくようにいいながら、そろりとへやへ押し入って、うしろざまにふすまを締めきる。

「馬場さん、大きな声をたてますよ」

が、このあらしの中では、それがどれだけの役にたつか。

「ふん、あの青二才に、もうなめられてしまったあととか」

かっと燃えるような目をして、じろじろからだじゅうを見まわす。

「出ていってくださいっていうのに」

はでな長じゅばん一重にみなぎるような若さをつつんで、むっちりと豊かな胸乳、しなやかな腰、寝乱れてというにはあまりにもあざやかに、寝化粧までして男を待っていたらしいお高の濃艶な姿が、わがものとのみねらっていた陣十郎には、たまらなく腹だたしい。

「お高、おまえのからだは、兄貴の万年安から、おれが千両で買った。五百両はこのあいだ届けてある。あとの五百両はここへ持ってきた」

思い直したように、陣十郎はふてぶてしく内ぶところへ手を入れて、重い胴巻きをずるずると引き出し、胴巻きごと投げ出して、ついでに腰の大小を取ってそこへ置く。

「いやだ、あたしは小平の女房です。死んだってあんたなんかに――」

「その小平太は今夜切ってきた。たぶん死ぬだろう」

「なんですって」

「おまえは今夜から、おれの女房になるんだ。あの野郎のことは忘れろ」

陣十郎は念を押すようにいって聞かせる。

「うそだ、あの人が切られたなんて」

お高はほんとうにしたくない。そんなはずがあるもんか、と思う。

「野郎とは福井町でさっき会ってきたばかりだ。綱は野郎の木刀でやられたようだが、こっちも金助がたしかに野郎の肩へ、一太刀浴びせている」

それならほんとうかしらと、お高はまっさおになる。

「野郎が死んでいても、生きていても、おまえはもうおれのものだ。以後ちちくりあうことは許さねえ」

陣十郎はおちつきはらいながら、そのくせみだらな目がわがもの顔に、じろじろとからだじゅうを探ってくるのが、お高にはがまんができない。

「いやだっていうのに。あんたなんかきたならしい。あたし、福井町へ行ってみてくる」

かっとなって、がむしゃらに陣十郎のそばをすりぬけようとしたが、ぐいとからだでからだをさえぎり、

「いやだ、いやだ。――人殺しい」

「ばかっ」

狂ったようにあばれだそうとするえりを、むぞうさに両手で取って、

「絞め殺されたいか」

柔らの手で、じわじわと絞めにかかる。鉄のような腕力だ。

「あっ」

殺される、あたしはと、お高はいまさらのようにぞうっとして、たちまち全身の力がぬけ、がくんと両ひざを突きながら、あおむけになった顔が、陣十郎のぎらぎらと光るけだものの目のような目を見上げて、しだいに息が詰まってくる。

が、馬陣はけっして絞め落としはしなかった。ふっと両手の力をゆるめて、

「お高、おとなしくおれのいうことをきけ、おまえのからだは、おれが買ったのだ」

と、息を吹きこむように、またしても念を押す。

「小平さん――、小平さん」

お高はあえぎながら、やっと正気にもどりかけると、

「いやだ、放して、――きたならしい」

死んだってこんなやつにと、またあばれだす。

「うぬっ、まだいうか」

じわじわと首を絞めつけられて、あらしの音が耳にかすんでくる。苦しい。小平太の顔がのしかかるようにまぶたに浮かんで、ぼうっとぼやけてくる。

「いいか、お高。おまえは馬場陣十郎の女房になるんだ」

「いやっ、いやっ、――助けて、小平さん」

「執念深い女だ」

青鬼の目がめらめらと、すぐ鼻の先で燃えている。

「小平さん――、あたしは、殺されるのに、小平さん」

ふたたび気が遠くなりかけながら、お高の顔へじっとりと冷や汗が浮いてきた。

「うぬっ」

苦痛に顔をゆがめ、半分意識を失いかけながらも、まだ小平太の名を呼びつづけるお高を、陣十郎は嫉妬（しっと）に狂い、いや、すでにわが手に落ちた美しい獲物を、さいなみ楽しむ男というけだものになりきって、首を絞めつけたまま、ぐいとのしかかるようにそこへ押し倒していった。

「小平さん、――小平さん」

お高は叫びつづけたが、もうそれは声にはならなかった。

ごうっ、ごうっと、あらしが二階じゅうをゆすぶって、暗いあかりがたえず陰惨（いんさん）にまたたいていた。

「小平さん――」

お高は息づまる苦痛を通り越して、夢うつつのごとくからだじゅうに小平太を感じ、あえぎながら、はっきりと正気にかえってきた。

「あっ」

両の肩を上からわしづかみに押えつけて、のしかかっているのは、世にもきたならしい陣十郎の顔だった。

「放して、――悪党、けだもの」

全身の血が逆流する思いに、死にもの狂いではねのけようとしたが、それはもう徒労だった。

「ふふん」

陣十郎は鼻っ先で冷笑しただけで、かってに身もがきさせておく。

「けだもの、悪党。――助けてえ」

狂えば狂うほど、悪魔はそれを舌なめずりして楽しんでいる、そう気がついたとたん、お高は絶望のふちへ落ちて、目の前がまっくらになってしまった。

ぽたり、ぽたりと、雨漏り（あまもり）の音がまた絶え間ない。

「ばかなやつだ。いいかげんにあきらめろ。泣いてもほえても、もうおまえはおれのものになってしまったんだ」

やっと解放されて、恥ずかしい身を伏せたお高が、身も世もなく泣きじゃくっていると、陣十郎のにごった声があざけるように聞こえた。

――ちくしょう、殺してやる。

絶望のふちからがばとはね起きたお高は、半狂乱になって、さっき陣十郎が置いた刀のほうへ飛びついていこうとした。

「ばかっ」

ぐいとうしろから抱きとめられて、

「放せ、ちくしょう――、殺してやる」

そういう首へ、またしても悪魔の腕がからみついてきた。たわいもなくねじ伏せられたお高は、日ごろのたしなみも今はどうしようもなく、まげを振り乱し、衣紋(えもん)はかきむしられ、肩も、腕も、双の足さえ白々とあらわに、紋めつけられて、息も絶えだえに波うたせている女体(にょたい)は、いたずらに陣十郎の獣欲(じゅうよく)をたかぶらせるばかりだった。

「小平さん、――小平さん」

お高は恋しい男の名を呼びつづけながら、あくことなき淫獣(いんじゅう)の暴行は、こうして夜明け近くまで執拗(しつよう)にくり返されたのである。

暴風雨はやっと衰えかけていた。

お高は長いあいだの悪魔の責め苦に、精も根もつきて、そこへ突っ伏したまま、もう涙さえかれていた。

「お高、おれはまたくる。おまえがどこへ逃げても、隠れても、おれはきっと捜し出さずにはおかねえんだ。そのとき、おまえがほかの男といっしょにいると、おれはその男を切る。おれはおまえのからだを金で買った亭主なんだ。忘れるなよ。きょうはこれで帰るが、また近いうちにきっと来る」

陣十郎は低い声で、念を押すようにゆっくりといい聞かせてから、みしりみしりと階段を降りていった。

やがて、台所の戸をあけて出ていくのが、うつろな耳へはっきり聞こえる。

――ちくしょう、あたしはどうすればいいんだろう。

お高は自分のからだじゅうがきたならしくなってしまったような気がして、思わず身もだえした。

――あの人にすまない。

こんな恥ずかしいからだにされちまって、もう二度と小平太にあわせる顔はない。そう思うと、急にどっと涙があふれ出てきた。

――くやしいなあ、ちくしょう。あたしは、あたしは陣十郎のやつを、きっとこの手で殺してやる。

かっと目をつるしあげてすわり直ると、いつか雨戸のすきから夜がしらみかけ、風の音はするが、もう雨の音はしなかった。

「かんべんして、ねえ、あんた。かんべんして」

身も世もなく泣けてくる。

そうだ、あの人は切られて、死んでいるかもしれない。それならいっそ、あたしも死んでしまうんだけど。

「いやだ、あたしは死んだって、あんたと別れるもんか」

では、あの人になんといったらいいのだろう。恥ずかしくって、とてもこんなこと口にできやしないじゃないか。

「どうすればいいんだろうなあ、あたしは」

お高はまたしても身を投げ出して、のたうちまわらずにはいられなかった。火がついたように小平太が恋しい。

が、恋しければ恋しいほど、こんなからだでは二度と男の前へ出られないような気がする。もしいやな顔でもされたら、それこそ死ぬよりつらいからだ。

がらりと台所の戸があいて、

「おっかあ――」

辰んべの声が飛びこんできた。夜の明けるのを待って、母ひとり子ひとりだから、あらし見舞いに駆けつけてきたのだろう。

「あっ、おっかあ、どうしたんだ。どうしたんだよう」

ただならぬ叫び声に、お高ははっと気がついて、思わずまっさおになりながら、下へ聞き耳を立ててしまった。

屋根ですずめが鳴きだしていた。

明けがた暴風雨がやんで、朝をむかえ、江戸はぬぐったように深い秋空になった。

小平太は昨夜のうちに医者を呼んで、肩の傷を五針ほど縫ったが、出血がひどかったために急にげっそりとして、福重の二階でいまだに眠りつづけている。

――こんなに眠っていて、だいじょうぶかしら。

そういうお加代も、ゆうべからまくらもとへつききりで、やっとあらしが下火になりかけた明けがた、ついたまらなくなって小平太のふとんの端へ突っ伏し、行儀よくすわったままうたた寝をしていて、いまはっと目がさめたところだった。

雨戸のすきまから金色の朝日の光が障子にさして、へやの中はほのぼのと明るい。目をこすりながら、いそいで小平太の顔をのぞきこむと、まだぐっすりと眠っているので、ほっとしながらも、また心配になってくるのだ。

——でも、うれしいなあ。

若だんなのそばで、晴れてふたりきりで、うたた寝をしていたのだ。あのるす宅へ行って、万年床へ身を投げ出し、ひとりで恋しい男のにおいをかぎながら、涙を流していたみじめな自分と思いくらべると、幸福で胸がいっぱいになってくる。

けど、ここでうたた寝をしていたと思われるのは、やっぱり恥ずかしい。手早く髪へくしを入れ、手ぬぐいで顔をぬぐい、うたた寝の跡を消してから、お加代はもう一度しみじみと小平太の青い顔をのぞきこんだ。

気がついて、そっと手のひらを額へあててみる。さいわい、熱はないようだ。

「これで熱さえ出てこなければ、心配ないのだが——」

熱が出ると、傷口が膿んでめんどうなことになると、医者は心配していた。が、熱はないし、寝息も安らかで正しい。小平太は額にさわられていることさえ知らずに、眠りこけているのだ。

――よかったわ、ほんとうに。

お加代はいつまでも額の手を放したくない気がした。

昨夜、半身血だらけになっている姿を見たとき、びっくりして、もうだめかと思い、お加代は自分が気が遠くなってしまいそうだった。ばあやとふたりで、やっと茶の間へひきずりあげたけれど、どう手をつけていいのかわからない。

「お加代、水を一杯くれ。のどがかわいていけねえ」

しっかりと傷口を押えている小平太が、青ざめた顔をしていうのだ。

「はい」

おろおろと立ち上がったお加代は、はっと気がついて、

「若だんな、がまんして――、傷に水は毒よ」

手負いに水をのませると死ぬことがあると聞いていたのを思い出し、ぞっとして小平太にすがりついてしまった。

そのうちに、金子健四郎がやっと駆けつけてきてくれた。

まもなく、三吉が医者をつれてきて、傷口を五針縫ったのである。

「もう少しで、骨までやられるところだった。が、もうこっちのものだ。お加代坊、あとは看病ひとつだからな、たのむよ」

健四郎が自分のことのようにほっとして、玄関でお加代の手を握り、くれぐれもあとを頼んで、あのあらしの中を帰っていったのは、やがて九ツすぎであった。

——親切な金子さん。

元気よくあらしの中へ出ていく大きな健四郎を送り出して、お加代は涙がこぼれてしまった。

父の重五郎は医者の療治のすんだあとへ帰ってきて、すぐまた出ていった。五人組は前の伊勢屋へ押し込んで、家人をすっかり縛りあげ、金たんすから八百両ばかり持っていったという。蔵にはもっと大金があったが、時刻にしてまだ四ツ(十時)を過ぎたばかり、福重はこれから夜回りに出ようと、ちょうどしたくをしていたところで、つまり賊はあらしをつけこみ、その早めのすきをねらったのだから、さすがに蔵までは手がまわらなかったのだろうということだった。

「岡っ引きの目の前で、こんな仕事をされて、まるっきり知りませんでしたじゃ、重五郎世間さまへ申しわけのたたねえところでした」

さいわい、小平太が賊のひとりをたたき倒して、五人組は馬場陣十郎の一味と、犯人までわかった。これでやっと面目がたちやすと、小平太にも健四郎にも礼をいって、重五郎は三吉を連れ、またあたふたと家を飛び出していった。

それっきり、けさになってもまだ帰ってこない。おそらく、昨夜のうちに四宿へ網を張って、江戸の出口をふさぎ、一晩じゅう走りまわっていたのだろう。

——みんな若だんなのおかげだわ。

お加代は小平太の寝顔を、上から近々とのぞみこみ、うっとり見とれながら、心から感謝せずにはいられない。

——でも、若だんな、ゆうべまで五日も、どこへ行っていたのかしら。

ゆうべ着て帰った半纏（はんてん）の背中には、丸万の印があった。あれはどこから借りてきたのだろう。そんなことを考えると、ちょっと胸が暗くなってくる。

それに、ゆうべ小平太は、この二階の床の中へ運ばれて、ふたりきりになっても、じっとあおむけに目をつむったまま、あたしの顔を見てくれようともしなかった。

「傷、痛むんですか。若だんな」

「うむ、痛む」

それは五針も縫ったほどだから、痛まないはずはないとは思ったけれど、あんなによそよそしくしなくてもいいのにと、なんだか悲しかった。

小平太は顔にほのかな女のにおいを感じて、ふっと眠りからさめ、お高かなと思った瞬間、ほおにふれていたほおが、いそいで離れていくのを、はっきりと意識した。

——そうか、お加代。

まだ目をつむったまま、とっさにそう頭にひらめいたのは、うっかり寝がえりをうとうとして左肩にずきり痛みをおぼえ、ゆうべのことをすっかり思い出したからだった。

——おれは福重の二階に寝ているんだ。

そして、お加代の看病をうけている。そのお加代がどんな気持ちでいるか、それをすばやく感情の中で整理してから、はじめて目がさめたように、ぱっちりと目をあいた。

お加代の顔がまっかになりながら、おずおずと上からのぞきこんでいる。

小平太は眠っていて、今のことはなんにも知らなかったという顔で、

「お加代、おれはゆうべ、うわごとをいわなかったか、女の名まえなんか」

と、いきなりきいた。

お加代の顔が、びっくりしたようにかむりを振る。

「そうか。すると、おれはやっぱり女たらしで、薄情なのかな」

「どうして、どうしてなの、若だんな」

「夫婦約束をして、ゆうべまでいっしょにいた女の名を、うわごとにいわねえなんて、よっぽど薄情にできているんだろう」

「まあ」

お加代の顔から、みるみる血のけがひいて、

「どこのかたなの、そのひと」

と、いまにもべそをかきそうな口もとだ。

「深川なんだ。ゆうべおれが帰らねえんで、心配しているだろう」

あとのことばは、わざとひとりごとのようにいって、小平太は目をつむる。それ以上お加代の顔を見ていては、罪なような気がしたからだ。いや、見ていられなかったのでもある。

そのまま黙って目をつむっていると、ふっとすすりあげる声が漏れて、お加代がいそいで立ち上がり、それでも荒い足音は遠慮するように、早足に階段を降りていってしまった。

――しようがねえ、はっきり因果をふくめておいたほうが、お加代のためなんだ。

「かんべんしろ、お加代坊」

思わず口に出て、べつにあやまることでもないんだがと、苦笑しながら、そのつむったまぶたから、なんともつかぬ涙がじんわりとにじみ出る。

それとは別に、小平太は急にひとりで残してきたお高のことが気になってきた。九ツまでには帰るといってきたのだから、さぞ待ちかねていたろうし、ぷんぷんおこっているかもしれない。なんとか早く事情を知らせてやらなくてはと思うのだ。

――こんなけがをしたと聞いたら、顔色を変えやがるだろうな。

小平太はわくわくになって大騒ぎをやるだろうお高の姿を胸にうかべ、そばにいてくれないのが、からだじゅうで寂しくなる。

知らせてやっても、飛んでこられる女じゃないが、それだけに、だれを頼んで知らせにやったらいいか、その使いに困る。

それとも、ああいう火のような性分(しょうぶん)だから、居たたまらなくなって、自分のほうから押しかけてくるかな、それならそれでいっそ世話なしだと思い、心のどこかでそれを望んでいる小平太だ。

――万年安は馬陣のことがあるから、もう大きな口はきけねえはずだ。

待てよ、福重はゆうべ万年安の家へ網を張ったかなと、ふっと思い出し、それを注意しておかなかったのが、ひどく手ぬかりのような気もしたが、考えてみると、いちばん足のつきやすい万年橋へ逃げこむほどまのぬけた陣十郎でもあるまいと、小平太は自分のほうがよっぽど甘いのに気がついて、苦笑させられてしまった。

――それにしても、金子はゆうべ、どうしてあんなあらしの中を、この近所へやって来たんだろう。

もし、あのとき健四郎が駆けつけてくれなかったら、たしかにきょうの命はなかった。小平太は今でも、あののしかかってくるような陣十郎のすごい大上段がはっきりとまぶたに焼きついていて、それを考えるたびにひやりとする。

この肩の傷も、ほかの者だったからこれだけですんだようなものの、馬陣だったら、とても助からなかったろう。

――しかし、おれはいつになったら、深川へ帰れるんかな。

小平太はまたしてもお高が恋しくなって、あの薄暗い二階のにおいまでも思い出してくる。

この二階も薄暗い。まだ雨戸があけてないのだ。すきまから日がさしこんでいるようだが、もう何刻ごろなのだろう。

だれか二階へそっとあがってくる足音がする。お加代だなと思い、小平太はやっぱり目をつむらずにはいられなかった。いっそ思いきった悪態でもついてくれりゃ、助かるんだがなあと思う。

「若だんな、雨戸あけましょうか」

まくらもとへすわって、お加代はつとめて明るい声を出そうとしているようだ。

「うむ。もう何刻だ」

軽く目をつむったまま、小平太もあたりまえにきく。

「五ツ半（九時）ごろかしら」

「ふうむ。もうそんな時刻か」

「ねえ、若だんな、あたし深川へ行って、その女の人、呼んできてあげましょうか」

これもなにげない声で、意外なことをいいだす。

「ほんとうか、お加代」

からかわれたような気がして、小平太は思わずむっと強い目をあいた。

「だって、若だんなはそのひとに看病してもらいたいんでしょう」

その小平太の目をさけるようにしながらお加代はいう。下でさんざん泣いてきたらしく、寝不足ではれぼったい目が、痛々しいほどまっかになっている。

「あたし、若だんなにそんなによそよそしくされるの、どうしても悲しいんですもの。にいさんだと、にいさんだと思っちゃいけないのかしら」

恋はあきらめたといわぬばかりに、いっしょうけんめいにいいきって、すがるようなまなざしをするお加代だ。

「お加代、おれはおまえとけんかをした覚えはねえぜ。いつだって、妹だと思って、妹のようにしているじゃねえか」

「それはそうですけど——じゃ、あたしも看病したって、いいんでしょう」

「あたりめえよ」

「うれしい、あたし」

ほっとしたように寂しい微笑を見せながら、その目へふっと涙の露がふくれあがってきて、お加代はいそいでたもとでぬぐいながら、

「妹なんだから、あたし、深川のひと、迎えに行ってもおかしかないでしょう、若だんな」

と、娘心はどうしたら小平太が喜んでくれるかと、身を投げ出しているのだ。

「ありがてえが、そいつはだめなんだ」

お加代では役にたちそうもないし、またそんないじらしいまねは、男としてさせられもしなかった。

「どうしてだめなの、若だんな」

「深いわけがあるんだ、いまにわかる」

小平太は押えるようにいってから、

「お加代、雨戸をあけてくれねえか。すっかりいい天気になっちまったようだ」

と、窓のほうへ目をそらした。

「はい」

いそいそと見せかけるようにお加代は立って、南のひじかけ窓の雨戸をくる。明るい朝の日ざしがさっと差しこむ軒ばから、澄みきった秋空が目にしみる。

「ゆうべのあの大荒れは、うそのようだなあ」

「ほんとに、いいお天気――、障子少しあけておきましょうか」

「うむ」

「おかゆ持ってきましょうね。あがるでしょう」

「うむ、そういえば少し腹がすいたな」

その実、少しも食欲は感じない小平太だ。

「じゃ、すぐしたくしてきますわ」

お加代はあかるい声でいって、顔は見せないように、いそいで下へ降りていった。

「あらしのあとか――」

小平太はぽかんと青い秋空を見上げている。

大川暮色

重五郎が福井町へ帰ってきたのは、やがて昼に近い時分だった。

「お帰んなさい」

声を聞きつけて、いそいで二階から降りてきたお加代は、寝不足の目がまだはれぼったく、顔色もどこか沈んでさえない。

「若だんなは、どうした」

容体がよくないんだなと思い、どきりとしたが、

「熱も出なかったし、傷もそんなに痛まないんですって」

と、そっちは順調らしい。

「そうか、そりゃよかった。おとっつぁんは飯を食ってまたすぐ出かけるから、したくをしておいてくんな」

そういいつけて、気ぜわしく二階へあがりながら、そうか、なにか深川のほう

の話が出たんだなと、たいていは想像がつくから、重五郎の親心はふっと暗くなる。

「若だんな、あんばいはどうです」

「やあ、帰ったか、親分」

こっちはげっそりとやつれて、青い顔だが、案外いきいきとした目が明るくわらっている。

「熱が出なくて、ようござんしたね」

「うむ。で、どうした、やつらのほうは」

「おかげで、四天王のほうはけさまでにみんなおなわにしやした。ひとりは吉原(よしわら)、ひとりは新宿、ひとりは千住(せんじゅ)、おかしなもんで、こうなるとやつらの考えはたいていおんなじになるんですね。綱五郎(つなごろう)の顔を見られたんじゃ、もう江戸はあぶない。しばらくほとぼりをさます気になって、街道口まで行く。そこに女郎屋が待っている。もうここまで来れば、あすの朝ぐらいまではだいじょうぶだろう、江戸のなごりに、ひとつ遊んでいってやれと、なまじふところに金があるから、どうしても素通りがしにくくなるんです」

「吉原へむぐりこんだのはどいつだ」

「若だんなに足をひったたかれた金時なんです。こいつはびっこをひいているんで、当分旅へは出られない。並木町のかご屋を起こしやしてね、賭場の帰りだ、吉原へやれと、かごを飛ばした。そのもどりかごを、このあらしにどこへ行ってきたと、馬道でこっちのふれを聞いて出張った岡っ引きがつかまえたから、うんもすんもありませんや。野郎が相方のへやへおさまって、やっとこれから一杯というところへ、どかどかと踏んごんだ。さすがはご府内だと、野郎も苦笑いをして感心していたそうです」

「馬陣はまだつかまらないのか」

「陣十郎だけは、いまだに手がかりがつきやせん」

「万年安の家へ網をはらせたか」

「如才なく、ゆうべまっさきに三吉を走らせておいたんですがね、馬陣も万年橋はあぶないと用心したんでしょうねえ」

肝心の陣十郎がつかまっていないので、福重もいささか精がなさそうだ。

「しかし、まだまさか江戸の外へは出ていないだろうし、つかまえるのは馬場陣十郎と、ちゃんとあてがついているんだ。あとはもう日の問題だろう」

小平太はたかをくくっている。

「そりゃそうなんですがね」

重五郎もうなずいて、

「ところで、若だんな、あっしはけさになって聞いたんだが、ゆうべは別の五人組が芝橋のほうを二軒ばかり荒らしているっていう話なんです」

と、意外なことをいいだす。

「ふうむ。そっちはつかまらねえのか」

「つかまりません。同じような侍姿だったそうですが、手口から見て、そっちのほうがほんものらしいんです。もっとも、そのことは、ゆうべつかまえた金時の金助の口からわかっちゃいましたがね。野郎たちのは、日本橋と、牛込と、こんどので三度めだ。つまり、五人組のしりうまにのって、ほんものがつかまったら、そっちへ罪をなすりつけて口をぬぐっている、そんなずるい腹だったようです」

「ふうむ」

ほんものでなかったのはちょっとがっかりだが、

「すると、馬陣の糸を引いているやつが、だれかうしろにいそうだな」

と、小平太は急にそんな気がしてくる。五人組の被害を大きくすればするほど、景元の立場が悪くなるという事実があるからだ。

「けさ、奉行所で親玉に呼ばれやしてね、八丁堀の大だんなとふたりきりでしたが、そのときあっしがそれを持ち出すと、それはなかろうと、親玉ははっきりといっていやした」

「しかし、親玉にけんかを吹っかけさせたり、わざと親玉のしのび姿をまねさせたり、おれはやっぱりだれか糸をひいているやつがありそうな気がするな」

そういってから、小平太はふっと気を変えて、

「そうか、親分はきょう親玉に会ってきたのか」

と、そっちへ話を持っていった。

「へえ、昔なじみが三人集まったなと、すっかりくだけてくださるんですが、なにしろもう貫禄が違いすぎやすからねえ、いくら堅くなるなっていわれたって、こっちはそうはいきませんや」

それでも福重の顔には、つつみきれない喜びがあふれている。

「馬陣のほうは、若だんなの働きで、これこれでしたって申し上げると、そうか、あとの養生をたいせつにしてやってくれと、帰りに養生代をいただいてきやした。これです」

重五郎は内ふところへ手を入れて、重そうな袱紗づつみを出して、小平太のま

くらもとに置いた。

「大金らしいな」

「五十両のようです」

千両には及びもつかないと思い、お高の顔がちらっとまぶたに浮かび、小平太はわれにもなく寂しくなって、もったいねえばちあたりだと苦笑が出た。

「若だんな、なにかもっと金のいることがあるんですかえ」

重五郎が小平太の顔色を見てきく。

「うむ。道楽ってやつは、金がいくらあっても足りねえ」

小平太は冗談のようにわらって、

「親玉はゆうべのような晩でも、夜まわりに出たようかね」

と、話を逃げる。深川のことはなるべく口にしたくないからだ。

「お回りになったようでござんすよ。五人組がなんとかなるまでは、おやめにならねえ気でしょうね。そうだ、あっしはこれからまた芝橋へ行って見てこなくちゃならねえ。大事にしてくださいよ、若だんな」

「ご苦労だなあ」

「なあに、これが稼業（かぎょう）でさ」

重五郎は気軽に立ちかけながら、

「金がいるようだったら、若だんな、いつでも相談に乗りますぜ。福重は貧乏人だが、あっしからきっと大だんなのお耳に入れてみますからね」

と、それとなく念を押す。

「ありがとう。当分おとなしく寝ていよう。このからだじゃ、道楽もできなかろう」

福重も、ゆうべまでどこへ行っていたとはついにひとこともきかず、階下へおりていった。

――せめて、この金だけでもお高に届けておいてやりたいが。

小平太は急にそんな欲が出て、そうだ、三吉が帰ってきたら辰んべを呼びにやる、それで道はつくじゃないかと、ふっと考えついてやっと安心した。こんどは三吉の帰りが待たれてくる。

ひどく疲労しきっているからには、暇さえあれば眠りにさそわれて、またいつの間にかうとうとしていたらしい。階下の野太い声に、はっと目がさめ、

――健四郎だな。

と、小平太は聞き耳を立てながら、なんとなく胸が明るくなる。

「そうか、熱は出なかったか」

「ええ、おかげで若だんな、朝までぐっすり眠れたようなんです」

「それはよかった。おとっつぁんはゆうべ出たっきりか、お加代坊」

「いいえ、お昼にちょいと帰ってきて、いましがたまた出ていきました」

「忙しいんだな」

のっしのっしと階段をあがってくる。

「やあ、経過は良好のようだな」

健四郎がまくらもとへすわると、自分がひどく小さくなったような気がする。

「ありがとう。ゆうべはおかげで助かった」

「平さん、ゆうべはどこの帰りだったんだ」

ぎろりとにらむように低い声になったのは、階下のお加代に気をかねているのだろう。というより、お加代の涙のあとを、目ざとく見てきているからにちがいない。

「おれより、健さんはどうしてゆうべ、あんなところへ、うまくきあわせてくれたんだね」

小平太は、いきなり深川の話を切り出すのもなんとなくてれるので、わらいながら逆襲した。

「おれのは、来る理由があってきたんだ。しかし、ちょうどあんなところへ駆けつけるなんて、やっぱり因縁というやつだな」

「うむ。とにかく、おれはおかげで命拾いをした。とてものことに、もうひと足早く来てくれりゃ、こんなけがもせずにすんだかもしれなかったになあ」

「それは欲だ。因縁に不平をいったってはじまらない。平さん、ゆうべきみがあんなとき、あんなところへ帰りあわせたのも、ちゃんと因縁つきじゃなかったのか」

健四郎の目が笑っている。

「なんの因縁つきだっていうんだね」

小平太はわざとそらっとぼける。

「おれはおとといここをたずねたんだ。話したいことがあってね。そのまえの日に、ここの親分がこっそりおれの家へ来ている。おとといここへ来て、お加代坊にまたあす来てみるからって約束して、そこのかどまで出ると、ぱったり重五郎親分に出会った。親分は深川へ行った帰りだといっていた。お高という芸者の家をそれとなく探ると、祭りの日から姿をくらましているとわかった。十七日の晩、きみが深川へ行って、万年安の身内や、馬場陣十郎たちに追いまわされていることもわかった。きみはゆうべも丸万の半纏(はんてん)を着ていたようだな」

「うむ」

「どこかで因縁つきのお高に出会ったんじゃないのか」

「察しのとおりだ。因縁つきの馬陣に追いまわされて、苦しまぎれに逃げこんだ家が、因縁つきのあの女の隠れ家だった」

「そうか。そこにゆうべまでいたのか」

「うむ、夫婦約束ができたんでね」

冗談のようにあっさり白状すると、

「そうか。たぶんそんなことだろうと思った」

健四郎の目がはっきりと悲しみの色をたたえる。直情径行(ちょくじょうけいこう)だから、感情を偽(いつわ)ることも、隠すこともできない健四郎なのだ。

「きみは反対なのか、お高は」

小平太は健四郎にそんな顔をされるのはつらい。結婚はおれの自由じゃないかと、不平でもある。

「健さんはお高をけいべつするのか」

「けいべつはしない。また、したっていまさらしようがない」

「気に入らねえいい方だな」

「おれも気に入らん、裏切られたお加代坊がかわいそうだ」

「なにっ」

小平太は思わずまっさおになって、健四郎の大きな顔をにらみつけていた。

――おれはお加代をいじらしいとは思っちゃいるが、へんな約束などしたおぼえは一度もない。

小平太にはそういう腹があるから、裏切ったなどといわれると、それがいくら健四郎でも、ついむっとせずにはいられなかった。

「おれは、健さん、お加代を裏切ったおぼえなんかないぜ」

しかし、健四郎はむっつりと腕組みして、そっぽをむきながら、悲しげな顔をやめない。それは、なんと弁解したっておまえはお加代を裏切ったんだと、強情にこっちを責めている顔だ。

かってにしやがれと、小平太もぷいと窓のほうを向いてしまった。

――四面楚歌(しめんそか)の声か。かわいそうにな、お高。

薄暗いもぐらの宿の、甘ったるいお高の肢体(したい)がふっとまぶたをかすめて、ちくしょう、そんなにみんながお高を反対するんなら、おれは今夜無理をしても深川へ帰ってやろうと、そんなあまのじゃくな気持ちにもなってくる小平太だ。

高い空で、とびが鳴きながら、大きく輪を描いているようだ。

「平さん、貴公、長崎へ行ってみる気はないか」

突然、健四郎がいいだす。

思わずそっちを向くと、健四郎はもういつもの親しみ深い顔にかえっていた。

「長崎へ——」

「長崎へなにしに行くんだね」

「長崎には高島秋帆(しゅうはん)先生がいる」

「ああ、高島先生か」

秋帆高島四郎太夫(しろうたゆう)は長崎の町年寄で、砲術の大家だった。常に日本の兵制を改革して、新式の銃砲を採用しなければ、いざというとき国防は保てないと主張してきたが、むろん幕府は相手にしなかった。

しかし、秋帆のはただ空論を吐いて世間へ見識を誇り、それで事足れりとするのとは違う。幕府がどうしても相手にせぬとわかると、かれは自費でオランダから銃砲を買い入れることを願い出た。さいわい家に富があったからでもあるが、公儀から銃砲購入の許可が出ると、天保三年かれはオランダから新式の軍銃三百丁、猟銃五十丁、野戦砲六門、臼砲四門、榴弾砲三門を買い入れ、ただちにそれを操縦する新式訓練を実地にやりだした。

今日では九州四国その他から各藩の藩士が入門して、集まる門弟常に三百人を越え、これを歩兵四小隊、砲兵一隊に編成し、洋式の小艇三隻を造って、海戦の実地演習までやっているという。

韮山の江川太郎左衛門が非常に尊敬している当代先覚者中の第一人者だから、健四郎も小平太も、師匠斎藤弥九郎から秋帆のうわさはいつも聞かされて、よく知っていた。

「長崎へ行って、おれに砲術の修業をしろっていうのかね」

お高との仲を裂こうっていうんだなと、小平太はひがまずにはいられない。

「うむ。こんどシナで戦争が起こったんだ」

「シナで――」

「アヘン問題でイギリスがおこって、大艦隊を広東へ向け、たちまち占領してしまったというんだ。なにしろ、鉄砲が違う、大砲が違う、シナは手も足も出なかったというんだ」

健四郎は目を輝かしている。

「ふうむ」

「公儀でも、こんどは多少おどろいたらしい。例の、去年江川先生がせっかく辛苦をして作った浦賀測量図だって、これはりっぱにできたとほめたっきりで、あとはどこかへしまいなくして、けろりと忘れているのんきぶりなんだからな、お話にならん」

「それはそうだ」

とは答えたが、小平太もそのことは今までけろりと忘れていた組だ。測量図は測量図を作るのが目的ではなく、それを基礎にして防備の砲台を築くのが目的だったはずである。幕府ではそれに着手しようというけぶりさえ見せていないし、小平太もそのことは少しも気にしていなかった。

健四郎に今それをいわれてみると、なんとなく気恥ずかしい。

「そこで、こんど高島先生が上書したんだ。こんどのアヘン戦争は、しかけたイギリスのほうに無理がある。それにもかかわらず、天道にそむいた小国のイギリスが、大国のシナに勝ったというのは、優秀な軍艦と大砲を持っているからだ。日本の現状はどうだ。鉄砲は旧式のものばかりで、砲術家といえば、何々流の秘術とかいって、たがいにその秘術を隠しあって、誇りにしている。いったい、いざというとき、だれが鉄砲を撃って敵をしりぞけるのか、といったような調子で、早く新式の鉄砲をそろえ、兵制を改革し、砲術を改正しなければだめだという意見書を提出した」

「こんどは公儀でも考えたというわけか」

「うむ。ところが、例の鳥居から、また反対意見が出たんだ」

「反対意見――」

「日本の諸砲術家は技術において相当進歩している。西洋の臼砲というやつは、目的物をぴたりとねらって撃つのではなく、ただ敵がおおぜい集まっているところへ、猛火薬を撃ちこむだけの話だ。要するに、西洋諸国は礼儀の国と違い、ただ功利をはかり、弱さにつけこんで腕ずくでとるという主義だから、和漢の知略をもって勝利をはかる戦法とは根本が違う。たとえ西洋でそんな大砲を使ったからといって、少しも恐れるには足らん、というへんちき論なんだ」

健四郎の声がだんだん大きくなってくる。

「鳥居はそれをまた例の蘭学ぎらいへ持っていって、俗情が新奇を好むのは古今の通弊だが、蘭学者派はことに奇を好む病が深いから、そういう大砲でなければだめだと、頭から信じてしまうのだ。そのあげくが、大砲ばかりでなく、兵制のことから、日常の風俗習慣にいたるまで、西洋をまねるようになっては、それこそ重大問題だ。そんな長崎のわずかな地役人を指揮したくらいの小身者の狭い意見は採用せぬがよろしいと、やっつけているんだそうだ」

「櫓下(やぐらした)はそんな鳥居などの反対意見を取りあげたのかね」

　小平太も忘れかけていたかつての熱情が、しだいに若い胸へよみがえってくるような気がした。

「いつもなら、そういうことになったんだろうが、こんどは現にシナがイギリス艦隊にやられたばかりなんだ。いつ日本へもその手がのびないといえんのだから、櫓下もそう簡単に安心してしまうわけにいかなかったんだな」

　どこから耳にしてきたのか、健四郎はなかなかその辺の事情にくわしいようだ。

「一昨日韮山から、斎藤先生がもどってこられてね」

「その用件でか」

「うむ。去年の浦賀測量のこともあるから、これはいちおう江川太郎左衛門の意見を聞くがよかろうということになったらしいんだな。両論の写しが韮山のほうへ回って、意見があったら差し出すようにといってきたんだそうだ」

「なるほど、そりゃ櫓下もこんどは賢明だったな」

自分がそこで働いているだけに、話が浦賀測量のことにいくぶんでもひっかかってくると、小平太はつい目を輝かさずにはいられない。

お加代が健四郎の茶を運んできて、ふたりがなにかむずかしい話に熱中しているのを見ると、じゃまにならないように、黙っていそいそと階下へ降りていった。

「先生はその坦庵先生の意見書を持って、帰ってこられたわけだな」

「いや、意見書はそのときの使者に、すぐ持たせて帰したんだ。そのあとで、もっと重大なことを思いつかれて、その使いで出てこられたんだそうだ」

「重大なこと――？」

「とにかく、わしは二日がかりでこの話を聞かされたんだから、いちおうその坦庵先生の意見書というのから話しておこう。――この文の中に、つまり鳥居の意見書の中に、和漢の知略をもって勝利をとる戦法にくらべて、洋式の戦法は問題にならんとけなしているが、それならなぜこんどのアヘン戦争で、シナの知略はイギリスとの戦争に勝てなかったのかと、冒頭に痛いところを一本突っこんでおいて、こんな言いぐさは紙上の空論だと、坦庵先生はやっつけているそうだ」

「坦庵先生は事ひとたび国事にふれてくると、相当辛辣だからな」

小平太は浦賀での坦庵の起居をまぶたに浮かべて、健四郎の一言一句が胸へ泉のようにしみてくる気持ちだった。

「次に、わずかの地役人を指揮したくらいの小身者の意見、とはなにごとだと、やっつけて、位の上下にこだわり、事の是非を取りあげないのは言語道断、上に立つ者が人民の口をふさいでしまういちばん悪い政治のやり方だと、きめつけた。鳥居は去年その手で、奥村を浦賀から追い返している。その鬱憤といっちゃ坦庵先生が小さくなるが、やっぱりあれが忘れられないんだと思う」

「わかる、おれにはよくわかる」

あのとき、かごで泣きながら江戸へ立った奥村の姿を思い浮かべ、小平太の目ににじっと涙がにじんでくる。

「この文中に、新奇を好むは古今の通弊とあるが、もともと鉄砲や大砲は西洋から伝わったものだ。その当時は今の火なわ銃が新奇であったはずだ。そんなことをいえば、シナの孔孟の教えも、インドの仏教も、みんな外国のものじゃないか。秋帆がすすめる臼砲も、新奇といえば新奇にはちがいないが、これを古今の通弊と論断するのは、あまりにも世間知らずの独断だと、きめつけてあるそうだ」

「鳥居説はこっぱみじんだねえ」

「そういう意見書を、使者に持たせて帰したあとで、坦庵先生はふっと気がついたんだそうだ。ただ意見書だけですませたんでは、けっきょく紙上の空論に終わってしまう。そこで、洋式新砲術がいいか悪いかは、高島秋帆を江戸へまねいて、実際にかれの実技を見るのがいちばん早い。実物を見ないで、あれこれと論議していても、いっこうにらちはあかぬと、上申することにして、そのことで斎藤先生が出てこられたんだそうだ」

「そうか。それは百聞一見にしかずだからな」

あの暗い二階で、お高ともぐらもちのように痴情にふけっているうちにも、一方ではそういう生きがいのある仕事が、有能な人たちの手によって、ぴしぴしと運ばれている。

小平太はふっと寂しくならずにはいられない。

「ゆうべ、先生が急に、小平太はどうしていると、その話のあとできかれたんだ」

健四郎はぽつんといいだす。

「おれは寂しかった。きみといっしょに、先生の前へ出たかったから、おととい迎えにきた。きみはまだ帰っていなかった。おれが返事ができずに黙っていると、小平太は長崎へ行くといいんだがねえと先生がいわれるんだ。そのことばをきみに伝えたくて、おれはゆうべ九段の帰りに、すぐこっちへ回ってみたんだ、やっぱり、因縁が深いんだな」

しみじみとした健四郎の声音である。

「ありがとう。感謝する」

あの大荒れの中をと思うと、小平太は健四郎の友情がじいんと胸にしみて、すなおにならずにはいられなかった。そして、痴情の世界に耽溺していた男と、常に新しい世界を求めて溌剌と精進している男と、省みて忸怩たるものがある。

「しかし、昨夜きみが五人組をやっつけた話をしたら、先生もきっと喜ばれるだろう。小平太はこのごろけいこのほうはどうだときかれたんで、例の深川の一幕を紹介したんだ。なかなかやるなと、先生にっこりされてね、あれはみがきさえすればかわらじゃないと、とてもうれしそうだった」

「だめさ。おれは芸者なんかにうつつをぬかしているやつだ」

小平太はつい自嘲したくなる。

「そうそう、忘れないうちに報告しておく。おれはこんど水戸家との話がきまって、扶持をうけることになった」

なにげなく切り出す健四郎だ。

「そうか、いよいよ決まったか。おめでとう。いつ決まったんだね」

「おとといだ。おとといはそれをきみに知らせようと思ってね。ずいぶんきみにも心配をかけたからなあ」

「田原の先生が、よろこぶだろうな」

健四郎が水戸家から扶持をうけるという話は去年あたりからで、水戸家から扶持をうけるようになれば一人まえだと、それをいちばん待っていたのは、当人よりも師匠の渡辺崋山だった。

「すぐに知らせたか」

「うむ。お初穂を少々母堂に献じておいた。あれは少し脳が足りないんじゃないかえと、居候をしているあいだじゅう、ずけずけとしかってくれたのは母堂だからな」

健四郎は感慨深げである。

「さかな屋のせがれが、いきなり武家屋敷へ飛びこんで、しかも人一倍しつけのきびしいあの母堂にかかっちゃ、しかられるのがあたりまえさ」

しかし、この大男はどんなに出ていけがしにされても従順で、人の三人まえも大飯を食っては、ひそかにためいきをつかせたというのだから、面目躍如たるものがある。

「おれはやかましい母堂のおかげで、いくらか侍心がついた。それに、しかられるのはおればかりじゃない。母堂が、登、ととがった声になると、天下の崋山先生が、はいと、こどものように小さくなったからなあ」

「人間は、しかってくれる者がないと、いつの間にか堕落する」

そばにしかってくれる者を持たない小平太は、妙に寂しい。そして、久しぶりで父親のおもかげを、しみじみとまぶたに思い浮かべた。

「どれ、帰るかな」

健四郎は急にいずまいをなおした。

「帰るのか」

小平太はもう少し話していってもらいたい気がした。ひとりになると、またお高のことを考えるのがつらい。

「うむ、長話をしちまった」

健四郎は冷えた茶を一口に飲んでから、

「平さん、帰りに深川へ回ってやってもいいよ、なにかことづてがあるんなら」

と、ふいにいいだす。

「しかし、きみはお高に反対なんだろう」

小平太は思わず目をみはった。

「それとこれとは別だ。黙っていていつまでも帰らなければ心配する。それとも、もうなにか知らせてやってあるのか」

「いや、まだなんだ。お加代が行ってこようかというんだが、こいつは頼めねえ」

「そうか、お加代坊そんなことをいったか」

「それに、あっちも身を隠している境涯(きょうがい)だから、この使いはお加代にはむずかしい」

「よし、おれが回ってってやろう」

「健さん、まさかお高をしかりゃしないだろうな」

甘いなとは思いながら、ちょいとそれが気になる小平太だ。

「いまさらしかったって手おくれさ。おれはそれほどやぼでもない」

「そうか。じゃ、すまねえが、これを渡してやってくれないか」

小平太はふとんの下に入れておいたさっきの袱紗(ふくさ)包みを取り出して、そのまま健四郎に渡した。

「金だな」

「うむ。汐見橋をわたって、入船町でしじみ売りのおきよ後家ときけば、家はすぐわかるはずだ」

「ことづては――？」

「べつにない。歩けるようになったら帰ると、そういっといてくれ。頼む」

健四郎が行ってくれれば、こんな確かなことはないし、こっちの事情もよく通じるから、お高も安心するだろうと思った。

「じゃ、行ってくる。今夜はまた九段へ回るから、返事にはまたあす出てくる」

「すまんなあ。斎藤先生によろしく申し上げておいてくれ」

「承知した。あんまりやきもきしないで、ゆっくり養生することだ」

健四郎は袱紗包みをしっかりとふところへ入れて立ち上がった。

「ありがとう」

妙にまだなごり惜しい気持ちだったが、健四郎はそのままのっしのっしと階段を降りていってしまった。

「あら、金子さん、お帰りですか」

下でお加代の声がして、

「うむ、またあした来るよ。おとっつぁんによろしく」

と、健四郎は明るく答えていた。

「金子さん、またきっと来てあげてくださいね」

健四郎が玄関の土間へ降りると、送って出たお加代が寂しい笑顔を見せていった。

「うむ」

どうしてというように顔を見ると、

「若だんな、とても喜ぶんですもの」

と、ほおを赤らめている。

「そうか、きっとまた来よう。じゃ、失礼」

健四郎は玄関を出て、通りのほうへ路地をぬけながら、傷心をつとめて忘れて、恋しい男のためによかれとばかり祈っているようなお加代のういういしい顔が、いつまでもまぶたから消えなかった。

――しかし、こればかりはわしの力じゃどうにもならんしな。

健四郎はお加代のために、なんとなくお高という芸者が心憎い。そう考えてはいけないのだ。お高が心の悪い女ならともかく、双方で好きあっているなら、しようがないじゃないか、と思う。

いや、悪い女であってくれ、それならしかりとばして、小平太を取り返してやるんだがと、そんなこどものようなことも考える。

――とにかく、お高に会ってみてのことだ。小平太が長崎へ行くことを話してみて、それに文句をいうようなら、おれは親友として、断然お高をしかりつける資格を持っているんだ。

むろん、小平太からも、お高からも恨(うら)まれるだろう。いくら恨まれても、小平太の長崎行きだけはぜひ実現させなければならないんだ。

健四郎はそう考え考え、茅町通り(かやちょうどおり)へ出て、右側の道をぐんぐん浅草橋のほうへ歩いた。時刻はやがて八ツ半に近く、秋の日はもうだいぶ西へ傾いた。このぶんでは、深川へ着くころはたぶんたそがれどきになるだろう。隠れ家をたずねるのだから、そのほうがつごうがいい。

――はてな。

やがて浅草橋へ出ようとして、軒並み船宿がならぶ神田川べりの道から、ひょいとかどを曲がってきた目にたつ女がある。ぞろりとした身なりに、黒縮緬(くろちりめん)の羽織をいきに着こなしているのが、どう見てもこの辺の芸者らしくない。

──お高じゃないかな。あの顔にはたしかに見おぼえがある。

健四郎はこのあいだの晩、一の鳥居のあたりでちらっとお高を見かけただけの記憶だが、たしかにそうだと思うと、もう大またににぎやかな人通りの往来を、まっすぐそっちへ横切りだした。

大きな男だから、健四郎はだれの目にもつく。それがまっすぐ自分のほうへ向かってくるので、

──おや。

と、お高も目をみはり、ああ、あの人のお友だちの剣術屋さんだと、すぐそこへ立ち止まって待っていることにした。

「ねえさん、どうかしやしたか」

あとからついてきたお供の辰んべが、ふいにお高が立ち止まったので、肩へ当たりそうになりながら、あわてて きいた。

「ええ、あの人のお友だちらしいのよ」

「あの大きな侍がですか」

「見舞いに行ってきたのね、きっと」

そういいながらも、妙に胸さわぎのするお高だ。

昼すぎまで、悲しい身を寝床の中ですごしたお高は、切られたという小平太の安否が気になって、じっとしていられなくなった。

——こんなからだであの人に会うのはいやだけれど、せめて近所まで行って、様子を聞いてみよう。

そう思うとやもたてもたまらず、銭湯へ行ってすっかりからだを清め、身じたくをして、汐見橋から辰んべの屋根船へ乗りこんだのだ。

「ねえさん、出て歩いていいんですか」

おきよが心配してくれたが、いいも悪いもありゃしない。

「あたしもうやけだわ、おばさん」

わざと明るく笑ってやると、

「いいえ、だれにもありがちなことなんだし、ねえさんが悪いんじゃない、とんだ災難なんですから」

と、おきよ後家はなだめるようにいって、悲しい顔をしていた。

船が大川へこぎ出してから、

「ねえさん、万年橋の親分の家はたいへんですぜ」

と、辰んべが櫓をこぎながら話してくれた。

「どうかしたのかえ」

「陣十郎が立ちまわりゃしねえかってんで、ゆうべから岡っ引きが張ってるんですってさ。なんでも、陣十郎は五人組強盗の片われで、あとの四人のうち三人まで明けがたまでにつかまって、綱五郎だけはどこかで切られたって話ですよ」

「まあ」

お高は耳を疑わずにはいられなかった。すると、綱五郎を切ったのは小平太で、その小平太は金時の金助に切られたというゆうべの馬陣の話はほんとうだったのだ。それにしても、あの連中が恐ろしい五人組強盗、その兄弟分だった兄にはなんのおとがめもないものかしら。

いや、そんなことより、あたしはそのいまわしい陣十郎に取りかえしのつかないからだにされているんじゃないかと思うと、またしてもくやしくなってきて、ひそかに身もだえせずにはいられなかった。

そして、船がやっと神田川へはいり、久右衛門河岸についたので、辰んべを連れて、今ここへ上がってきたばかりだった。

——さて、ここまで来るには来たものの、これからどうしたものかしら。

思い迷っているところへ、健四郎のほうから見つけて、近づいてきたのである。

「まちがったら失礼、お高ねえさんだったね」

健四郎は前へきて、のっそりと立ちながらきいた。ひどくきまじめな顔つきだ。

「ええ」

お高はうなずいて、じっとその顔を見あげる。

「わしは小平太の友だちで金子健四郎という者だが、小平太から聞いているだろうか」

「うかがっています。剣術屋さんでしょ」

「うむ、その剣術屋だ」

健四郎はにこりと笑った。

「あの人、あの人、けがをしたって聞いたんですけど、どんな様子なんでしょ」

相手の笑い顔を見ると、なにもかも忘れて、急に不安がこみあげてくる。

「五針ほど左の肩を縫ったが、今のところ命にかかわる心配はないようだ」

「あたし、家へ行っちゃいけないでしょうね」

おずおずと遠慮そうにきく。

「行かんほうがいいな」

健四郎はきっぱりと答えた。

「どうして、どうして行かないほうがいいんです」

むらむらと気が立ってきたらしく、お高は詰めよるように健四郎をにらみつける。

「実は、小平太に頼まれて、これからきみの家へたずねていくところだったんだ。立ち話もできない。そこまでちょっとつきあってくれんか」

「行きます、どこへでも」

「じゃ、来てくれ」

健四郎はすべてをぶちまけて話してみる必要があると思った。さいわい、河岸っぷちの船宿荒川屋で、小平太と二、三度のんだことがあるので、先に立って、そこののれんをくぐった。荒川屋の出もどり娘おきみが小平太に気があって、ここは小平太の顔のきく家だ。

「あら、金子さん、若だんなが大けがをしたんですってね」

店番をしていたおきみが、顔を見るなり、いらっしゃいより先にそれを口にして、白々とお多福に似た顔じゅうに親しみを見せて出迎えたが、あとからお高が、辰んべになにか二言、三言いいおいてはいってきたのを見ると、

「いらっしゃいまし」

と、びっくりしながら、急によそ行きのあいさつをした。

「あねご、しばらく二階を借りたいんだがな。あいてるかね」

「あいています。さあ、どうぞ。――あなた、お上がりくださいまし」

おきみは稼業がら、お高にもあいそよく声をかけておいてから、いそいで二階へしたくをしにあがっていった。

「あのあねごも、小平太におかぼれの口でね」

健四郎はお高にいって笑ったが、お高は暗い顔を伏せたまま、にこりともしなかった。

火ばちを中にして、荒川屋の二階へおちついた健四郎は、あらためてお高の顔をしみじみと見た。これはまったくあかぬけのしたすばらしい美貌である。

そのお高が、暗い顔を面伏せて、くちびるをかみながら、なにか顔のあたりに苦悩の色をはっきりと漂わせているのは、胸の中にいいしれぬ不満がうずをまいているのだろう。

さて、なにから話したものかと、ちょっと迷いながら、

「小平太がねえ、わしが使いにいってやるといったら、おまえはお高をしかりや

しないだろうなと、念を押すんだ」

と、健四郎は自然にそんなことが口に出た。

お高はちらりと目をあげたが、ひそかにためいきをついて、またうなだれてしまった。

「いまさらしかったってしようがないじゃないかと、わしはいった。おたがいに好きで夫婦約束をして、たとえ五日でも夫婦としていっしょに暮らしてきたんだ。けがをしてこれこれだと知らせてやらなければ、相手が心配する。その使いにきみが安心して頼めるのは、おれよりほかないじゃないかというと、じゃ、これを渡して、からだがなおりしだい帰るからとことづけてくれと、頼まれてねえ」

健四郎はふところから、預かってきた重い袱紗包みを出して、

「とにかく、これを受け取っておいてください」

と、お高にわたした。

「お金ですね、これ」

「うむ、相当重いが、いくらはいっているのか、聞いてこなかった」

「こんなに、あの人、どこからつごうしたんでしょう」

「実は、それも聞いてこなかった」

「あの人、からだがなおったら、ほんとうにすぐ帰ってくると、いっていましたか」

「いっていた。むろん、あの男はその気でいるだろう」

お高は袱紗包みをひざの上において、黙って考えている。というより、なにかいいたくて、いえずにいるといったふうに見えるので、健四郎はしばらく待ってみた。

「金子さん、あの人、重五郎親分の家に寝かされているんでしょ」

「そうだ」

「どうしてあたし、そこへ見舞いに行っちゃいけないんです」

お高はいらいらと狂おしいような目を光らせて、挑戦してきた。

「絶対にいけないというんじゃない。が、わしは行ってもらいたくないんだ」

「なぜなんです」

「あそこには、ことし十八になるお加代という娘がいるんだ」

健四郎はきっぱりとそれを口にした。

「お加代さんのことは、あの人から聞いています。なんでもないんだといっていました」

お高は負けずに、その目に敵意さえこめているようだ。

「小平太はなんでもなかったかもしれぬ。しかし、お加代は小平太をおもっていた。そのお加代に、小平太はゆうべかけさか、はっきりとあんたのことを話したんだ。むろん、お加代はあきらめるほかはない。あきらめたから、深川のひとを呼んできてあげましょうかと、小平太にいったそうだ」

健四郎はわざとそこでことばを切った。いじらしいお加代の心根が、たまらなく不憫(ふびん)になる。それが顔色に出たのだろう。じっと見ていたお高が、

「金子さんは、金子さんは、あたしにあの人をあきらめろっていうんですか。まさか、このお金、あの人の手切れ金じゃないんでしょうね」

と、そんな誤解までして、さっと顔色を変えるのだ。

「そうじゃない。傷がなおれば、小平太はむろん、きみのところへ帰る気だろう。ただわしは、あんたが今小平太の看病に行っては、お加代がかわいそうすぎるから、行かないほうがいいといったんだ」

「じゃ、あの人は今、お加代さんに看病されているんですね」

「うむ」

「看病されているうちに、あの人の心がかわる。それを金子さんは待っているん

でしょう」

お高は底意地の悪い目をして詰め寄る。

「そうじゃない。あんたはお加代がかわいそうだとは少しも同情できないのか」

どうもそうらしいのが、健四郎にはひどく不満である。

「だって、しようがないじゃありませんか。あたしはいまさらあの人をだれにもとられるのはいやです。お加代さんのことなど、考えたくありません。いいえ、あの人の看病をお加代さんにされるのさえ腹がたちます」

「そういうもんかなあ」

健四郎はあきれてお高の顔を見なおした。

「あきらめたなんて、うまいことをいって、お加代さんはきっとあの人を取り返す気にちがいないんです。いやだ、あたし」

かっと目をつりあげて、身もだえしてみせるお高だ。

「みんなで、みんなであたしとの仲を裂(さ)いて、むりにお加代さんをあの人に押しつけようとしているんです」

「それは邪推(じゃすい)だ」

「いいえ、いいえ、それにちがいないんです。いやだ、あたし。これからすぐ行って、あの人を引き取って帰ります。金子さん、いっしょに行ってください」

とだいに狂乱一歩手前といった目の色になってくる。

「小平太を引き取るって、そんなことあんたの兄の万年安が許すかね。あんたは万年安の目をのがれて、姿を隠しているんじゃないのかね」

健四郎はおだやかにきいてみた。

「そんなことかまいません。あたし、あの人と江戸を駆け落ちします」

お高はもう破れかぶれのようだ。

「それもいいが、すると小平太はなんになるんだろう」

「あの人にはなんにもさせません。遊ばしといて、あたしが働きます」

「つまり、遊冶郎(ゆうやろう)にするわけか」

「なんですって」

「女に養われて、のんべんだらりと遊んでいる。そんな男は、男の中のくずだ」

お高はおこって、くちびるをぴくぴくさせながら、健四郎をにらみつけてはいるが、さすがに返すことばが見つからぬらしい。

「わしは小平太の傷がなおったら、長崎へ行って、新しい砲術の修業をしてもらいたいと思っていた。それは、小平太の剣術の師匠も、小平太の父君も、友だちも、みんなが望んでいることだと思う。新しい砲術を学ぶことは、日本の国にとって大きな仕事だ。男として、生きがいのある仕事なんだ」

そこまでいって、砲術の話などいくらしてもこの女にはむだかもしれないと気がついたので、健四郎はふっとことばを変えた。

「わしはねえ、実はここへくるまで、あんたがもし悪い女だったら、小平太の友だちとしてしかってやろうと思ってきた。しかし、あんたは悪い女じゃない。心から小平太のことを思っているようだ。わしはほれあったどうしの仲を裂こうと思うほど、冷酷な男じゃない。ただ、男には男の仕事があると思うんだ。できるなら、あんたという女がついていてくれたから、小平太はこれだけ生きがいのある仕事がやれたんだ、そういう女にわしはあんたになってもらいたいと思う。どうか頼みます」

健四郎は心から頭をさげた。

「あの人、長崎へ行くことを、もう承知したんですか」

「いや、きょうその話はしたが、まだ返事は聞いていない。とにかく、傷がなおったらあんたのところへ帰る、わしはそうことづかってきただけだ。あとのことは、小平太の傷がなおってから、ふたりでよく相談してくれればいいんだ。あれは物の役にたつ男なんだから、遊治郎にだけはしないでくれ。わしの頼んでおきたいのはこれだけだ」

もうこれ以上いうことはないと思ったので、健四郎は失礼したといって、静かに立ち上がった。

お高はくちびるをかんで目を伏せたまま、身動き一つしない。まだからだじゅうで健四郎に反抗しているように見える。

――ほかの女にあの人をとられるなんて、あたしは死んでもいやだ。

ひとりになると、お高は激しい嫉妬の炎にいっそう胸をあおられ、息が詰まりそうにさえなってきた。

ほかの女とはだれでもない、お加代のことである。看病にことよせて、十八娘が、青いは青くさいながら、どんなひたむきな恋の手くだをつくして、夜も昼も男をせめているか、それはそれなりに、いつかはきっと、あの人の男心をひきつけてしまうにちがいない。

自分が、知れればどうせあいそをつかされるからだにされてしまっているだけに、お高は居ても立っていられない気がしてくる。

――いっそ押しかけていって、なにもかもめちゃくちゃにしてやろうかしら。

われながらひどい動悸だった。

が、そんなあばずれたまねをすれば、あの人にいよいよあいそをつかされる。いや、憎みさげすまれるかもしれない。たとえ世の中がどんなにめちゃくちゃになっても、あの人にだけはかわいそうな女だと思っていてもらいたい。

――そうだ。あたしはお加代という娘に会ってみよう。

会ってみて、小生意気な娘だったら殺してやると、またしてもかっと気の立ってくるお高だ。

じゃ、いい娘だったらどうする。あたしはあの人を譲る気になるだろうか。

――そんなはずはない。きっといやな娘にきまっている。

面と向かって、こっぴどくやっつけて、いじめさいなんでやりたい。二度とあの人の看病などできないように、思いきりはずかしめてやろう。

――そして、傷がなおったら、あの人はひとりで長崎へ立てばいいんだ。

お高は急にいくぶん胸が晴れたきたような気がして、階下へ手を鳴らした。

「お呼びでございますか」

さっきのおたふく娘が、障子から顔を出してきいた。二十三、四でもあろうか、こんなのがいくらあの人におかぼれしたってと、お高は心でおかしい。

「すみませんが、表の船に辰という供の船頭が待ってるはずなんですけど、ちょいとここへ呼んでくださいな。それから、もうしばらくここを借りいてもかまわないでしょうね」

「ええ、ええ、どうぞごゆるりと――。では、船頭さんをお呼びします」

娘はにっこり気さくに答えて、とんとんと階段を降りていった。

まもなく辰んべの上がってくる足音がして、

「ねえさん、なんかご用ですか」

と、おなじ障子から顔を出した。

「ああ、ちょっとこっちへはいっておくれな」

そういうお高の強い顔を見て、辰んべはなにかしかられるとでも思ったか、おずおずと座敷へはいって後ろを締める。

健四郎との話に、つい身がはいって疲れたか、小平太は何度見に行っても、ぐっすりと眠りつづけている。

「こんなにくたびれて、いいのかしら」

お加代はしばらくその寝顔をのぞきこんでいたが、安らかな寝息だし、べつに

熱が出た様子もないので、

「これからは、あたしのたいせつなにいさん」

つぶやいて、寂しく微笑しながら、そっとまくらもとを離れ、足音をしのばせて階段を降りてくると、がらがらとなにか遠慮そうに格子をあける音がした。

「ごめんなさい。——こんにちは」

「はい」

障子をあけてみると、船頭ふうの若い男がおずおずと立っていて、いそいでぺこりとおじぎをした。

「どなた——?」

「へえ、おれ深川の船頭で、辰といいます」

「深川——?」

どきりとして、お加代は目をみはりながら、

「どんなご用なんです」

と、思わずいっしょうけんめいな声になる。

「あの、ねえさんはお加代さんでござんすね」

辰んべも妙にどぎまぎと顔を赤らめている。この男は悪人ではないと、お加代

にもすぐわかった。

「ええ、わたしお加代です」

「すみませんが、そこまで、ちょっと下駄をはいてくれませんか。いけねえでござんしょうかねえ」

「そうねえ。――いいわ」

お加代は度胸をきめたようにうなずいて、下駄を突っかけて、玄関を出た。

「すんません、どうも」

辰んべはおじぎをして、先に立ち、ゆっくりと路地を出ていく。

「ゆうべ、五人組がはいったってのは、ここん家(ち)ですか」

伊勢屋の黒板べいが、そこだけ繕(つくろ)ってあるのを見て、辰んべがきく。

「そうよ。ここからはいって、出てきたんですって」

「小平兄貴、それで大けがをしたんですってね」

「あら、あんた若だんなを知っているんですか」

「知ってます。いっしょに飲んだこともあるんです」

辰んべはにっこり人なつこい微笑をうかべてみせる。

「そうお――」

小平太のことをいわれて、お加代も急に辰んべに親しみを感じてきた。

「若だんなのけが、そんなにひどいんですか」

「ええ。五針縫ったのよ」

「そいつはたいへんだ」

辰んべはまゆを寄せて、心配そうにそこへ立ち止まった。

「あんたの用って、どんなこと？」

ちょうど路地の出口へきていたので、お加代はあらためてきいてみた。

「おれ、困っちまったなあ」

人のよさそうな辰んべの顔は、ほんとうに当惑しているようだ。

「あんたもしや、深川のお高ねえさんの使いで来たんじゃない？」

お加代は思いきってこっちからいってみる。

「うむ、そうなんだ」

「じゃ、若だんなにことづけなんでしょ」

「それが違うんだ。お高ねえさん、お加代さんに会いたい、そっとだれにも知れないように、呼んできてくれっていうんだ」

「あたしに――？」

ふにおちないお加代だ。

「うむ、お高ねえさん、ほんとうは出て歩いちゃいけねえんだけど、兄貴の、いや、若だんなのことを心配して、船で、そこまでたずねてきたんだ。そして、その浅草橋のところで、若だんなの友だちっていう金子さん、知ってるかえ、お加代さん」

「知ってるわ」

「剣術の先生だってね。大きな人だなあ」

「金子さんがお高ねえさんに会ったんですか」

「そうなんだ。若だんなにことづけをたのまれて、これから深川へ出かけようと思っていたんだって。いっしょに河岸の荒川屋へ行って、しばらく話しこんでいたっけ」

「じゃ、お高ねえさん、まだ荒川屋さんにいるんですか」

「うむ。金子さんが帰ると、すぐおれを呼んでね。馬陣の兄弟分の万年安の妹だから、岡っ引きの親分の家へ行けない。お加代さんに話したいことがあるから、辰んべ、だれにも知れないように呼んできておくれって、いいつかってしまったんだ」

話って、どんなことだろうと、お加代は妙に胸がどきどきする。

「そっと呼び出すなんて、そううまくいくかなと思って、おまけに岡っ引きの親分の家だし、おれだって薄っ気味が悪いやね」

「おとっつぁんはるすだからだいじょうぶよ。家にいたって、やさしいおとっつぁんだから、なんにもいいやしません」

「お奉行さまとお友だちなんだってね、親分は。おれ、荒川屋のおねさんから聞いたんだ」

辰んべは声をひそめて、感心したような顔をする。

「お加代さん、おれ、親分の子分にしてもらえないかねえ」

「どうして」

「船頭なんかより、岡っ引きのほうがにらみがきくからなあ」

そんなむじゃきなことをいいだす辰んべだ。そのむじゃきさにつられて、お加代はふっとお高に会ってみてもいい気がしてきた。

「辰つぁん、あたし荒川屋さんへ行ってみます」

どんな話か知らないけれど、若だんなの好きなひとなら仲よくしなければいけないと、お加代は決心がついたのだ。

「そうかね。そうしてくれりゃ、おれ助からあ。どうもすんません」

辰んべはほっと目を輝かしながら、いそいでぺこりとおじぎをした。

「あんたがおじぎなんかしなくてもいいことだわ」

「けど、辰んべはちっとも役にたたないんだねって、ねえさんにしかられるよりありがたいからな」

「お高ねえさんて、そんなにこわいひとなの」

「こわいってこともないけど、売れっ妓はみんなわがままで意地っぱりだからね」

船頭をしかりとばせるような売れっ妓って、どんなひとかしらと、お加代は辰んべといっしょに歩きだしながら、やっぱり胸がどきどきしてくる。

――でも、あたしがなにかの役にたてたら、きっと若だんなが喜んでくれるわ。

お加代にはまた、そういう悲しいたのしみもあった。

「おれ、少し心配だなあ」

にぎやかな茅町通りへ出てから、辰んべがふっといった。

「なにが心配なの」

「気を悪くしちゃ困るけど、お加代さんとお高ねえさんは、よく世間でいう恋がたきってやつじゃないんかなあ」

「いやっ、そんなこといっちゃ」

お加代はまっかになって、ついとがった声が出る。

「すんません、おこらないでおくんなさい。おれ、悪気なんか少しもなかったんだからよう」

辰んべはびっくりして、あわててぺこぺこ頭を下げたが、お加代はそれっきりもう口をきこうとはしなくなってしまった。


荒川屋の二階で、お加代の来るのを待っているお高は、辰んべにうまく連れ出せるかしらと、ひとりでさっきからじりじりしていた。

——向こうも、あたしだとわかれば用心するだろうし。

だいいち、小娘のくせにあたしと張り合おうなんてのが、小生意気なんだわ。来なけりゃ来ないで、こっちから押しかけていってやるんだから、かまやしない。あの人の見舞いに来たんだっていえば、会わせないわけにはいかないんだからと、お高はともすれば癇がたかぶってくる。

「おそいなあ、辰んべは。ぐずってありゃしない。なにをしてるんだろうな」

その中っ腹の耳へ、おや、いらっしゃいと、だれかを出迎える下の娘の声が、明るく聞こえてきた。

——来たらしいわ。

お高がそう思って聞き耳を立てていると、まもなく階段をあがってくる足音がして、

「ねえさん、お加代さんをお連れしやした」

と、障子から顔を出して、辰んべが告げた。

「ご苦労さんでしたね。さあ、どうぞ」

どんな小娘か見てやろうという腹なのだから、お高はしゃっきりといずまいを直して、そっちへ正面をきった。

「あっしは船で待っていやす」

「そうしておくれ」

辰んべと入れかわって、お加代が廊下へひざまずき、

「ごめんくださいまし。あたし加代でございます」

と、お加代がていねいにあいさつをした。

「さあ、どうぞこっちへはいってくださいな。そこじゃ話ができません」

「はい」

お加代は中へはいってあとをしめ、その障子ぎわへ伏し目がちにすわった。

ふだん着のまま連れ出されたのだから、いかにも町家の娘らしいもめん物をきちんと着て、麻の葉模様の赤い帯をしめ、緋鹿の子の緒をかけた結い綿もういういしいといえばいえるが、ひどくしろうとくさい。それがからだじゅうをかたくして、ぎこちなくすわっているのだから、

――なんだ、こんな娘か。それでも色の白いのが、いくらか取りえかしら。

と、お高はたちまち優越を感じて、ほっとした気持ちだった。

「お加代さん、あたしのこと、あの人から聞いているかしら」

「ええ」

「いま金子さんからうかがったんですけど、あなたが夜も昼も、つききりであの人を看病していてくれるんですってね。どうもありがとう」

「いいえ」

お加代は耳の付け根までまっかになって、顔をあげようとしない。

「ほんとうは、あんたがあの人のおかみさんになるところだったんですってね。金子さんに聞きました」

「いいえ、そんなことうそです。金子さんはなんにも知らないんです」

はじめて顔をあげて、きっぱりと答える。

「そうかしら。でも、あたし、いま金子さんにさんざんしかられたばかりなんですよ。ぜひ見舞いに行きたいといったら、そんなことをしちゃいけない、お加代さんの心にもなってみろって」

お高は色里でいつもそんなふうに、ねえさん株の女からねちねちといじめられつけてきたし、いじめつけてもきているから、いつの間にか底意地の悪い目になっているのを、自分でも気がつかなかった。いや、半分は気がついてやっている、といったほうがほんとうかもしれぬ。

「どうして、あたしがあの人の見舞いに行っちゃいけないのかしら」

お高は当惑してもじもじしているお加代を見すえながら、その口からどんな返事が出るかと、待ちかまえる気持ちになっている。

「あの、ただお見舞いだけなんですか、ねえさん」

お加代が思いきったように顔をあげる。

「あら、どうして――」

「若だんなはきっとねえさんに看病してもらいたくて、待っているんです。ですから、あたし、深川へ行ってきてあげましょうかって、何度も若だんなにいったんです」

　べつに底意があってのことばとは思えない。

　あっとお高は、自分がことば違いをしている。いや、ことば違いではなくて、看病はしてやれない身だと自分で承知しているから、つい見舞いなどという他人行儀なことが口に出たんだと気がついて、狼狽しながら、

「だって、あたしが看病なんかしたら、それこそ金子さんにしかられます」

　と、そんな負け惜しみで逃げをうつ。

「いいえ、ねえさんは若だんなの傷を見ないから、そんなことをいうんですわ」

「まあ、そんなにひどい大けがなの。五針も縫ったとは聞いたけど」

　さすがにじいんと胸にこたえて、男を取るだの取られるだのより、これもけがの心配のほうが先だったと、お高はいまさらのように内心気恥ずかしい。

「ひょっとすると、左の手がきかなくなるかもしれないんですって。もうほんの少し深ければ命取りだったと、お医者さんはいってました。ゆうべあたしが肩を貸して、家へ連れてきたんですけれど、どうしても血が止まらなくて、だから疲れがひどいんですわ。きょうは一日じゅう、うつらうつらと眠ってばかりいるん

です」

「金子さんは、今のところは命にかかわる心配はないっていってたようだけど」

「ええ。これで熱さえ出なければ、まあ安心だろうっていうんです。ねえさんが行ってあげれば、若だんなきっと喜びます。きたないとこですけど、あたしこれからご案内します」

すぐにも立ちそうにするお加代だ。

「あの人、傷がなおったら、長崎へ行くんですってね」

お高はまたしても、お加代がためしたくなる。

「長崎へですか」

「あら、あんた知らないの」

「そんな話、聞いていません」

「だって、金子さんの話だと、あの人は長崎へ行って鉄砲の修業をさせるんだ。みんながそれを望んでいる、もう江戸へは置かないんだと、いってましたけどねえ」

そのあとの金子のことばは、わざといわずにおく。

「ああ、その話なら、きょう金子さんが来て、しばらくなにか熱心に話していました。若だんなは、もと蘭学会のほうに関係があって、その蘭学会が去年公儀からにらまれたんで、家出をしてあんな遊び人みたいなまねをしているんですけれど、ほんとうはいつもなにか、国の役にたつような仕事がしたいと思っているんです。ですから、金子さんの話で、長崎へ行く気になったのかもしれませんわ」

　お加代の話には少しも邪念がなさそうだ。

「でも、あの人が長崎へ行ってしまえば、あんただって、もうあの人に会えなくなりゃしないの？」

「あたしなんか、どうでもかまわないんです。若だんなさえりっぱに出世してくれればうれしいと思いますわ」

「ほんとうにそうかしら」

「ほんとうなんです。若だんなのことは、お奉行さまの遠山さまもたいへん心配なすっているんだと、おとっつぁんがいっていました」

「じゃ、ご落胤(らくいん)てのは、やっぱりほんとうなの」

「それはうわさだけなんでしょ。けど、お奉行さまも若いころ、そんなことがあった。その時分から若だんなの親ごさまとは親しいお友だちだったし、甥(おい)っ子(こ)ぐらいには思って、心配している。きょうもじゅうぶん傷養生(きずようじょう)をさせるようにって、お手もと金を五十両、家のおとっつぁんにおさげわたしになったほどなんです」

ああ、その五十両かと、お高は座ぶとんの下に入れておいたさっきの袱紗包みを上からそっとさわってみて、あの人、そんなたいせつなお金をあたしに届けてくれたのかと、思わず胸をうたれ、かっと小平太が恋しくなって、涙さえこぼれそうになる。

が、意地だから、お加代の前などで涙は見せたくない。

「ねえさん。ほんとうにあたし、うちへご案内してもいいんですけれど」

「やっぱり、あたしよします。あたしは深川の万年安の妹、聞いてるでしょ」

悪鬼のような馬陣にもてあそばれてしまったひけめのあるわが身が、お高はいまさらのように口惜しい。

「いいえ、若だんなはそれをちゃんと知っていて、ねえさんをおかみさんにしたんですわ。ちっともかまわないと思います」

むしろ同情しているようなお加代の目だ。

「あいにく、それがそうはいかなくなってしまったんです。ゆうべあの人を切った五人組強盗の馬場陣十郎は、万年安の兄弟分なんです。悲しいけれど、あたしたちはかたきどうしってことになるんです」

「そんなことありません。若だんなはそんなことでねえさんをどうとか思うほど、了見の狭い人じゃないと思います。今だって、ねえさんのことをどんなに心配しているか、あたしにはちゃんとわかります」

「あたしだって、あたしだって、どんなにあの人のことを思っているか――」

お高はとうとうがまんができなくなって、ひとりでに涙がまぶたをあふれ、いそいでそで口を目にあててしまった。

が、ここで泣いては負けになる。負けたくないと、歯をくいしばって、意地になる。

「泣くなんて、あたしはそんないくじのない女じゃありません」

と、むりにきっと顔をあげる。

その顔を黙ってみていたお加代の目にも、急に涙の露が盛りあがってきて、

「ごめんなさい」

と、たもとを顔へあてた。

「お加代さん、あたしに同情なんかしてくれなくたっていいんですよ」

語気が強かったので、お加代がびっくりしたように、顔からたもとを放した。

「金子さんがねえ、さっきあたしにいってました。おまえがついていたから、あ

の人がこれだけの男になれた、そういう女にあたしになれっていうんです。そんなこと、あばずれのあたしなんか、とてもできそうもありません。だから、きょうかぎりあたしは、あの人のことをあきらめます」

「まあ――」

「あたしは人にとやかくさしずされる色ごとなんかまっぴらだわ。あたしの相手は、やっぱり遊冶郎が分相応なんでしょ。あたしはもう二度とあの人に会いません」

「そんな、そんな――」

「いいえ、もういいんです。これさっき、金子さんから渡されたお金だけれど、あたしこんなものいりません。あんたからこれ、あの人に返してくださいな。これは長崎へ修業に行くときの路銀の足しにしてくださいってね」

お高は座ぶとんの下から重い袱紗包みを取り出して、お加代のひざの前に押しやった。

「ねえさん、なにかあたしが、あたしがねえさんの気にさわるようなこと、いいましたかしら」

あっけにとられながらも、お加代の顔はおろおろと青ざめて、少しも邪気のない目が不安そうにひしと見つめている。

「あんたのせいじゃないのよ。あたしはあの人が長崎へ行くなんて、どうしてもいやなんです」

「いいえ、若だんなはまだ、どうしても長崎へ行くとは、きまっていないと思います。ねえさんがいけないといえば、きっと行かないと思います」

「もういいのよ、お加代さん。あの人がいくら行きたくなくたって、お奉行さまや、先生や、金子さんがどうしても行けといえば、あの人は行かなくちゃならなくなるんです。あたしのような女があの人についていちゃためにならないというんだもの、あたしはあきらめるよりしようがありゃしない」

「ねえさん、一度若だんなに会ってください」

お加代はいっしょうけんめいにそういってみた。

「よすわ。もうあきらめたんだもの。あたしは会わない昔と、あの人のことは忘れます」

「それじゃ若だんなが、あんまりかわいそうです」

「かわいそうなのは、あたしだっておんなじことよ。きらいで別れるんじゃないもの。あたしがついていちゃ、あの人のためにならないんです。金子さんがそういっていたと、あんたからよううく若だんなに話しといてくださいね」

あやうく嗚咽が出そうになるのを、お高はぐっとおさえつけながら、

「お加代さん、あたし人の前で泣くのきらいだから、先へ帰ります。こんなわがままいって、ごめんなさいね」

と、しゃっきり立ち上がった。

「あっ、待って、ねえさん」

すがりつきそうに中腰になるお加代を見向きもせず、お高はいそいで廊下へのがれ、そのまま階段を降りてきた。

辰んべが店の上がりかまちへ腰かけて、炉ばたのおきみとなにか話しこんでいる。

「辰んべ、帰るよ」

「へえ」

お高の強い目をちらっと見上げて、辰んべはあわてて表へ飛び出していく。

「ねえさん、おじゃましましたね」

人前だけはおちついてあいさつをして、お高は土間へ降り、表へのがれて、河岸の桟橋から船へ乗りこむまでは夢中だった。

小平さん、あたしの小平さん。

赤い夕焼け空の下にある茅町のほうを振りかえって、悲しくまぶたに焼きつけながら、船房へすべりこみ、障子をたてきってしまうと、もう人目がないから、どっと涙があふれてくる。それでもそで口をかみしめて突っ伏しながら、声だけはたてなかった。

「おだいじにお帰んなさいまし」

桟橋まで送って出たおきみの声に、

「お世話をかけやした」

辰んべが答えて、ぐいと一つさおを入れる。

「さようなら」

「ごめんなすって」

船は柳橋の下をくぐって、まもなく大川へ出る。さおが艪にかわったようだ。

「ねえさん、どこへ着けやす」

辰んべが声をかけてきたが、お高は返事をする気力さえつきていた。

――あたしは、とうとう別れてきた。

そう思うと、ただ悲しい。意地も張りもなく、ただ泣けてくる。お高はこどものように、おいおいと声をあげて泣きたいだけ泣いてみた。

——あれえ、ねえさんが泣いてらあ。

辰んべはその悲しげな泣き声を聞いているうちに、自分もまぶたに涙がにじんできて、いそいで握りこぶしで目を拭(ぬぐ)った。

船はやがて夕やみ迫る両国橋の下をくぐりぬけ、静かに新大橋のほうへこぎ下っていく。

秋　風

翌日福井町を見舞って、お高の報告をするつもりだった健四郎は、つい雑用に追われて、きょうこそはと、船河原町の道場を出たのは、あれから三日めの夕がただった。

一日ごとに日あしの詰まって行く秋の日は、すでに赤々と行く手のお茶の水の森を染めている。前におちる自分の長い影を踏みながら、船河原橋をわたろうとすると、

「あら、金子さん——」

赤い結い綿を見せて、うなだれがちに橋を渡ってくる、どこか見おぼえのある娘がひょいと顔をあげて、びっくりしたようにそこへ立ち止まった。

「やあ、お加代坊か」

この下町娘は、いつ見ても清純でういういしい。思わずにっこりして、つかつ

かとそばへ寄っていったが、

「どうした、小平太が悪いのか」

急にそれが気になる健四郎だ。

お加代はいそいでかむりを振ってみせて、

「金子さんは、どこかへお出かけになるところなんですか」

と、その目がなんとなくうるんでいるようである。

「いや、福井町へ行こうと思って出てきたんだ。お加代さんはわしをたずねてきたのか」

「ええ」

「じゃ、家へもどろうか」

「いいえ、歩きながらお話しすればいいんです」

「そうか。では、行こう」

肩を並べてお茶の水のほうへ歩きだしたが、お加代はそれっきり、しばらく口をきこうとせぬ。うなだれた影法師が、なにから話そうかと思い迷っているふうだ。

恋に破れた娘だけに、健四郎は気にもなるし、いじらしくもある。

「お加代さん、わしに遠慮はいらん。なんでも話してみろよ」

わざと明るくそう話を引き出しにかかったのは、水道橋を右に見て、やがてお茶の水の坂へかかろうとするあたりだった。

「あの、金子さんはあの日、お高ねえさんに荒川屋の二階で会ったんですってね」

お加代が意外なことをいいだす。

「よく知ってるな、だれから聞いたね」

「金子さんはそのとき、お高ねえさんをなんていってしかったんです」

「べつにしかりはしなかった。小平太に頼まれた金をわたして、ことづけを伝えただけだ。どうしてそんなことをきくんだね」

「金子さんが帰ったあとで、辰んべさんていう船頭さんが家へ呼びにきて、あたし荒川屋でお高ねえさんに会ったんです」

「なんだ、お高に会ったのか」

あの女なら、そのくらいのことはしそうだし、罪なまねをすると、健四郎はひそかに怒りを感じた。

「それで、お加代さんはお高にいじめられたのか」

ゆっくりと坂道をのぼりながら、健四郎は暗い気持できいた。

「そうじゃないんです」

「じゃ、どんな用だったんだ」

「あたしは金子さんにしかられたから、若だんなのことはもうあきらめるって、お高ねえさんがいうんです」

「あきらめる――?」

これはまた意外な話になったものだと、健四郎は目をみはる。

「若だんなは傷がなおったら、長崎へ修業にやられるのだ。金子さんは、あたしがついていたから若だんながこれだけ出世したんだ。そういう女になれっていうけれど、あたしにはそんなりっぱなことはできそうもない。あたしは人にさしずされるような色恋はまっぴらだ。それに、あたしは馬場陣十郎と兄弟分の万年安の妹だから、あの人についていては出世のじゃまになるっていうんです」

「本心からそれがいえるようなら、それもまたりっぱなもんだがなあ」

健四郎にはいやがらせだとしか思えない。

「いいえ、お高ねえさんのは本心なんです。あたしは、それじゃ若だんながかわいそうですから、ぜひ一度会ってあげてくださいって、頼んだんです。そうしたら、お高ねえさん、かわいそうなのはあたしだっておなじことだ、きらいで別れるんじゃないもの。あたしがついていちゃあの人のためにならない、金子さんがそういっていたと、あんたからよく若だんなに話しといてくださいって、お金のはいった袱紗包みをあたしに押しつけ、これは長崎へ行くときの路銀の足しにするように、あたしは人の前で泣くのきらいだから、先へ帰るって――」

　お加代はふいに立ち止まって、たもとを顔へ持っていく。声こそ出さないが、肩がいじらしく泣きじゃくっているのだ。

　ちょうど坂をのぼりきったところで、左手は馬場、右手は急崖にそった森で、あたりに人目もなかった。振りかえると、いま日が落ちた牛込台の空がまっかに焼けて、藍色の富士が大きくくっきりと浮き出している。

「さあ、歩こう」

　娘心がしずまるのをしばらく待ってから、健四郎はやさしくうながした。

「ごめんなさい、あたし、泣いたりして」

「こんなところで、娘さんを泣かしていると、わしが悪侍とまちがえられるからな」

　健四郎は冗談口にまぎらせながら歩きだす。

「でも、お高ねえさん、とても悲しそうだったんですもの」

お加代は涙のあとを気にしながら、何度もそで口でふいていた。

「で、お加代さんはそれを、小平太にすっかり話したのかね」

少し歩いてから、健四郎はきいてみた。

「あたし、どうしようかと思ったんですけれど、隠しておいてはなお悪いと思い、すっかり若だんなに話してしまったんです。いけなかったでしょうか」

お加代の当惑したような口ぶりから見ると、小平太のきげんはむろんよくなかったらしい。

「おこったのかね、小平太は」

「これを預かってきました。悪かったでしょうかって、お金の袱紗包みを出すと、それはおまえにやる、持っていけっていうんです」

「ふうむ」

「そんなこといわれても、あたし困りますというと、女から突っ返された金を、男が受け取れるか、困るんなら捨ててしまえって、こわい顔をして、袱紗包みを階段のほうへほうりつけるんです」

「まるで、こどもの八つ当たりだな」

健四郎は苦笑するほかはない。

「あたし困ってしまって、若だんな、このお金を預かってきたのがいけなかったんなら、あたしすぐこれからお高ねえさんのところへ返しに行きます。どうかかんにんしてくださいって、泣いてあやまったんですけれど、そんなよけいなことをするにゃ及ばねえといって、それっきり若だんなはなんといっても、きょうまで口をきいてくれないんです」

「ふうむ。それでお加代さん、わしを迎えにきたのか」

「ええ」

「そりゃすまなかったな。小平太がおこっているとすれば、わしに対してだろう。そうとわかっていれば、あくる日すぐ出向いたんだが、こっちにもいろいろ雑用があったもんだからね」

行ってよく話せばすぐわかることだと、健四郎は思った。

「袱紗包みの金はどうしたね」

「訳を話して、おとっつぁんに預かってもらっています」

「そうか。親分はなんといっている」

「そのうちに金子さんがおみえになるだろうから、それまでそっとしておくようにって」

「つまり、小平太はわしが仲を裂いたと勘違いをしているんだろうな」

勘違いは話せばわかるが、ちょっとわからないのは、あっさり小平太をあきらめて、会えば会えるものを、会わずに帰ったというお高の気持ちである。

「その後、お高はどうしているか、お加代さんは知らないだろうな」

「知りません。あたしよっぽどひとりで深川へ行って、お高ねえさんに頼んでみようかと、何度も考えたんですけれど、あたしの力ではどうできようもなさそうだし、あとで若だんなに知れてまたしからられても困るんですもの」

お加代は心から途方にくれているようだ。

「小平太のめんどうは、やっぱりお加代さんが見てくれるんだろう」

「ええ」

「それでも口をきかないのかね」

「なんにもいってくれないんです。あたし、とても若だんなに悪いことをしてしまったような気がして、つらくてたまりません」

その気持ちはわかると思う。どんなに真心をつくしても、相手が強情にうけつけないとしたら、こっちに一点の悪意があったわけではなし、お加代としては身を切られるよりつらく悲しいにちがいない。

「小平太のわがままなんだ、お加代さんに八つ当たりをしたって、しようがないじゃないか。男らしくないいやつだな」

「違います。若だんなは情が深いから、お高ねえさんのことを心配しているんだと思います。行ってみてやりたくても、まだ起きられないし、よけいじりじりするんですわ」

「そうかなあ」

少しでも悪くいえば、いそいで弁解する。娘心とはこんなものかと、健四郎は思わず苦笑してしまった。

神田川にそってだんだん浅草橋が近くなるにつれて、あたりはしだいに水色に夕暮れてきた。

「金子さん、若だんなのこと悪く思っちゃいやです」

しばらく黙って歩いてから、お加代が心配そうにいった。

「べつに悪くは思っていないよ」

「会ってもしからないでくださいね。若だんなは病気なんですから」

「うむ、しかりゃしない」

「きっとですよ。約束してくれますね」

「うむ、約束する」

そんなに気になるものかと、健四郎はこの十八娘がやっぱりいじらしい。

福井町の家へ着いてみると、からだのいそがしい重五郎はまだ出先から帰っていないようだった。健四郎はばあやにあいさつして、もう一度お加代に目で念を押されながら、すぐ二階へあがっていった。

「やあ、その後ぐあいはどうだね」

夕あかりの中に、ひとりでぽつねんとあおむけに寝ていた小平太は、

「うむ」

と、なま返事をしながら、わざとこっちは見ようとせず、天井をにらんでいる。いかにも、おれはおこっているんだぞと、いいたげな様子である。

「あのあくる日、すぐ来ようと思っていたんだが、つい雑用に追われて、失礼した」

健四郎はかまわずまくらもとにすわりこむ。

「健さん――」

いきなり小平太が詰問するような激しい目を向けてきた。

「わしはこのあいだ、あんなに頼んでおいたはずだ。どうしてきみは、お高をしかってくれたんだ」

　それは悶々と胸にたまっていた不平不満を、いちどにたたきつけるといったような、こわい顔だった。

「いや、わしはべつにしかった覚えはない」

　健四郎は軽くうけながす。

「おまえがついていては、小平太のためにならんと、きみはお高に断言したそうだな」

「そんなばかなことをいうもんか。だいいち、ためになる女か、ためにならん女か、はじめて口をきくおれにわかるはずはなかろう」

「じゃ、なぜ小平太は長崎へ修業に出す、江戸へは置かぬなどと、よけいなことをいってくれたんだ」

「それもことばが違う。まあ、はじめから話そう」

　健四郎は相手の気持ちのおちつくのを少し待ってから、おだやかに説明した。

「わしは正直にいって、お高という女が悪い女なら、しかってやるつもりで、荒川屋の二階へつれていった。そのことはお高あねごにも、ちゃんと話して、あんたは悪い女じゃなさそうだから、しからないことにすると、いっておいたくらいだ。しかし、きみが小平太と夫婦になるとして、万年安のほうは無事に話がつくのかと、きいてみた」

小平太が急になにかいいたそうに目を光らせるのを、まあ待てと止めて、健四郎はつづける。

「お高あねごは、あの人を連れて駆け落ちをするという。むろん、それはことばのあやだとは、おれにもわかってはいる。が、駆け落ちをして、小平太はどうなるんだと、きいてみた。あたしが働いて遊ばしときますという。その心中立ての気持ちもわかる。そこを押して、じゃ、きみは小平太を遊冶郎にするのかと、やっつけた。わしはお高あねごに、女の道を教えてやるつもりだったんだ。だから、ついでに長崎の話をした。みんな、小平太に期待をかけているんだから、それだけは心にとめておいてやってくれ。ほかになにもいうことはない。きみがついていたから小平太がこれだけの男になれた、そういう女房になってもらいたいと頼んだ。そして、預かっていった金を渡して、いずれ傷がなおったら深川をたずねるそうだから、そのときふたりでよく相談してくれといって、別れたんだ。ただそれだけの話なんだ」

健四郎はことばを切って、小平太の返事を待った。

が、小平太は天井をにらみつけたまま、けわしい顔を見せ、急には口をきこうとしない。なにかまだ胸に不満がうずをまいているようだ。

健四郎はしばらく小平太の口のほぐれるのを待つことにする。

「あの女は、はたの者がそんな説教なんかしても、すなおに聞く女じゃない。むしろ、そっとほっておいてくれたほうがよかった」

恨みがましいとも取れる調子で、小平太は天井をにらんだまま、ぽつんといった。

「そうか。つまり、おれがよけいなことをした、ということになるんだな」

相手が病人だから、健四郎はできるだけ感情に走らないことにする。

「あいつの教育は、おれがゆっくりするつもりだった。あいつはおれでなければ救えないかわいそうな女なんだ」

「そんなことは、今からだっておそくはないじゃないか」

「おれのからだが自由になればね」

「なおってからじゃ、おそいというのか」

「あいつはやけになると、なにをするかわからん。また、そういう事情もある。

たぶん、もうおそいだろう」

「よし。それじゃ、おれがこれからあの女をここへ呼んできてやろう」

それは健四郎が自分の虫を殺しての、精いっぱいの友情だった。

「そんなよけいなことは、もうしてくれなくたっていい」

小平太はいこじになっているとしか見えない。こっちの友情などは、少しも通じないように思える。

「そうか。行くなというんなら、むりに行こうとはいわんが、おたがいに真心でほれあっているんなら、なにも人のおせっかいなどを気にして、急に心がわりなどするはずはないと思うがねえ」

「あいつには身にひけめがあるうえに、妙な意地があるんだ」

「なにかひけめのあるのはわかる。身にひけめがあるから、金子が別れろといったなどと、こっちの好意を曲解（きょっかい）するんだろう。おれにいわせれば、あきらめるならあきらめるでいいから、それをなにもわざわざお加代坊を呼び出して、恨みがましくいうことはなかろうと思う。それがあの女の性分（しょうぶん）だというんなら、それもここではとやかくいわんことにしよう。しかし、平さん、あの女はともかくとして、きみは男なんだぞ」

「うむ、おれは男だ」

「その男が、お加代坊が途方にくれながら、あの女から金包みを預かってきて、よく訳を話して渡そうとしたのに、こんなものは捨てちまえと、どうして投げつけたんだ。どうして口でひとことご苦労だったと、ねぎらってやらなかったんだ」

さすがに小平太はぎくりときたらしく、

「女に突っ返された金を、男が受け取れるか」

と、にらみつけていた目を、ぷいと天井へそらせる。

「金を突っ返されたのは、お加代坊じゃなくて、きみなんだぞ。お加代坊になんの罪があるんだ」

それでなくてさえ持ちまえの健四郎の大声が、だんだん高くなってくる。

「その金を、なぜ突っ返されるようにして、きみはお高に渡してくれたんだ。それがきみの友情なのか」

たそがれかけてきた夕やみの中で、小平太の顔もまっさおになっていた。

「小平太、きみはおれの友情まで疑うのか」

「疑う。ほんとうに友情があるんなら、なぜ不幸なお高を救ってやってくれなか

ったんだ。たとえ救えぬまでも、なぜおれをもっと信用して、黙ってほうってお
いてくれなかったんだ」
「そうか、きみはおれが故意に仲を裂いたと思っているんだな」
「思うも思わぬも、現にそうなってしまっているじゃないか」
「そうか。きみはあの女ひとりのために、おれの友情を疑い、お加代坊の親切に
八つ当たりまでするほど、のぼせあがっているんだな。めめしいぞ、小平太」
「大きなお世話だ」
「なにっ」
感情に走るまいと思いながら、売りことばに買いことばで、つい健四郎もかっ
となってきた。そこまで血迷っている小平太が、あわれでもあり、腹もたってく
る。
「きみが思いこんでいるほど、あの女に誠意があれば、他人のことばなどで、そ
んなに簡単に仲を裂かれるはずはないじゃないか、そこにあの女の軽薄さがある
と、なぜきみはいちおう考えてみる気になれないんだ」
「あの女は軽薄じゃない」
「ばかっ。きさまはかりにもあいそをつかされた女に、まだそんなめめしいこと

をいうのか」

「ばかとはなんだ」

「あんな女に血迷って、愚痴をこぼすやつはばかだ」

「絶交する。帰ってくれ」

とうとう爆発してしまった。

「なにっ、絶交だと」

健四郎はぐい小平太をにらみつける。

小平太はくるりとそっぽを向いて、石のように口をつぐんでしまった。胸が大きく波うっているようである。

「そうか、絶交か」

ためいきをつくように、もう一度静かにいってから、

「じゃ、おれは帰る」

健四郎はのそりと立ち上がった。

わっと階段の上で泣くお加代の声がして、

「待って、金子さん」

がらりとふすまをあけた健四郎のひざへ、押しもどすようにすがりついてきた。

「いいんだ、お加代坊。お放し」

健四郎はお加代の肩を押えて、やさしく引きはがすようにしながら、座敷を出て、そのままのっしのっしと階段を降りていく。

「待って、金子さん」

お加代は涙をふきながら、玄関まで追ってきた。

「お加代坊、すまなかったな」

土間へ降りて、ぞうりをはいてから、健四郎はくるりと振り向いていった。

「わしはけんかをしない約束だったが、どうもしようがなかった」

「あんまりです、金子さんは、若だんなは病人なのに」

この恋娘は健四郎を恨んでいる。どんなことがあっても、小平太が悪いとは思えないのだろう。

「うむ、わしのほうがあんまりだったかもしれん」

「あんなに、あんなに若だんなをおこらしてしまって、あたしどうすればいいのかしら」

お加代はあとのことが心配になるらしい。

「なあに、お加代坊には美しい真心というものがある。あの女とは違うんだ」

「金子さん、お高ねえさんの悪口をいっちゃいやっ」

「ああ、そうか、そうだったな」

　健四郎は苦笑して、

「あんたは自分で正しいと思ったとおりをつくす、それでいいんだ。じゃ、さようなら」

　と、格子(こうし)に手をかける。

「待ってください。金子さんは、金子さんはほんとうにおこっているんですか」

「おこっちゃいないが、嘆いてはいるな」

「もう若だんなのところへは、来てはくれないんですか」

　目にいっぱい涙をためて、おろおろしている。

「絶交されたんだから、来ないほうがいいさ」

「もし、もし若だんながあやまったら――?」

「あやまるもんか、あの強情っぱりが。まあいい。そのときはそのときとしておこう。じゃ、さようなら。おとっつぁんによろしく」

　お加代がまたしても顔へたもとをあてでしまうのを、いじらしく見て、健四郎は表へ出た。

外はもうすっかりたそがれて、路地の家々に灯がはいっている。

——情けないやつだ。

健四郎はなんとしてもあと味が悪い。女に血迷って理性を失う、くだらん話だと思う。

が、冷静に考えてみれば、自分にまったく責任がないとはいいきれないものがありはしないか。お高がどう自分のことばを誤解して、小平太と別れる気になったか、それだけは聞いておいてやる必要があるような気がする。

——絶交は絶交、友情は友情だ。

人のいい健四郎は、ふっとこれから深川へ行ってみようと思った。

「金子さん——」

ふっと一軒の物かげから、重五郎が声をかけて出てきた。

「やあ、親分か」

「まあ、歩きながら話やしょう」

重五郎はちらっと家の格子のほうを振りかえってから、肩をならべてさっさと歩きだす。どうやら、健四郎の帰りを待っていたらしい様子だ。

「親分、馬場陣十郎はまだつかまらんのかね」

「残念ながら、つかまりやせん。江戸のどこかに隠れているにゃちがいねえんですがね」

「あの五人組のほかに、ほんものの五人組があるんだそうだな」

ほんものは昨夜も牛込のほうを二軒ばかり荒らしているのである。

「それをいわれると、あっしは身を切られる思いでさ」

重五郎の声は重かった。伊勢屋の曲がりかどを曲がって、ふたりはゆっくりと茅町（かやちょう）の裏通りへはいっていく。

「なあに、時がくればきっとつかまるさ。たとえにせものにしても、別の五人組はちゃんとつかまっているんだからな。悪運なんてものは、必ずつきるときがくるもんだ」

「そいつがね、どうもそうゆっくりはしていられねえんだが」

親玉が水野老中と賭（かけ）をしてから、すでに半月たつのだ。が、重五郎はそれに触れるのはやめて、

「ときに、金子さん、いまあっしが家へはいろうとすると、二階から大きな声が聞こえやした。若だんなとなにかあったんですかえ」

と、心配そうにきく。

だな」

「いや、おれは絶交されたほうだ。小平太はあの女によっぽどまいっているよう

「絶交したんですか、若だんなと」

健四郎は苦笑せざるをえない。

「なんだ、聞いていたのか、親分。そんなに大きな声を出したかなあ」

「お奉行さまから、傷養生(きずようじよう)にとお下げ渡しになった五十両を、袱紗(ふくさ)包みごと渡すくらいですから、そりゃほれているんでしょう」

「ふうむ。あの金はそういういわくつきの金だったんか。しかし、それにしてもだな、あの女がどうしてその金を返す了見になったか、それがどうもわしにはふにおちない。女のほうはさほどに思っちゃいないということになるんかねえ」

「さあ、どんなもんでござんしょうかね。実は、お加代があの金を預かって帰ったもんだから、若だんなが口をきいてくれない。お加代が心配するもんで、親ばかだとは思いましたが、あっしはきょう深川へ行ってみやした。もっとも、万年安に用があるにはあったんですがね」

重五郎が思案にあまったように切り出す。

「そうか、深川へ行ってきたか。実は、わしもこれから出かけて、いちおうあの

女の気持ちを聞いてみようと思っていたところだ。会えたかね、お高に」

耳寄りな話なので、健四郎は重五郎をうながす。

「それが、土地へ行って聞いてみますとね、お高はどうやらあの日、つまり金を突っかえした日から、万年安の家へもどっているってことがわかりました。ちょうどいいと思って、万年安の家をたずねますとね。安も馬陣と兄弟分だったという弱みがある。ていねいに座敷へ通しやしてね。馬場があんな野郎だとはまったく知らなかった、なんとも申しわけありませんと、頭から両手をつくんでさ」

「そりゃ、安にしてみりゃ、親分はこわいだろうからな」

「まあ、馬陣が親玉にけんかを吹っかけたときだって、若だんなが追いまわされたことだって、そのときのことを洗いだてれば、安にだって、あっしは知りませんでした、ではすまされないものが出てくる。が、そいつはいわないことにするから、どうだ、馬陣がどんなところへ隠れているか、少しも見当がつかねえかと突っこんでみやすとね、こいつはまったく知らないらしい。そこで、馬陣にひっかけて、妹がこっちへ帰っているそうだが、お高を呼んでくれと出ると、あいにくきょうは昼から金座の後藤に呼ばれて、根岸のほうへ出かけているというんです」

「そうそう、あの女はたしか金座のめかけに望まれていたはずだったな」

「そうなんです。それを持ち出してみると、実はもう半分身うけされたもおなじことになっているんで、お高もこんどはやっと納得したから、近いうちに囲われることになるだろうという返事です」

「納得したのか、お高が――?」

健四郎は思わず目をみはりながら、もうおそいと悲痛な声を出していた小平太のことばを、胸に痛く思い出す。おそらく、小平太はその辺の行きがかりを、ちゃんと知っていたのだろう。

「あっしも内心びっくりしやしてね、お高は小平太のことをなんにもいっていなかったかねと、それとなくきいてみたんでさ。べつになんにもいっちゃいませんでしたが、身分違いだからって、ひとことかかあに漏らしていたようですと、むろん安は若だんなとの仲はもうすっかり知っているようでした」

「おかしいなあ。身分違いなんてことは、はじめから承知のはずじゃないか」

「あっしもそう思いやしてね、それから帰りに、このあいだお加代を呼び出しにきた辰んべという若い船頭のところへ寄ってみたんです」

「ああ、あの船頭な」

さすがに稼業がらよく気がつくと、健四郎はひそかに感心する。

ふたりは神田川べりへ突き当たって、どっちからともなく、そこの河岸へ立っていた。日はもうすっかり暮れきって、対岸は柳原土手になるから、灯かげ一つなく、水は星を浮かべて暗い。

「それで、船頭はなにか知っていたかね」

「お高ねえさん、金座のめかけになるって話だが、ほんとうだろうかって、いきなり持ちかけてみやすとね、好きでなるんじゃねえでしょうというおつな返事だ。辰つぁんも知ってのとおり、ねえさんはうちの小平さんとなにか約束があったはずだ。どうして急に金座のめかけなんかになる気になったんだろうなってきくと、おれはなんにも知りません。おれにそんな話をするようなねえさんじゃありやせんからね。けど、いってみりゃ、かわいそうなねえさんでさ——どうかかわいそうなんだねと突っこむと、万年安がついていやすからねえと、これはだれでもいいそうな返事なんです」

「すると、辰んべにも詳しいことはわからんというわけだな」

健四郎はあっさりとひとりできめてしまう。

「まあ、そういうことになるんですがね。ただ、こんなことをいっていました。

今だってお高ねえさんは若だんながきらいじゃないとね」

「それなら、なにも金座のめかけにならんでもいいじゃないか」

「当人にぶつかって聞いてみなけりゃわかりませんが、そこになにか金のいきさつでもあるんでしょうね」

「金かなあ、やっぱり」

金には縁のない健四郎だから、それをいいだされると妙に寂しい。身動きもできず、ひとりですねている小平太がかわいそうにもなってくる。

「金が原因なら、あの女がわしのことばを盾に取ったり、わざわざお加代坊をひっぱり出したりしたのは、いい道具に使われたことになるんだ」

「悪気があってのことじゃなくて、あの女もきっとつらかったんでしょうよ」

「とにかく、親分、きょう深川へ行ってきたことは、当分小平太にはいわないほうがいいな」

「そりゃ、いいはしません」

「小平太が動けるようになって、自分で行ってみなけりゃ、お高のほんとうの心はわかりもしないし、納得もできない。今は人のことばがみんな悪意に取れるんだ」

「そうばかりでもないでしょうが、とかく色恋というやつは迷いやすいもんですからねえ」

「なあに、いまにおちついてくれれば、なにもかもわかるさ」

健四郎はひとりで飲みこんでいるようにいってから、

「小平太にはお加代坊がいちばんいいんだ」

と、ふだん心にあるから、つい口に出てしまった。

重五郎は黙って暗い水を見ている。


その夜、後藤三右衛門はお側用人堀大和守の根岸の下屋敷を借りて、大和守と老中水野越前守を招き、思いきった接待をしてみようと準備していた。

後藤は、これまでたびたびの小判吹き替えに、すでに二百万両からの富を作ったといわれているが、こんどは民間に死蔵している金銀を幕府の力で買い上げ、それを小判に吹きたてて大利を占めようと計画して、かねてから内々に猛運動をやっていた。

西の丸の大御所がはで好きなうえに、一妻二十一妾に産ませたその子女が五十四からある。その子女をひとりひとり婿にやるにしても、嫁にやるにしても、相当な出費を要し、幕府の財政はいくら金があっても足りぬ。

民間に死蔵にしている金銀を小判に吹きたてるということは、それだけ新しい小判がふえることだから、そのこと自身はけっして悪いことではない。金に困っている幕府がすぐにも飛びついてきそうな政策だが、それがなかなか許可にならないのは、幕府の役人のなかにも相当に人物はいて、死蔵している金銀を民間から買い上げるという点に、複雑な弊害が生じるとわかりきっているからだ。

早い話が、それを立案した後藤は、莫大の利益があがるという見込みだからこそ、多くの金を賄賂にしてばらまいているので、それだけに心ある有司はけっしてこの政策をうむといわなかった。

が、背に腹は替えられぬたとえで、たとえ相当の弊害はあっても、現に金の必要に迫られている幕府なのだから、

「悪いことではない、やらせてみようではないか」

という声のほうがつい強くなって、正論を押えてしまうかわからない。そこに後藤があくまでも山を張っていく唯一の望みもあるわけで、それには老中首席の水野越前守と、お側用人としての堀大和守を、絶えず抱きこんでおく必要があるのだ。

後藤はもともと堀家のお勝手向きを預かっていたのだから、大和守とは密接な関係がある。その公用人杉田外記と気脈を通じ、一方では近来しきりに水野に取り入って、ふところ刀の評判のある鳥居忠耀に近づいてこれを動かし、今夜は世間の目をさけるために、わざと堀の下屋敷を借りて、一趣向こらしたのであった。

趣向とは、料理はむろん八百膳から板前を入れて善美をつくしているが、眼目は生き作りの料理で、吉原から三人、深川から三人、美妓をえりぬいて腰元に仕立ててある。この六人に酒の斡旋をさせて、御意にかなった女があれば、そのまま今夜の引き出物にしようというのだ。

その生き作りの料理のなかに、深川のお高も一枚加えられていたのである。

しかし、せっかく後藤が意気ごんで準備をしたにもかかわらず、その夕がたになって水野越前守から、今夜は急にご用ができて出席しかねると、断わりの使者がきた。

水野がこないとわかれば、むろん堀大和守は動かない。

その夜根岸へ来たのは、陪食として招いておいた杉田外記と、鳥居忠耀だけで、

「三右衛門、おまえの今夜の目的は水野侯なんだろう。越州さまが来ないのに、わざわざ殿さまを動かすこともなかろうと思ったから、こっちはわしがお止めし

た。まあ、今夜はあきらめなさい」

と、この計画の参謀役をつとめてくれた外記は、ひそかに後藤に耳打ちをして、因果を含めた。

それでなくてさえ、後藤とは特別の関係にある大和守は、とかくその方面で世間からにらまれがちである。水野がどうして今夜の出席を急にことわってきたか、理由ははっきりしないが、水野がことわった後藤の座敷へうっかり大和守がひとりで出ると、あとから水野からさえ妙な目で見られるおそれが、多分になしとしないのだ。

そういう人と人との微妙な駆け引き進退を敏感に見てとって、主人をうまく動かしていくのが公用人の仕事なのである。

「いいえ、おふたかたさまがおみえくだされば、これに越したことはございませんが、杉田さまと鳥居さまがお越しくだすったのですから、三右衛門はそれだけでじゅうぶんありがたく思っております」

多少がっかりはしたが、老獪（ろうかい）な後藤に如才（じょさい）はなかった。杉田を押えておけば大和守を、鳥居に取り入っておけば越前守に、必ずこっちの腹がいつかは通っていくからである。

親分が加わらない子分たちの酒宴の席は、お互いに気が楽で、自然突っこんだ話がはずみ、後藤も日ごろ自分の持っている野心を、ある程度まで心おきなくぶちまけることができた。

「うわさで聞きますと、このあいだシナではなにか大きな戦争があったそうでございますな。近来日本へもたびたび異人の船がやってくる。海にかきねはできませんし、公儀（こうぎ）もこれからはなかなかたいへんなことでございましょう。それにつけても、下世話にいう、先だつものは金ということになりますからな」

後藤はさっきからひとりで、しきりに金銀吹きたての必要を説きたてる。それが目的の今夜のちそうなのだから、ふたりは聞くでもなく、聞かぬでもなく、

「そういえば、鳥居さん、このあいだうち兵制改革という意見書がだいぶやかましく取りあげられていたようですが、あれはどうなりました」

杉田がシナの戦争でふっと思い出したように、鳥居にきいた。

杉田外記がふいに兵制改革の話などを持ち出したのは、実はそのいきさつが聞きたいのではなく、もうわかりきっている後藤の金銀吹きたて有利説が、少しうるさくなってきたからである。

「あれは、その奥になにかあると、わしは見ている」

飲んでもけっして乱れない鳥居は、端然としながら鋭い目をあげた。

「ほう、その奥がな」

「要点は、古い大砲や鉄砲では国防の役にたたないから、オランダから新しいものを買い入れろ、それを扱うには、これまでの兵制ではだめだから、これも洋式にせよという。それは当然のことで、今の金銀吹きたてがぜひ必要であるというのと、理由においては変わりはない」

鳥居はその必要をみとめているようなので、杉田と後藤はちょっと目をみはった。

「しかし、あなたは兵制改革には反対だと聞いていますが」

「いや、反対ではなくて、日本の現状ではそう急ぐにはおよばぬというのが本意だ。日本へはまだイギリス艦隊は来ておらんからな」

「なるほど。それはイギリス艦隊が来てからでもいいといわれるのではなくて、そういう新しい武器を買い入れるにしても、まず公儀(おかみ)の財政を立て直してからというご意見なのでしょうな」

三右衛門がすかさず我田(がでん)へ水を引こうとする。

「それもある。なにぶんにも巨費を要することだ。目下の公儀には、その用意がない。が、一地役人などの意見が通って、かりに無理をしてなにがしかの新武器をまにあわせに買い入れるとして、いちばんもうかるのはだれなのだ」

「それはオランダ商人と、そのあいたへ立つ日本人の商人でしょうな」

「あの意見書を建白したのは、長崎の町年寄だ。自説がうまく通れば、買い入れる銃砲はいちいちかれが改めることになる。また、かれは富裕だから、自分でもそういう銃砲をひそかに多数買い入れて、どこかの蔵に入れているかもしれぬ。そのうえ、かれは兵制改革や、砲術調練の練達者として、公儀へお召し出しになる。つまり、富と名誉とをいっしょに得られることになるからな」

これは人を見たらどろぼうと思え式の、驚くべき刑吏(けいり)根性だ。

「すると、鳥居さんは、なにかかれがおもわくをやっていると見られるんだな」

杉田はなにげなく聞きながら、なるほど、これはゆだんのならぬ人物だと、ひそかに警戒せずにはいられない。

「いや、そんなおもわくで出した意見書のしりうまなどに乗ってはならぬと、いちおう警戒しているだけの話だ」

「ただ警戒しているだけかな」

これもまたかみそりのような杉田が、にっと笑ってみせる。

「ただ警戒しただけでは、警戒にならないということでございますか」

抜けめのない後藤にも、杉田のことばの意味はすぐのみこめる。

「まあな。鳥居さんは実行の人だ。なんぴとといえども鳥居さんの慧眼をくぐることはむずかしいだろう」

杉田はそれとなく鳥居をおだてあげる。

「まったくでございますな。例の五人組強盗なども、鳥居さまがお奉行さまにお乗り出しになれば、こういつまでものびのびにはならないのでしょうが、どうも少しゆうちょうすぎるような気がいたしますな」

後藤は話題を変えて、景元を俎上にあげようとする。

「いや、遠山どのもあれでは相当苦労をしているようだ」

冷たくいってのける鳥居だ。

「毎晩岡っ引きのまねなどをしましてな。あのかたは、人気取りだけは、なかなかおじょうずのようです。昔が昔でございますからな」

「人気で強盗はつかまるまい。今の江戸には、ぜひ慧眼が必要だ。主人なども、水野さまの腹はもうちゃんと決まっているのではないかと、ちょっと漏らしたことがあります」

あとのほうを杉田は鳥居にいう。

「と申しますと、近いうちに――」

後藤がひとひざ乗り出す。景元が更迭されると、そういう幕閣の動き自体が、金銀吹きたての許可のほうへ一歩進んだと見ていいのである。

「それでなければ、ご老中ともあろうかたが、賭はなさらない」

「なるほど、なるほど。すると、あと半月のしんぼうということになります」

「しかし、五人組というやつは、よほど巧妙にたちまわるものとみえますな」

杉田はちょっと鳥居の慧眼がためしてみたくなる。

「かれらはけっして遊里へ近づかない。遊里へ近づいてむだ金をつかえば、すぐ足がつく。そういうことをちゃんと心得ているのだ。心得ていても、下人どもは金が手にはいるとつい遊里へ足が向く。いまだにそれをやらないのは、結束が堅いからで、五人が五人とも相当学問のあるやつらではないかと見ていい」

「なるほど、学問の力を利用してな」

「蘭学かぶれの一味が、船でも買いこんで外国へ渡航をくわだてての仕事か、さっきも話に出たオランダ商人相手の大きなおもわくをたくらんでの仕事か、これは相当根が深い。わしなら、長崎あたりへ人をやってみるのも一法かと思う」

「もう手をつけているんじゃありませんか、鳥居さん」

杉田はにっこりしながら、ちらっと鋭いところを見せる。これはと思ったことを、ただ思っているだけですましているような鳥居ではないからだ。

儒教の家がらに生まれて、育ち、ともかくも人前ではあまり女に関心を示さない鳥居が、五ツ（八時）をまわるとまず座を立った。

残った杉田は、女のほうにかけても、けっして人後に落ちない人がらである。そのものなれた態度は、ことにそういうことに敏感な女たちにはすぐわかる。それで、なるべく座敷のすみに控えめにしていた腰元姿の美妓たちは、急に気が楽になって、杉田と後藤を取りまいた。

もうむずかしい話は少しも出ず、しばい話や遊芸、世間話にたわいもなく花が咲いて、はては鳴り物を取り寄せ、美技たちの思い思いの芸づくしに、秋の夜はいつかふけていった。

そのあいだじゅう後藤は、杉田の目がそれとなく絶えずお高にひかれているのを、ちゃんと見て取っていた。

今夜のお高には、どこか伝法というか、捨てばちというか、そんな臆面のないところが後藤の目にもついて、それがほかの妓たちよりお高をいきいきと見せている。

――お高はちょっと惜しいが、杉田ではほかの女を押しつけてすませるというわけにはいくまい。

剛腹な後藤は、もうあっさりとそう腹をきめていた。

杉田が座を立ったのは、やがて四ツ（十時）を回ったころである。最後に女たちを遠ざけて、煎茶（せんちゃ）を供しながら、

「杉田さま、お高が目につきましたな」

遠慮のない仲なので、後藤は笑いながらいった。

「あれははっきりしていて、なかなかおもしろい妓だ」

「それだけに、わがままも強うございます。かまいませんか」

「人形よりはおもしろかろうて」

「委細承（うけたまわ）りました」

これで取り引きはすんだのである。

まもなく根岸の下屋敷を出た杉田は、かごに揺られながらしばらくお高の美貌（びぼう）をまぶたに浮かべて、楽しい期待に胸をくすぐられていたが、その顔がいつの間にか鋭い鳥居の顔に変わっていた。

——あれは長崎へ隠密を入れている。なにをほじくり出すかな。

すごい男ではあるが、今は味方だから、こわいとは思わない。後藤の金銀吹きたてのおもわくをちゃんと見抜いていて、知らん顔をしているところなど、味方のためには相当融通性もあるようだ。

五人組強盗を蘭学かじりのやからと見るのも、一見識だと思う。

「が、実際問題として、遠山とどっちだろう。うまく鳥居にけこめるかな」

それを思うと、杉田は妙に渋い顔にならざるにはいられなかった。

鳥居の人がらは、厳格でなにごとにも一見識持っているから、ちょっと近寄りがたいように見える。

遠山はいかにも世なれた苦労人というふうで、よく話がわかり、表面はだれとも親しみやすいように見える。

が、いざとなるとそれがまったく反対で、鳥居は裏から行けばちゃんと賄賂も取るし、場合によっては不正も見て見ぬふりをしているが、遠山は絶対に賄賂を取らない。味方といえども不正は不正として、あくまでも公正な態度に出るというふうだ。

——融通のきかぬ苦労人というやつくらい、つきあいにくいものはない。

「どなたかな、わしに会いたいといっておられるのは」

と、外記がわざと穏やかにきいた。

「町方の者だそうでございます」

「会いましょう。これへ案内してごらん」

かごのとびらをあけると、磯貝七三郎は同心大八木所左衛門をしたがえて、もうちゃんとそこへついてきていた。

「これはこれは、わしはお側ご用人堀大和の公用人杉田外記だが、なにか町方のお調べだそうですな」

「てまえどもは北町奉行所詰め与力磯貝七三郎、これなるは同じく同心大八木所左衛門と申します」

「お役目ご苦労です。わしはべつに町方からにらまれるようなことをした覚えもないが、なんのお調べですな」

ちょうちんのあかりの中で、外記は皮肉な微笑を見せながらもねちねちと出る。

「失礼ですが、根岸の下屋敷からのお帰りだそうでございますな」

「そうです」

「外桜田の上屋敷へおもどりだそうですな」

「ほう、町方の者がお側ご用人の上屋敷をご存じない。もっとも、支配違いには支配違いですな。大和の上屋敷は西丸下です。したがって、てまえはこれから西丸下へもどります」

そんなことは百も承知の磯貝だ。外記の人がらを見て、これはまちがいないとひと目でわかりはしたが、なお念のために、にせものかどうか、ちょっと口占(くちうら)を引いてみたのだ。

「おそれ入りました。ご用のお手間を欠いて恐縮です。どうぞお通りください」

「ああ、なるほど、お役目がらちょっと口占を引いてみた。なるほど、なるほど」

鋭い外記にも、それは初めからわかっている。

「すると、失礼だが、こっちは六尺がふたり、中間ひとり、供侍ひとり、わしを入れると五人になりますな。つまり、五人組強盗ではないかと、見られたわけですか」

「役目がらのこと、お許しを願います」

「なんの、今夜の供は人相が悪かったのでしょう、うわさに聞くと、お奉行さまもこんどの件ではご苦労なされ、忍び回りをなすっていられるそうですな。さすがは名奉行の誉れ高い遠山さまだと、感服いたしています。それにひきかえ、当節の岡っ引きどもはだらしがなさすぎるようだ。名奉行さまに、岡っ引きのまねまでさせるとは、はなはだもったいない。立ち帰りましたら、主人大和の耳にも必ず入れておきましょう。なおまた、堀の供まわりはみんな人相が悪いとはあっては、主人の恥辱にも相なること、ただちに全部入れ替えて、今後はご迷惑をかけないように、じゅうぶん注意いたしましょう。お役目ご苦労でした」

侮辱（ぶじょく）したいだけしてしまうと、外記はばかていねいに会釈（えしゃく）をしてから、ぴしゃりとかごのとびらを締めきる。

「喜兵衛――」

とびらをしめてから、外記は供侍を呼んだ。

「はっ」

「いちいち見とがめられてはご用の手間を欠く。町方は血迷っているようだでな、こんどは怪（あや）しまれないように行きなさい」

「はっ」

「よろしい、かごをやれ」

かごはすっとあがって、上野山下のほうへ進みだした。

　磯貝と大八木は、去っていくちょうちんの灯のほうをにらみながら、思わず奥歯をかみしめた。あまり遠くない軒下に景元が立っている。今の嘲罵が耳にはいらぬはずはないと思うと、わきの下へ冷や汗さえ感じてくるのだ。

と、暗い両側におもいおもいに控えていた陰供の者たちが、急に広徳寺のほうへ歩きだした。景元が出発したにちがいない。

「まいろう」

「はい」

見ると、景元はなにごともなかったように、十間ばかり先の往来のまんなかを、鼻歌でもうたいそうなかっこうをして進んでいる。

「ご苦労さまと、ひとこといえばすむことですな」

　大八木が小声で、忿懣に耐えないというようにいった。

「それがいえればりっぱなものだが、あの仁たちはもうしばらく、なるべく五人組がつかまらないほうがいいと思っている組だ」

　磯貝が吐き出すように答える。

「自分たちのことだけしか考えていない連中ですからな。しかし、あすはちょっとあいさつに行っておくほうがいいんではないでしょうか」

腹はたつが、要路に立っている人の公用人だ。そのほうが少しでも景元のためではないかと、大八木は心配するのである。

「なにか賄賂を持ってな」

苦々しげにはいったが、磯貝も内心それを考えていたのである。たとえば、外記が大和守にそれを笑い話にしても、そういううわさはたちまち有司の間へひろまってしまうのだ。

「親玉はうむといわれまい。そういうことは大きらいのかただ」

「われわれの名まえで行ってはどうでしょう」

「そうだなあ」

行くとすれば、それよりしようがないのだが、われわれはこんなに苦労している。そのうえこんな遠慮気がねまでしなければならないのかと思うと、なんとも無念である。

「大八木、われわれは五人組をあげさえすればいいんだ」

「それはそうです」

「親玉の腹は、あと半月と、ちゃんときまっているんじゃないのかねえ」

「そうです。そのとおりです。われわれも腹をきめようじゃありませんか、磯貝さん」

ふたりは顔を見合わせて、にっと笑った。どっちの目にも涙がたまっている。

秋風が身にしみる夜だ。

心ごころ

小平太(こへいた)の傷は、七日めに糸が抜けて、医者は経過良好だから、もう七日もたてば起きられるようになるだろう、それまで左の腕は絶対に使わないように、といって帰っていった。

「ようござんしたねえ、若だんな」

医者を玄関まで送り出して、二階へもどってきたお加代(かよ)は、おずおずと喜びをのべた。この一日二日、あいかわらずだんまりではあるが、なんとなく小平太の顔からとげとげしさが消えて、いつもの顔色になっている。ひょっとしたら、口がきいてもらえるかと思ったからだ。

「お加代、おまえ少しやせたねえ」

床の上へあぐらをかいて、不自由な左手を右手でひざの上へかばうようにしていた小平太が、おだやかにお加代を見つめながらいった。

多少面やつれがして、ふっくらとした娘らしさから、急に女らしいしっとりとしたものを増してきたお加代のほうへ、みるみる血の気がさして、

「そうですかしら」

と、思わず目をみはる。やっと口がほぐれた。夢ではないかしらと、からだじゅうが熱くなってくるのだ。

「おれはおまえにまで、このあいだは八つ当たりをした。悪かったと思っている。あやまるよ、お加代」

「いやだ、若だんなは」

「金子とも絶交してしまった。どうかしていたんだな、おれは」

小平太は寂しく笑って、ふっとお加代がたもとを顔へ持っていくのを見ながら、その目はあけ放した窓の軒ばに青く澄んでいる空へ逃げる。

あのときはあれよりしようがなかった。金子が悪いとも、お加代が悪いとも、心から思っていたわけじゃない。なぜ、お高があの金を突っ返す気になったか、ついそこまで来ていながら、どうして見舞いにも来ずに、あっさりあきらめて引き返していったのか、いくら考えても女の気持ちが知れない。そんな仲じゃないと信じているだけに、ついいらいらせずにはいられなかった。

今でもそれを思うと、たまらなく腹がたってくる。が、これだけはふたりで会って、ふたりきりでよく話し合ってみるほか、どうしようもないのだ。そのうえで、ちゃんと納得さえいけば、きれいに別れよう。いや、会って話さえすれば、お高の気持ちはきっとかえってくる。現に、いやで別れるんじゃないと、自分から口にまで出しているのだ。あの女がおれと別れて生きていられるもんか。はっきりとそう思うようになってから、小平太はいくぶんおちつきを取りもどしてきたのである。

——おれが歩けるようになりさえすれば。

小平太はその日を待つことにしたのだ。

「若だんな、もう横にならなくてもいいんですか」

いそいで涙をふいてしまったお加代が、明るい顔をしている。

「いや、もう少しこうしていよう。寝てばかりいるのも、あんまり楽なもんじゃない」

糸は取れたし、あとは七日と日を切った日数の問題だと思うと、その七日先に明るい希望が持てるような気がして、小平太もきょうはなんとなく胸が軽かった。

「このあいだ、健四郎（たけしろう）はずいぶんおこって帰ったようか」

「いいえ、病人だからしかたがないって、ほんとうはそんなにおこってなんかいないんじゃありませんかしら」

「おこっちゃいねえが、おれをけいべつはしているな。金子は、おれがお加代に金包みをぶっつけたってのが、なによりも気に入らねえんだ」

　小平太は苦笑いをする。

　お加代はその話に触れるのがこわかった。せっかくきげんが直ったのに、その話からいきおいお高の名が出れば、また気を悪くするにちがいないと、それが心配なのだ。

　それに、お高はどういうつもりなのか、金座の後藤の世話で、お側ご用人堀の公用人杉田外記のめかけに囲われてしまったと、父親から話のついでにちらっと耳にしたばかりである。なにかほかの話題はないかしらとあせりながら、

「そういえば、若だんな、三、四日まえに忍び回りの供先で、磯貝さまと大八木さまが、堀大和守さまの公用人杉田外記さまとかいうかたのかごを止めて、なんですか、たいへんいやみをいわれたんですって」

　と、そのとき父重五郎から聞いた話を持ち出してみる。

「いやみ――?」

小平太はすぐ乗ってきたような顔つきだ。

「ええ。五人組強盗のお調べですなと、薄笑いを浮かべて、名奉行さまが岡っ引きのまねまでして歩かなくちゃならないなんて、当節の岡っ引きはだらしがなさすぎる。立ち帰ったら、よく主人大和の耳にも入れておきましょう。それに、自分の供回りの者が五人組とまちがえられるなんて、そんなに人がらが悪いかと、たいへんなけんまくで、あげくの果てに、町方はこのごろ血迷っているから、気をつけてかごをやれと、聞こえよがしに供の者をしかって、行ってしまったんですって」

「ふうむ」

「お奉行さまがすぐそこの軒下で聞いていますし、磯貝さまも大八木さまも冷や汗が出たそうです。そして、こっちの苦労も知らないでと、腹はたつけれど、なんといっても相手はお側ご用人の公用人ですから、あすあやまりに行っておいたほうがよくはないかと、おふたりで相談なすっていたんだそうですけれど、お奉行所へ帰ってから遠山さまが、役目なれば、大名、老中といえども誰何(すいか)せねばならぬ、さっきのことは気にかけるなとおっしゃられ、しかし、皆の者には苦労させると、心からおねぎらいになって、奥へお引き取りになったんですって」

「ふうむ。そんな大ばか野郎なのかなあ、杉田外記ってやつは」

身びいきで、町方がそんなろこつな嘲弄をうけたと聞くと、小平太はかっと身内が燃えてくる。

「八丁堀の大だんなは、このごろひどくおやつれになりましたって」

「そうだろうな。おやじばかりじゃねえ。おまえのおとっつぁんだって、このごろは目ばかり光らせてらあな」

冗談にも老中からひと月と日を切られたそのひと月に、もう十日ほどしかない。景元を取りまく腹心の者は、町方の意地もあるし、気が気ではないだろう。ことに、父平三郎は、内与力に抜擢されて、親玉の右の腕と自負しているだろうから、この一日一日が身を切られるよりつらいだろう。

――まさか腹も切るめえけれど。

いや、りちぎで、内心激しいものを持っている父だから、天下をかけたこの大勝負に親玉が負ければ、その身代わりのつもりで、どんなまねをするかわかったものではない。

「みんなが血の出るような苦労をしているのに、おれはくだらねえ女のことで、こうして寝ながらのんきな苦労をしてやがる」

小平太は思わず自嘲しながら、そのときはちょっと憑物が落ちたような、寂しい気がせずにはいられなかった。

「若だんな、もう横におなりになったら」

お加代はその話を避けるように、ひとりではまだ横になれない小平太に手を貸してやりながら、もしあのひとが杉田外記のめかけになったとわかるときがきたら、いったい若だんなはどうなってしまうのかしらと、心配でたまらなくなってきた。

そして、その日がついに来た。

月がかわって、それから七日めに、小平太はやっと医者から外出を許されるようになった。左手はまだ当分使わないようにといわれ、白布で首からつっていなければならなかったが、さて外出を許されて、まっさきに小平太の心が飛ぶのは深川だった。

――別れるんなら別れるでいい。みれんなんか残しゃしねえ。ただどうして別れる気持ちになったか、それを当人に会って、はっきりさせておきたいんだ。

寝ているあいだじゅう、それを考えていたのだから、起きられたとなると、小平太はもうやもたてもたまらなかった。

「お加代、親分のわき差しがあったはずだな」

久しぶりで階下の茶の間で夕飯をすませた小平太は、なにげなく切り出した。

「それはありますけど――」

はっとお加代が顔をあげる。

「それをちょいとおれに貸してくれねえか」

「あの、お出かけになるんですか、若だんな」

お加代はさっと顔色をかえた。

「うむ、ちょっと行ってくる」

小平太はもうなにげなく立ち上がっている。

行く先は聞かなくても深川と、お加代にもわかるし、深川には敵が多い、だからわき差しがいるのだと察しもつく。そして、まだ左手が使えないのにと、それも心配だったが、それより、もしお高の真相が知れたら、どんなことになるんだろうと、お加代は青くならずにはいられないのだ。

が、止めたって思い止まってくれるような小平太ではない。せめて父親でもいてくれたら、黙ってあとをつけてもらうのにと思いながら、お加代は押し入れから重五郎のわき差しを出して、

「はい、若だんな」

と、手わたした。その手が、われながらわなわなと震えている。

「ばかだな。そんなに心配しなくてもいいんだ」

小平太は苦笑しながら、むぞうさにわき差しを取って腰にさし、さっさと玄関の土間へおりた。

「気をつけて、気をつけて行ってらっしゃい、若だんな」

障子につかまって、ただそれっきりしかいえないお加代だった。

「だいじょうぶだよ」

その必死の顔へ、わざと明るくいって小平太は玄関を出たが、こうして土を踏んでみると、やっぱり腰がふらふらする。足が自分のものでないような気がするのだ。

――だらしがねえなあ。

それでも茅町通りへ出るまでにだいぶ歩きなれてはきたが、とても深川まで行けそうな自信はない。もっとも、初めからそのつもりではあったのだから、すぐにかごを拾うことにした。

もう素あわせではは寒いような夜で、空には六日ばかりの月がほの白く町の屋根をそめていた。

——いよいよ勝負か。

かごに揺られながら、小平太のいちばん恐れるのは、あたしはあんたがきらいになったと、お高にいわれることだった。あのときまではあんなに情熱をたぎらせていた女が、急に別れる気になる、それにはむろんそれだけの理由があるのだろう。金か、義理か、それならまだ話はわかる。ただきらいになったからでは、女の薄情を責めるほかはなく、そんな女にこの姿で会いに行くことからして、みれんがましく、ひどくみじめな男になってしまうのだ。

だから、小平太は、いきなりお高にぶつかるまえに、まず辰んべに会ってみようと思っている。

——それにしても、おれは今夜かぎりばかになるか、今夜きりでばかの足を洗うか、いよいよそのどたん場へきてしまった。

そのことも、小平太は寝ているあいだじゅう、さんざん考え抜いておいたことだった。

お高にその気さえあれば、たとい周囲の者からどう笑い者にされても、きっとお高といっしょになって新しい生活を築いてみせる。もし、どうしてもお高がいやだというなら、けっしてみれんは残さない。金子がいうように、そのときは長崎へ行って身を立ててやろう。

　小平太の腹はそうちゃんときまっていたが、しかし、正直にいえばお高を失ったときのことを思うと、胸の中を秋風が音をたてて吹きぬけていくような、たまらない寂しさをどうすることもできなかった。

――お高、帰ってきてくれ。

　小平太は寝ているあいだじゅう、何度かひそかに歯を食いしばって、男泣きに泣いたことさえある。それは理性ではどうすることもできない愛欲への男の激しい煩悩（ぼんのう）だったのだ。

　が、そんなあさましい姿は、今夜お高の前では絶対に見せてはならぬとも、小平太ははっきりと自分にいいきかせてある。

「お客さん、門前河岸（がし）へ出やした。どこへ着けやしょう」

　ふっとかご屋が足をゆるめながらきいた。

「そうか。じゃ、ここでいいや。おろしてくんな」

　酒手（さかて）をやってかごを返し、左手が不自由だから今夜は顔をむき出しのまま、相かわらず遊冶郎（ゆうやろう）でごったがえしている門前河岸を北へ歩き、小平太はこのあいだのお新の店のある横町へはいっていった。きょうは、もし万年安の子分に取り巻かれても、馬場陣十郎の一件があるから、頭から御用の二字を振りまわして追っ払ってしまう腹だ。いや、場合によっては、今夜はこっちから万年安の家へ押しかけていって、掛け合いをやらなければならなくなるかもしれないのである。

「あら、にいさん、いらっしゃい」

お新の家のなわのれんをくぐると、店で客の相手をしていたお新が、びっくりした顔をしながら立ってきた。

「しばらくだったな、お新ちゃん。あそこへ行くぜ」

あいている切り落としの小座敷をあごでしゃくってみせると、

「どうぞ——」

と、お新は立って案内する。

「にいさん、たいへんだったんですってね。けがはもういいんですか」

ついたてのかげへ座がきまると、お新は首からつった痛々しい左手を見ながら、声をひそめた。

「うむ、もういいんだ」

「馬陣のやつ、まだつかまらないんですって?」

「うむ、まだつかまらない。ときに、辰んべさんはこのごろあいかわらず来るか」

「ええ、今夜も板場でてつだってるんです」

お新はにっこりして、赤くなりながらも、うれしそうな顔を隠そうとしない。

「へえ、辰んべさん、いよいよここへ婿入りする気だな」

小平太はお新をからかいながら、ちょうどよかったと思った。

「だめなんです、あの人はまだぶ器用で」

「ちょいとここへ呼んでくれねえか。酒を一本つけてね」

「はい」

お新はいそいそと板場へはいっていく。思いがとげられる若い者どうし、楽しそうだなと、小平太はなにかほほえましい。

「あれえ、兄貴、もう直ったんかね」

入れ違いのように、辰んべが自分でちょうしとつまみものをのせた盆を持って、ふすまのほうからはいってきた。

「うむ、もういいんだ。辰んべさん毎日ここのてつだいだってな」

「暇なときはね」

辰んべは童顔をむじゃきにほころばせながら、

「兄貴、お加代さんがおこっていなかったか」

と、思い出したようにきく。

「ああ、このあいだは呼びにきてくれたんだってな。ありがとう」

「おれ、どうしようかと思ったんだけど、お高ねえさんがぜひ呼んできてくれっていうもんだから」

「辰んべさん、お高は今、自分の家へ帰っているのかね」

話が出たから、小平太はなに食わぬ顔で切り出す。

「なあんだ、兄貴はなんにも知らないのかえ」

辰んべが目を丸くする。

「知らねえよ。おれはきょうやっと床上げをしたばかりだからね。お高がどうかしたのか」

「だって、このあいだ重五郎親分がきて聞いていったんだがなあ。ねえさんの話、なんにもしなかったかえ」

「うむ。聞かなかった」

「お高ねえさん、いま根岸にいるんだ」

「根岸に――？」

どきりとして、小平太はもう自分の感情が隠しきれない。

「根岸って、後藤の世話にでもなっているのかね」

「金座さんじゃないいんだ。なんでも金座さんがよく世話になっている杉田外記とかいう堀大和守さまのご家来のとこへ押しつけられたんだとよ」

「なにっ」

「お高ねえさん、かわいそうなんだぜ、兄貴。ほんとうは兄貴も少し悪いんだ」

声をひそめて、辰んべは急にしょぼんとした目をする。

「おれが悪い――？　どうしてだ、辰んべさん」

小平太はあらしのような胸の中を、必死に押えつけている。

人もあろうに、お高が杉田外記のめかけに、許せぬと、小平太は思う。いや、お高はついにおれを捨てたと思うと、男を踏みつけにされた憤怒と寂しさが、火のように燃え狂ってくるのだ。

「おれ、これだけはだれにも、重五郎親分にもいわなかったけど、兄貴にだけは話そうと思って、兄貴が来るのを待っていたんだ」

「聞こう、どんな話だ」

「ねえさんはおれに、なんにもいわなかったけれど、死ぬより悲しかったと思うな。柳橋へ行った帰りに船の中で、ずっと泣きとおしていたもんな」

純情な辰んべの声がふるえて、ひょいと握りこぶしを目へ持っていく。

「兄貴、あのあらしの晩な、兄貴がけがをした晩さ、考えてみると、馬陣のやつは兄貴をやっつけておいて、おっかあの家へ踏みこんできたんだ」

「なにっ」

さっと小平太の顔から血のけがひく。

「おっかあは、兄貴が帰ってきたと思って、台所の戸をあけたんだ。そのおっかあを縛(しば)りあげておいて、馬陣は二階へあがっていったんだ。馬陣がやっと家を出ていったのは、もう明けがたで、それと入れちげえのように、おれがおっかあの家へ見舞いに飛びこんでいったんだ」

聞くに耐えない。やめろとどなりつけてやりたい。うず巻く頭の中へ、悪鬼にむごたらしくさいなまれているお高の姿が、いやでもはっきりと焼きついてきて、くらくらっとめまいさえ感じてくる。

「おっかあが、ねえさんの前へ両手をついて、あたしが悪かったとあやまると、もうなんにもいわないでといって、ねえさんは半日二階から降りてこなかった。

それから急に、銭湯へ行ってきて、茅町へ行ってくるといいだしたんだ」

そうか、そのときはもう勝ち気な女だから、別れる決心がついていたんだ。せめて最後にひと目と思って、出てきてはみたものの、途中で金子に会い、その勇気さえくじけた。だから、お加代を呼んで、金包みを返してよこしたんだろう。だからといって、どうして杉田などのめかけになる気になったんだ。陣十郎は許せないが、なにもお高に罪があるわけじゃないじゃないか。

では、おまえは陣十郎にけがされたお高でも、女房にしてやれるのか。そこまでくると、はたと行き詰まる小平太だ。ただ陣十郎が憎い。

「――あとでねえさん、おれだけにそういっていたっけ」

なにか話しつづけている辰んべの、そこだけがひょいと小平太の耳へはいってきた。

「うむ、それから――」

取ってつけたように、ぽかんと顔をあげる。

「辰んべ、おまえだけはあたしの気持ち、わかるね、もうしようがないんだものって、根岸へ行くまえに、お高ねえさんいったことがあるんだ。人の話だと、なんでも馬陣のやつは万年安親分に、ねえさんをおれに売れといって、どうせこれの金だろうけれど――」

と、辰んべは人さし指を折り曲げてみせて、

「千両親分に渡してあるっていうことだし、ねえさんにしてみりゃ、そんなからだで兄貴のおかみさんにゃなれない。といって、じっとしていりゃ馬陣に連れていかれちまう。思案にあまって、半分はやけで、杉田のところへ行っちまう気になったんだろうと、おれは思うな」

そうしみじみといってから、ふっと思い出したように、

「兄貴、このことはねえさんの恥になることだから、おれはだれにも、お新にさえ話しちゃねえんだ。おっかあからも堅く口どめされているんでね。けど、おれよくお新にもしそんなまちがいがあったら、おれはどうすればいいんだろうと、ときどき考えてぞっとすることがある。ほんとうだぜ」

と、辰んべは人ごとでないような顔をする。

「辰んべさんなら、どうするね」

小平太は冷えた杯をぐいとあけて、差しながら、思わず口に出た。

「そうだなあ。だって、兄貴、お新はなんにも悪いんじゃない。そんなまねをしたやつが、馬陣のようなやつにねらわれりゃ、女には防ぎきれないだろうからな

あ。けど、おれは泣き寝入りはいやだ。きっとかたきは取ってやる」

「そして、お新のほうは——？」

「お新はかわいそうだ。なんにも罪はねえんだし、なんにもなかったことに、あきらめてやるよりしょうがねえや」

おずおずと苦笑いをして、杯を返しながら、兄貴ならどうするときき返さないのは、こっちの問題はあんまり切実すぎるからだろう。

「辰んべさん、根岸のお高の家、知ってるかね」

小平太がそうきいたのは、ややしばらく自分の心と戦ってからのことだった。

「知ってるよ、兄貴、御行（おぎょう）の松（まつ）の近くなんだ」

「すまねえが、これからすぐ案内してくれねえか」

「ねえさんに会う気なんだね」

「うむ、会う。会ってよく話してみよう」

「だって、兄貴、杉田ってだんながもし来ていたらどうするんだえ」

「かまわぬ。その前で話をつけよう。お高ひとりにこの苦しみを背負わせておくのは罪だ。お高さえその気なら、ちゃんと話をつけて、おれはお高を引き取ることにしようと思う」

それがほんとうだと、そう話しているうちにも小平太はじいんと胸が熱くなってきて、静かに杯を伏せた。

下谷（したや）広徳寺（こうとくじ）の近くに仮住まいを持っている本庄辰輔（ほんじょうたつすけ）は、鳥居忠耀（とりいただてる）の密命をうけて、あすにも長崎へ立たなければならないからだだった。

目的は、高島秋帆（しゅうはん）の身辺を探索して、なにかの不正を探り出すことである。

「ことにオランダ商人との出入りを調べて、先年公儀（こうぎ）が許可した以上の大小銃砲類を、ひそかに買い集めていないか、その点を洗ってみてくれ」

そういいつけた鳥居の腹は、それによって秋帆の兵制改革、砲術改正の意見書を事実上たたきつぶし、秋帆のしり押しをやった宿敵江川太郎左衛門（たろうざえもん）をも、なにかの罪におとしいれるにあった。

さいわい、辰輔は長崎出身で、もと秋帆の下役をつとめていたことがある。そのころちょっとした不正があり、かねて江戸へ出て一旗あげたい野心を持っていた男だから、このときとばかり長崎を出奔（しゅっぽん）して、江戸へはいり、鳥居に取り入ったのだ。だから、こんど本庄が目付役鳥居の配下として長崎へ帰ることは、いわゆる故郷へ錦（にしき）をかざるというところまではいかなくても、まえより出世したにはちがいないのだから、大いに肩身が広いわけである。

当人はそんなわけですぐにも江戸を立ちたかったのだが、そうも思いどおりにいかなかったのは、あのあらしの翌朝から相棒の馬場陣十郎が来て二階へ隠れているからである。

辰輔は天保九年の暮れに、江戸へ出てからの剣術の師匠井上伝兵衛を暗殺していた。これも鳥居がうしろから糸をひいてやらせたので、鳥居は初め伝兵衛をおだてて江川坦庵を切らせようとしたが、逆に篤実な伝兵衛から意見されたので、こんどは本庄を使って災いの根を断ったのである。

伊予松山の藩士熊倉伝之丞は、伝兵衛の実弟だったので、翌天保十年、主君にいとまを願い、江戸へ出てきて八方兄のかたきを捜査しはじめた。

捜される辰輔のほうはあまり気持ちがよくないので、この夏馬場陣十郎を頼み、そのかわり遠山への仕返しには鳥居を動かして必ず片棒をかつぐからという約束で、伝之丞を暗殺してもらった。

そういう臭い関係があるから、陣十郎が強盗を働いているとわかっていても、ころげこまれればかくまわないわけにはいかぬ。きょうまでうまく二階へ隠しきってきたのだ。

「馬場さん、わしはあすにも長崎へ立つ用ができたんだが、いっしょに行かぬか。江戸にくすぶっているより、そのほうが安心だし、だいいち窮屈でないだけでもいいだろう」

辰輔はすぐにも飛びついてくるだろうと思って、そう誘ってみた。

「長崎へ行くのか。そうだなあ」

陣十郎は冷たい目をぎろりとさせたきりで、あまり気がすすまないようである。

「馬場さんはなにか江戸に心残りがあるのかね」

本庄は念のためにきいてみた。自分が江戸を立ってしまうと、家は女房のお種だけになる。女のほうにはあまり関心を持たない男だが、女ひとりではこの凶状持ちをかくまいきれるかどうか疑問だから、なるべくいっしょに連れて旅に出たいのだ。

「そうよなあ。べつに心残りもないが、おめえ深川のお高は今どうしているか知っているか」

馬陣が突然へんなことをきく。

「ああ、お高か。あれは金座がうけ出して、堀の公用人杉田外記のめかけに贈ったそうだ。金座は自分のものにしたかったんだろうが、杉田にねだられりゃしかたがないからな」

「妾宅はどこだ」

「さあ、人のものだから、そこまでは聞かなかったが、万年安にききゃすぐわかる話だ。お高がどうかしたのかね」

「うむ、あれはおれが千両出して、一度女房にした女だ」

「ふうむ」

本庄は目を丸くしたが、陣十郎はにこりともしない。

「一度女房にしたって、それはいつごろのことだね」

「ここへ来るまえだ。万年安には前金で五百両。あと金の五百両はそのときお高に渡してある」

「つまり、万年安はそいつをまた後藤に売ったわけだな。もっとも、金座も前金の五百両だけは安に渡してあったはずだ」

「おれの足もとへつけこんだんだろう。安にきくと、密告されるかもしれねえ。後藤からそれとなく妾宅を聞き出してみてくれ」

「どうするんだね、それを聞き出して」

「お高をつれて、おまえといっしょに長崎へ行くことにしよう」

「そううまくいくかな」

女を連れて歩くと道中目だつし、だいいちお高がすなおにいうことを聞くかどうかが問題だ。

「お高は馬場さんの女房だってことを、ちゃんと納得しているのかね」

「そりゃさせてある。おれの顔を見りゃ、いやとはいうまい。また、いわせもしねえ」

どうして女房を納得させたか、それを自分で平気で口にするからには、それだけの自信は持っている強い馬場陣十郎なのだ。はたからよけいなことをいっても、思いとまるような男ではない。

その日、本庄は路銀（ろぎん）のことで後藤に会う用があったのをさいわい、それとなくお高の妾宅をきいてみると、根岸の御行の松のそばで、門に柳の木のある家だとわかった。帰ってそう教えてやると、

「そうか。じゃ、旅のしたくをひととおりしてくれ」

と、陣十郎の腹はもう決まっているようだ。

「あいにく、今夜もし杉田が泊まりにきていたら、馬場さんどうする」

本庄はやっぱり心配せずにはいられない。

「わけを話して取り返すだけだ。金は払ってある」

「それでもいかんといったら？」

「まあ、そのときのことだな」

にやりと笑ってみせてから、

「じゃ、今夜は品川泊まり、あす川崎で待っている」

陣十郎はそういい置いて、わらじをはいて出ていった。四ツ（十時）を過ぎてまもなくだった。

広徳寺門前から御行の松までは、ほんの小半道足らずである。六日の月はすでに上野の森へ落ちようとして、淡い光を投げかけていた。

そのころ——。

お高は、今夜は杉田が来ない日とわかっていたので、早く戸締まりをさせて、奥座敷のぜいたくな羽二重のふとんに横になっていた。

小平太のことを考えると、恋しくて、いまだにからだじゅうがかっと熱くなってくる。あれこそ一生にたった一度のほんとうの恋だったとは思う。が、どうしてもあきらめるよりしようがないと思って、自分からあきらめてきたのだから、もう涙は出なかった。

小平太さえあきらめてしまえば、生娘じゃないのだから、あとはだれに身を任せたっておなじことだった。

――あたしはやっぱり世話女房にはなれない女かもしれないな。

こうして、したいざんまいのぜいたくをして、杉田の愛撫(あいぶ)からは目を閉じていつも小平太のからだを感じ、平気でわがままをいいながらその日を送っていられる自分を見ると、ときには不思議な気さえすることもあった。

――でも、あのときは楽しかったな。あの人はよくもぐらもちみたいだといって笑ったけれど、あたしは自分で自分がどうかしてしまったんじゃないかしらと思うほど燃え狂って、なぐられてくやしく泣きながらでも、ちゃんと自分でご飯ごしらえをしていた。

そのときのことを考えると、お高は自分がいじらしくもあり、小平太が好きで好きでたまらなくなってくる。

――もし、馬陣のやつさえいなかったら、

陣十郎だけは殺してやる。どうせ強盗を働いたやつなんだから、そのうちにお上(かみ)の手につかまって、おしおきになってはしまうだろうが、ひょっと会うときがあったら、ひとのたいせつな恋をめちゃくちゃにしてしまった悪党、こんどこそ生かしておくものかと、それだけはどうしても忘れられないお高だ。

——なにもかも、今となっては夢のような気がする。

しまいに思いうかべるのは、やっぱり小平太のなつかしい顔で、いつかうつらうつらと甘い眠りに誘われかけたとき、

「はあい」

ふっとばあやの声が答え、いそいで玄関のほうへ出ていくのを耳にした。

——今ごろ杉田が来るわけはないし。

聞き耳を立てていると、玄関の雨戸があいて、あっとばあやが声をたてたのと、ううっ、どさりと重くからだの倒れるけはいがしたのと同時だった。

がばとお高は夜着をはねのけて、床の上へ起きなおる。ただごとではない。

足音がもう軽く廊下を踏んできて、すっと障子の外へ立ち止まったようだ。

「だれっ——？」

お高はきっとその障子のあたりをにらみながら、ぜいたくな友禅縮緬（ゆうぜんちりめん）の長じゅばん一つのひざ前をきりっと直して、すわりなおった。

答えはなく、するりと障子があく。旅姿わらじばきのままの馬場陣十郎だ。

どきりとはしたが、負けるもんか、こっちはもうからだを張っているんだと、

お高はとっさに度胸をきめ、

「なあんだ、馬場さんか」

と、けいべつしきった目をしてやる。

「おまえひとりか。そいつはよけいな殺生をしなくてすむ」

土足のまま後ろも締めず、つと陣十郎がひと足踏みこんでくると、覚悟はしていても冷たい風が急に吹きこんできたようで、ぞっとせずにはいられない。

「土足のまま人の座敷へ、きたないじゃないか」

「お高、旅へ出るんだ。すぐしたくをしねえ」

馬陣は横柄にいって、あごをしゃくる。

「まっぴらだわ。どうしてあたしが、あんたなんかと旅へ出なくちゃならないんです」

「おまえのからだは、千両払って、もうおれのものになっている。女房もおなじことだ」

「あたしは、そんな強盗なんかの女房になるほど物好きな女じゃござんせん」

「賄賂をとって、不正を働く公盗役人のめかけのほうが、好きだというのかね」

陣十郎がにやりと冷笑する。

お高はいい負かされて、ここで負けるのはくやしい、そのくやしまぎれに、

「ふうんだ。あたしの好きなのは小平さんだけ、好きで好きでたまらない」

と、口に出たとたん、激しく胸をゆすぶられて、思わずわが胸を抱きしめている。

「きのどくだな。好きな男には、あいにく金がなかった。まあ、あきらめろ」

「いやだ。あたしは死んだってあきらめない」

「ふうむ。すると、だんなのきげんを取りながら、今でもるすにあの若僧をくわえこんでいるってわけか」

「馬場さんじゃありません。そんな、きたならしいまねを、あの人がするもんか。あんたが、憎らしいあんたが、あたしたちの仲をめちゃくちゃにしてしまったんだ。くやしい」

お高はとうとう涙をこぼしてしまった。

「ああ、そうか。おれがおまえのはだを千両で買った。それが男にわかって、おまえ、小平太からふられたんだな」

それを人ごとのように、冷淡にいってのける馬陣である。

「違うわ。あたしから身をひいたんです。こんなきたないからだで、あたしはあ

の人の前へ出るのはいやだ。そのかわり、馬場さん、あたしはきっとあんたを殺してやる。ちゃんとことわっときますよ」

もう涙なんかこぼすもんかと、お高の目に憎悪の色がめらめらと燃えあがってくる。

「よかろう。からだは千両で買ったが、心はおまえのものだ。さあ、早くしたくをしないか。とにかく、ここを出よう」

人なみのことばは、この男には通じないらしい。

「いやだといったらどうするんです、馬場さん」

突っぱねるようにお高はいってみる。

「そうよなあ。まあ、このあいだのように、ここで気のすむまでわがものにして、どうせこれが最後だろうから、おれが買ったからだを人のおもちゃにされるのも業腹だ。あとくされのないように、やんわりと絞め殺して、旅に出よう。どっちにするね」

口にするからには、ほんとうにやりかねない陣十郎なのだ。

「いいわ。じゃ、したくをします。ここで絞め殺されちゃつまりゃしない」

機会を待とう。あたしはきっとこの悪魔を刺し殺してやると、お高は心に誓った。

「そうか。そのほうがりこうだな。おまえだってこんな賄賂くさい家にみれんはなかろうし、おれもかわいいと思った女を無理に殺したくはない。なあに、旅に出れば出たで、またひょっと気の変わることもあるだろう。とにかく、したくをするがいい」

うぬぼれてるわ。どう気が変わったって、きらいが好きになるものか。いまに見ているがいいと、お高はしゃっきり立って、座敷のすみへ行き、そこにたたんで置いてあるふだん着を手早く身につけていた。

馬陣はその伸びたり縮んだりするお高のうしろ向きのあだっぽい姿を、じいっと目で楽しんでいる。

そのへびのような執念の目を、それとなくお高はわがはだに冷たく感じながら、この恐怖というものを知らぬ鉄のような男が、はたしてあたしの手でうまく仕止められるだろうかと、急にそんな不安さえわいていた。

――ちくしょう、負けてたまるもんか。腕で殺すんじゃない。女の恨み(うら)でのろい殺してやる。

お高は弱気を必死に払いのけて、

「さあ、すみました。どこへでも連れてってください」

と、陣十郎の前へ行ってすらりと立つ。器量には自信があるから、孔雀のようにおごった姿だ。

「お高。おまえ、わしを殺すといっていたな」

陣十郎はむっつりときく。

「殺すわ、きっと」

「刃物の用意をしていかなくてもいいのか」

「わざわざそんなもの持っていかなくたって、馬場さんがそこに二本差しているでしょ」

こうして殺してやろうと、あらかじめ計画していったって、この鉄のような悪党に、女のやせ腕で歯はたたない。なまじ匕首などを持っていくより、なにも持っていないとゆだんしているところを、手あたりしだいの物を使って捨て身でかかる。どうせこっちの命もないものと腹をすえているお高だ。

「ふうむ。いい度胸だ。じゃ、行こう」

陣十郎はにやりと笑って、先に立つ。

玄関の土間に、当て身をくらったばあやが、まだくの字なりになって倒れていた。

「ばあや、しっかりおし」

飛びつくようにして、抱き起こすと、ちょうどもう正気にかえりかけていたところらしく、はっと目をあいて、急に顔をゆがめ、

「ご新さん、――ご新さん」

と、おびえたようにあえいでいる。

「心配しなくていいのよ。梅(うめ)や、梅や」

茶の間のほうへ下女を呼ぶと、

「は、はあい」

返事だけで、これも頭からふとんをかぶっている口なのだろう、立ってくる様子もない。

「梅や、あたしはちょいと出かけてきますからね、あとでばあやを見てやっておくれよ」

それをもう玄関の外へ立って、黙ってのっそりながめている馬陣だ。

――人の命など、虫けらほどにも思わぬやつ。

新しい憎悪をかみしめながら、下駄を出して突っかけ、

「お待ちどうさまでしたね」

外に出て、わざと静かに後ろの雨戸をしめる。すでに月は落ちて、外はひえびえとする秋の星空だった。

くぐりから表へ出ながら、これでこの家ももう見じまい、そうは思ったが少しもみれんはなく、今夜こそと、お高はただ激しい血がたぎってくるばかりだった。

そのころ――。

磯貝七三郎と大八木所左衛門は、例のとおり景元の忍び回りの供をして、このあいだとおなじ山下から車坂通りへかかろうとしていた。

道順は車坂から浅草へ出て、並木町通りを蔵前へ出る。ここ数夜は毎晩時刻を変えて、必ず一度はこの道順を回る。五人組強盗はまだ一回も蔵前通りを荒らしていない。きっと一度はぶつかるだろうという見込みである。

それにしても、水野老中との約束の日限は、この八日でちょうど一カ月になる。今夜を入れてもあと三日だから、景元はともかくとして、磯貝と大八木は気が気ではなかった。

磯貝や大八木は、もうこの忍び回りを無益な仕事とは思わなくなっていたが、それでもときには、こんなことをしていていいのだろうかというあせりを感ぜずにはいられなかった。しかも、あと三日と日が迫ってみると、今夜はことにその感が深い。

といって、ではほかになにかいい手段があるかとなると、ただ配下を激励するというほかには、これといって特に打つべき手段も思いあたらないのだ。

鳥居や杉田の一派は、この五人組強盗は普通のぬすっとではなく、なにか蘭学かぶれのしたやからが党を結び、海外渡航の資金狩りをしているのだ、表面にあらわれているやつは五人でも、根はもっと深いところにあり、黒幕には相当有力な人物が一味を牛耳っているのではないかといいふらしているそうである。単にいいふらすだけではなく、鳥居はその職権をもって、すでに長崎へ手をまわしているといううわささえあった。

「そんなことはなかろう。手口から見てもぬすっとを職にしているやつらで、そのうちでも悪知恵の働くやつが集まって、うまく結束しているというだけのことだ。そのうちに必ずぼろを出す」

景元の意見は初めから不変で、そのぼろを出すのを待っているようだ。

そういえば、五人とも押し込むときは必ず博徒がなぐりこみをかけるときのような身軽なわらじがけで、はいるとたちまち家人を残らず縛りあげ、金だけをねらってさっと引き揚げていく。けっして女には手をふれず、手向かいをしないかぎり人も傷つけていない。こういうおちついた手口は、よほど場数を踏んで慣れたぬすっとでないとできないのが普通である。

たとえ蘭学かぶれのような知識人でも、しろうとは度胸がないから、ともすれば人を切りたがるし、寝みだれた女に煩悩を起こしがちになるものである。

だいいち、これまで百五十件にも近い犯行に、なんの手がかりも残さず、厳重な町々の警戒線を突破して、煙のように消えている。とうていしろうとにはできない芸なのだ。

「大八木――」

磯貝がぎょっとしたように立ち止まった。

ちょうど右手は小みぞを一つ隔てて、上野の寺つづきの車坂門、左へ曲がると広徳寺門前から浅草へ出る稲荷町通り、まっすぐ行けば根岸、その根岸のほうからかごが一丁、わずかな供をしたがえて進んでくる。ちょうちんの紋所は丸に二引きで、どうやらこのあいだの堀の公用人杉田外記が、根岸の妾宅からのもどりとみえる。

磯貝がぎょっとしたのは、また出会ったかと、先夜のことを思いだして、苦い顔をしたとたん、前を歩いているぬすっとかむりの景元が、ひょいとこっちへ合い図をして、自分はふらりとかどの軒下へ身をよけて立ったからだった。

景元の合い図は、杉田のかごを誰何しろというのだ。どこに不審の点があるのか、あるいはなにか含むところがあってのことか、いずれにしても命令では誰何するほかはない。

大八木に目くばせして、つかつかとかごの前へ出ると、ちょうちんを持って先に立つ中間も、あとにつづく六尺も、このあいだのやつとおなじ顔だ。

「その乗り物、しばらくお待ち願いたい」

中間は一瞬ぎくりとしたようだが、わざと手にしていたちょうちんを突きつけるようにして、

「またこのあいだのだんながたのようだね」

と、横柄な口をきいた。

六尺はかごを地へおろそうとはせず、そのあいだにかごわきについていた供侍が、すっと前へ出てきた。これはこのあいだの有田喜兵衛ではなく、肩幅のがっしりとしたどこか精悍そうな中年者だ。

「町方のかたがたですな」

「そうです」

磯貝は答えながら、かごのうしろに若党がひとりついている、このまえのときよりひとり供が多いと見ている。つまり、六尺ふたりを入れて供の人数は五人ということになるのだ。

「先夜もお調べがあったそうだが、てまえ主人はお側ご用人堀大和の公用人杉田外記、ちょうちんの紋どころをご覧になってもおわかりかと思うが――」

「どちらからのお帰りですな」

「根岸の下屋敷からのもどりです」

「杉田どのはこのほど、根岸に別宅を持たれたそうでございますな」

杉田の妾宅はもうちゃんと調べあがっているのだ。

「さよう、ご存じなれば隠すにも及ばぬこと、その別宅からのもどりです」

「失礼ながら、ひと目杉田どのにお目にかかりたい」

会えばまたいやみをいわれるだろうが、もうそれよりいうことも聞くこともないのだ。

「それはお許しにあずかりたい。今も申すとおり、今夜は別宅からのもどりで、主人は少したべ酔っております。別宅を出ますおり、このあいだの例もあるので、なるべくおまえがあいさつをして、簡単に通してもらうように――。眠っているところを起こされると、ついまた腹がたって、いらぬことまでいいたくなるからと、かように申しつけております」

供侍は自分だけのあしらいで済まそうとするのだ。

磯貝はむっとした。こっちは役目で苦労しているのである。後藤から賄賂(わいろ)にもらったためかけといちゃついてきて、眠いから会いたくないとは、町方を甘く見るにもほどがある。

「おことばではござるが、お目にかかってぜひ申し上げたい一大事があるのです。まげてお取り次ぎ願いたい」

「一大事とはどんなことですな」

供侍は人を食った顔をする。

磯貝も大八木も、はてなと、やっと不審が起こった。先方はこっちがただの忍び回りではなく、遠山左衛門尉(さえもんのじょう)がみずから出馬していることをよく承知しているはずだ。今のことばは、杉田外記ならともかく、供侍にいえることでも、またいうことでもない。それをしいていうとすれば、あくまでもかごの中を見せまいとする魂胆(こんたん)にちがいない。

そう思って見ると、かごをかついでいる六尺の姿勢が案外軽々としている。その六尺の目も、ちょうちん持ちの目も、なりゆきいかにと息をのみながら、じいっと光っているようだ。

そうか、親玉はこのかごの軽さに不審をうったのだ。しかも、人数は六尺を入れて五人と、磯貝もそこへ気がついたから、

「お黙りなさい。一大事は供侍の貴公にいうべきことではない。貴公はただ杉田どのに取り次げば役目のすむことと」

と、突っぱねるようにいいかえしながら、さっとうしろへ手をあげた。陰供の人数に、怪しいから注意しろという合い図だ。と見た供侍は、

「くそっ」

もうこれまでと思ったか、だっと抜き打ちに切りつけてきた。同時に、ちょうちん持ちの中間も、木刀と見せかけていたわき差しを抜くなり、大八木に切ってかかる。

ふたりはひらりとかわして飛びさがり、

「捕れっ。くせ者だ」

と、叱咤するように叫びながら、腰の十手を手にする。

そのあいだに、抜刀のふたりは相手を切るというより逃げるのが目的だから、脱兎のごとく山下のほうへ走りだす。

若党は根岸のほうへ、六尺ふたりはかごをほうり出して稲荷町通りのほうへ、そういうことに慣れている悪党どもだろうから、まったく疾風のような敏捷な逃げ足だ。

「それっ。――御用だ」

「逃がすな」

陰供の人数も、奉行がじきじきに見ている馬前の奉公ではあり、くせ者はそのためにこそこの一カ月近く苦労に苦労をかさねてきた五人組強盗らしいとわかっているから、血相を変えて三方へ追跡の手をわける。

ぴ、ぴい、ぴ、ぴい。

たちまち合い図の呼び子の音が、夜ふけの町をおどろかして遠ざかっていく。

今夜は必死だから、磯貝も大八木もきおいだって、自分から陣頭に立ったのだろう。車坂のかどの軒下に立っている景元のそばには、だれもいなくなってしまった。

景元は遠ざかる呼び子の音の動きに耳を澄ましながら、じっと往来のからかごのほうへ目をやっている。

根岸のほうから、ふと女らしい下駄の音が耳についてきた。

景元がやみをすかしてみていると、近づいてきたのはどうやら旅じたくの侍づれの女で、侍のほうは往来のまんなかにぽつんと置き捨てられているかごを見ると、不審そうに立ち止まった。そして、その目があたりを見まわしながら、ひょいとこっちの軒下に気がついたようだ。

——はてな、馬場陣十郎というやつらしいが。

馬陣なら、まだつかまらずにいるにせ五人組強盗の頭目だと、景元が見ているうちに、向こうもこっちをそうと勘づいたらしく、不敵にもつかつかとそばへ寄ってきた。

「おい、深川のときの兄い、おれを見忘れちゃいねえだろうな」

陣十郎は勝ち誇って、ぞくぞくするような気持ちだった。仙台屋の仕返しだし、今江戸を落ちようとするおりもおり、北町奉行遠山左衛門尉を切って天下を震駭させてやれるのは悪党冥利、いい江戸への置きみやげだと考えたのである。

「忘れねえよ。うぬはにせ五人組強盗の馬場陣十郎だな」

声は低いが、歯切れがよく、さすがに五体に気魄があふれて、景元は一分のすきも見せない。

「さすがは兄いだ」

陣十郎はにやりとして、

「きのどくだが、今夜こそ命はもらった。覚悟しねえ」

と、なぶるように宣告しながら、刀の柄（つか）に手をかける。相手は匕首（あいくち）一つ持っていないようだから、得意の抜き打ちで勝負はきまると、馬陣は自信たっぷりだ。

「そうもいくまい、おまえの浅い腹の力ではな」

景元の声も、目の色も、水のように静かだ。

「腹じゃ切らねえ。腕で切る」

「切れたら、切ってみな」

「うぬっ」

恐怖を知らぬあけっぱなしの人間は、ちょいと切りにくい。奥底がしれないからだ。と、理性が働いたとたん、相手の人間の大きさを知っているだけに、景元の底力がのしかかってくるようで、くそっと陣十郎は本気になってきた。

凶悪な目をすえて、じいっと気合いを詰める。深沈（しんちん）たる景元の涼しい目が、こっちの殺気を苦もなく吸い取っていくようだ。くそっと、陣十郎はもう一度歯が

みをして、かっと全身の闘志をかりたて、

「えいっ」

と抜き打ちに殺到した。

ひらりとあざやかに景元のからだが右へ飛んで、初太刀はむなしく流星となって流れる。

「うぬっ」

自慢の抜き打ちをかわされた陣十郎は、悪鬼のごとく二の太刀を大上段に振りかぶって、景元を追った。

稲荷町のほうから町かごが一丁、車坂のほうへ近づいてくる。深川から飛ばしてきた小平太のかごで、うしろから辰んべがついて走っていた。

かごにゆられている小平太は、ふっと遠くで呼びかわしているぶきみな呼び子の音を耳にして、捕物だなと思った。

「かご屋、もうどの辺だ」

「へえ、もうじき車坂へ突き当たりやす」

「そうか」

車坂のかどを右へ切れれば、やがて根岸だ。そこでどんな幕があくかと、なん

となく胸がときめきかけたとたん、えいっと、すさまじい気合いが耳をうち、

「わっ、出た」

かご屋がじゃけんにかごをほうり出して、ばたばたと逃げだした。

「兄貴、切り合いだ」

かごにしがみつくようにして、辰んべがうわずった胴間声をあげる。

「なにっ」

小平太はさっとたれをはねあげて、ぞうりを取る間がないから、はだしで往来へ降り立つ。

ちょうど車坂のかどがすぐそこに見えるあたりで、侍が正面をきって大上段に一刀を振りかぶり、ぬすっとかむりの遊び人体の男がこっちへ背を向けて、がっしりと身をかためている。

「あっ、馬陣だ。兄貴」

辰んべにいわれるまでもなく、敵は旅じたくの陣十郎、ぬすっとかむりは親玉らしいと早くも見て取った小平太は、その馬陣のいまにも爆発しそうな殺気にひやりとして、夢中で首からつっていた白布をかなぐり捨て、まっすぐ陣十郎のほうへ進んでいた。

「兄い、かわりやす」

ぬすっとかむりの背中へ声をかけておいて、

「陣十、小平太。行くぞ」

力いっぱいさっとわき差しを引きぬいた。青眼にとって、左の手を柄頭へそえるとき、多少ぎこちない感じはしたが、くそっと、一瞬にしてそれも忘れ去った。

——今夜こそ死ぬか生きるか。

いや、お高のかたき、死んでもきっと切ると、憤怒が胸にうずをまいている。

「なんだ、小僧か」

陣十郎は舌うちをして、

「来いっ。お高の見ている前でたたっ切ってやる」

と、冷たくいいきった。

お高と耳へははいっても、もうそれを感情にするだけの心の余裕は小平太にはなかった。

——この野郎も、今夜は捨て身になってやがる。

それがはっきりと、全身にあふれている悪鬼のような殺気で見て取れるからだ。

ずっと軒下まで身をひいた景元の目は、小平太の横えにひたと吸いついている。

小平太が陣十郎の大上段に相対峙するのは、今夜で四度めである。戦法は、捨て身で敵の出ばなを突いて出る、それ以外にないが、前三回の木刀と違って、今夜はわき差しながらこっちも真剣だ。捨て身に武器の長短はない。

――くそっ。

小平太は全身に闘志をみなぎらせながら、ひたすら敵の胸元をねらっている。

「うぬっ」

陣十郎も三度の勝負で、竹刀試合なら自分のほうがたしかに一枚上だろうが、度胸ひとつの真剣勝負となると、小平太は侮れない敵とよくわかっている。

――どうしても相打ちだな。

そう見るよりしようがないのが、馬陣としてはちょっと心外だ。相手が遠山ならともかく、いや、なんとかこの青二才を早くかたづけて、今夜こそ遠山を討ち果たしたい。絶好の機会だって抜き打ちの初太刀を、無手の景元にみごとにひっぱずされているだけに、陣十郎は虫がおさまらない。

「うぬっ」

陣十郎はしだいに気がいらいらしてきた。ちくしょう、やってみなくちゃわからねえじゃないか、男ならいちかばちか勝負と出てみろ、むらむらっとそんな気

になって、

「おうっ」

　ぐいとひと足踏み出した。

　すると小平太がおとなしく一歩さがる。敵の剣が頭上へくるまでは、その機でないと、大胆冷静に自重しているのだ。

　――小平さん、あたしの、あたしの小平さん。

　お高はからかごの棒にすがって、事の意外にぼうぜんとしている。憎い男と、かわいい男が、目の前で命をかけている。

　辰んべがついているようだから、あの人、根岸のあたしのところへ来る気じゃなかったのかしら。

　――会いたい、あたし。もう一度だけ、勝って、あんた。

　勝てるかしら、あの憎い陣十郎に。大けがのあとだし、見た目にはなんとなくたよりない。

「あっ、あんた、あんた、あぶない」

　陣十郎がぐいとまたひと足押して出たのだ。

　ちくしょう、死ぬならいっしょだと、かっとからだじゅうが熱くなったとき、

「ねえさん、お高ねえさんじゃないか」

ふいに辰んべが飛びついてきて、がたがた震(ふる)えているのだ。

「辰んべ、おまえ、男のくせに、ばかっ」

いきなり胸倉(むなぐら)を取って、その自分もがたがた震えているのに、お高ははじめて気がついた。

「ねえさん、どうしよう。兄貴があぶねえ」

辰んべはおろおろとまったく度を失っているのだ。

「いくじなし、——いくじなし」

目は切り合いから放さず、男のくせに小平太にすけだちをしようともしない辰んべがもどかしく、夢中で胸倉を小突(こづ)きまわしているうちに、お高の手がふっと辰んべの匕首の柄頭にふれた。

——そうだ。あたしがうしろから刺し殺してやる。

ちょうど、陣十郎の憎い背中が、刀を振りかぶって黒々とこっちを向いている。まるで魔物のように、かわいい男を追い詰めていくのだ。

「ちくしょうっ」

お高は目をつりあげて、いきなり辰んべのふところから匕首を抜き取った。

「あっ、ねえさん、なにをするんだ。ねえさん」

辰んべがびっくりして叫んだときには、お高はもう下駄を脱ぎ捨てて、すそもあらわに憎い悪魔の背中のほうへ駆けだしていた。

「小平さん、しっかりして」

もうなにも見えなかった。憎い背中がぐんと目に大きく迫ってくる。

「悪魔めっ」

まっしぐらにその背中へからだごとぶつかっていこうとしたとたん、

「えいっ」

さっと黒い背中が右半身にかわり、横なぐりの太刀が光り物のように右のわき腹へ流れた。

「あっ」

くらくらっとめまいがして、

「小平さん――」

どう自分のからだがくずれ倒れたか、お高の顔へひらめいたのは、あたしはもうだめ、死ぬ、ということだった。

そのお高の声を、小平太は耳にはしたが、それを頭に感じたのは、

「とうっ」

陣十郎の構えがくずれたと見て、だっともろ手突きに一念の突きを入れ、

「ううっ」

さすがの陣十郎が大きくのけぞるのを見てからだった。

「お高っ」

血刀をほうり出すなり、小平太はそこへうつぶせにのめり倒れたお高のほうへ飛びついていき、右のわき腹の傷口をしっかり押えながらひざの上へ抱きおこす。

「お高、しっかりしてくれ。小平太だ」

強く抱きしめてからだをゆすぶると、もう全身から力がぬけて、がっくりとあおむけに腕の中へささえられた蒼白(そうはく)の顔の、目がわずかにあいて、

「あんた、――小平さん」

声でそれとわかったのだろう、探るように手が胸へきかけて、

「うれしい、――うれしいわ」

笑うかのように顔色がうごいたと見る間に、手も首もがくりと息が絶える。

「あっ、ねえさん」

そばに立っていた辰んべが、がくんと前へひざをついて、お高の顔をのぞきこ

てこなかった。

小平太はもう一度力いっぱいゆすぶってみたが、お高の魂はそれっきりかえっ

「お高、――お高」

む。

――とうとう死んだか。

そう思うと、なんともやりきれない気持ちである。ぼうぜんとその死に顔を見つめながら、ふっとその最期にこのくちびるからわずかに漏れた、うれしい、うれしいわといったことばがはっきりと耳へよみがえってきて、お高はこうしておれに抱かれているのがわかって、安心して死んでいったんだと、小平太はやりきれないながらも、そこに寂しいなぐさめを感じてくる。

「お高、おまえな、りっぱに自分でかたきをうったんだ。もうきれいなからだになったんだから、安心して、安心して行くところへ行くんだぞ」

その安らかな死に顔へかんでふくめるようにいい聞かせながら、まだ体温があるだけに、死んだような気がせず、小平太は思わずほおずりして、急に涙があふれてきた。

「そうだともよ。ねえさん、おれを小突きまわして、兄貴があぶねえ、おまえは

いくじなしだって、おれの匕首をぬいて、気ちがいのようになって陣十へ突っかけたんだ。死ぬまで兄貴の心配をしていたんだもんな。兄貴にそうやって抱いてもらって死にゃ、きっとうれしいや」

ううっと辰んべは握りこぶしを目へあてて嗚咽(おえつ)した。

――ひと足おそかったんだ。

小平太は思う。陣十郎は旅じたくだ。今までどこかへ隠れていたが、今夜江戸を落ちる気で、根岸の妾宅へ踏んごみ、お高を脅迫(きようはく)してここまで連れ出したんだろう。そこで偶然親玉とぶつかって、行きがけの駄賃(だちん)に切っていく気になった。

――なんで親玉は、たったひとりでこんなところに立っていたんだろう。

そういえば、さっき、たしかに捕物の呼び子を耳にしたがと、小平太はたちまち正気を取りもどしてきた。

親玉はと見ると、いつの間に集まってきたか、二、三人の配下に取りまかれて、向こうの軒下で黒々となにか立ち話をしている。もう呼び子の音はどこにも聞こえなかった。

ふっとその黒い人かげがくずれて、こっちへ動きだしたようである。

「辰んべ、預かってくれ」

小平太はお高のからだを、いそいで辰んべのひざへ移して、自分はそこへ片ひざづきに右のこぶしを地についた。

「若いの、そう堅くならなくてもいい。今夜もまた、おまえに助けられたようだな」

ふらりと前へ立って、景元は気軽に話しかけてきた。

「はっ恐れ入ります」

小平太は、もうどうにも、景元を町の兄いあつかいにはできなかった。

「顔をあげろ。おたずね者の馬場陣十郎をみごとに切った。おれからおやじの耳に入れておこう」

ぬすっとかむりの中で、景元の目が親しみ深く微笑している。

「その女は、深川のお高のようだな」

「はい」

「きのどくなことをした。万年橋へ送りとどけてやるがいい」

「はい」

「すっかりすんだら、一度おやじをたずねろよ。いいな」

「おことばに、したがいます」

はっと頭を下げているうちに、景元は少し離れている配下のほうへ目くばせして、つかつかと往来のまんなかに置いてあるからかごのほうへ進んでいった。知らせを聞いて集まってきたらしい町年寄りが、おそるおそるちょうちんを持ってそばへ寄る。

磯貝がすっとかごのとびらをあけた。中に長わき差しや変装の衣類が、ぐるぐる巻きにしてほうりこんであった。

「軽いはずだな」

景元がにっこりしていう。

「ご炯眼(けいがん)、恐れ入りました」

「ほねをおらせた。一同も苦労したであろう」

「なによりも、まずおめでとうございます」

涙が出そうになる磯貝だ。

「うむ、めでたい。江戸のためには」

「はい」

「行くとしようか」

「町かごを、用意いたさせておきましたが——？」

大八木が小腰をかがめながらいう。

「そうか。もう岡っ引きのまねをしなくてもいいな。乗せてもらおう」

「長いあいだ、ご苦労さまでございました」

町かごが来て、景元は気軽にそれに乗る。

「あとをたのむぞ」

磯貝が大八木にいった。

「万事、承知いたしました。お供、お願いいたします」

「心得た」

かごがあがって、磯貝がかごわきへ引き添う。二、三人下役があとへつづいて、かごは山下のほうへ進みだした。

残った者は、一同おじぎをして、しばらく頭をあげる者はなかった。

――そうか、五人組がつかまったんだな。

小平太はけはいでそれを悟り、みんなうれしいだろうなあと思ったとたん、われにもなく涙があふれて、自分もまた頭をたれ、景元をのせたかごが走る足音に、じっと耳を澄ましていた。しいんと夜がふけている。

恋　娘

お高の初七日の日、小平太はわざと家人たちの法事の時刻を避けて、午後から深川の寺へ出向き、本道に寄らず、すぐに新墓の前へ行って合掌してやった。

新墓は、はでな稼業の万年安の義理で法事に集まってくれた人が多かったのだろう、墓前は今が盛りの菊の花で埋もれるばかりだった。

「お高、おれは長崎へ行ってくるぜ」

長いあいだ合掌してやってから、小平太はぽつりと墓標に向かって告げた。

さわやかな菊の香の中から、ふっとお高が眠たげな白い顔をあげて、

「行ってらっしゃい、あんた」

にっと笑ってみせて、また眠ってしまった安らかな顔が、はっきりとまぶたに浮かんできた。

「おまえの寝床はきれいでいいな」

きれい好きな女だった。死に清められたきれいなからだを、菊の香につつまれて眠っている、極楽だなあと、小平太はほほえましくなる。勝ち気できかない気だった半面、あまりあとのことも先のことも苦労にせず、現在さえ楽しければそれでいいじゃないか、そんなのほうずなところがあったお高だった。

「じゃ、ゆっくり眠るがいいぜ」

そういって歩きかけてから、ふっと目がしらが熱くなった。もう永遠にさめることのない眠りなのだと、別の心がちゃんと知っているからである。

きょうは辰んべにも会うまいと、心にきめていた小平太だから、寺を出ると、まっすぐ永代橋のほうへ歩いた。

「あれ、兄貴、だれだ」

あの晩お高を抱かされて、あんまりものものしい人の動きに、きょとんとしていた辰んべのむじゃきな顔が、今では目に残っている。

「いまにわかる」

小平太が小声でそういっているところへ、大八木がつかつかと近づいてきたので、辰んべは八丁堀の同心にしかられるとでも思ったのだろう、あっと目の色を変えていた。

「兄い――」

顔見知りの大八木は、わざとそう呼んで、親しみ深いまなざしを向けながら、

「えらいてがらをたててくれたな。あっちの大兄いも、よろこんでいなすった」

と、そこで黒々とぶっ倒れている馬陣の死体のほうを、あごでさしていた。

「お恥ずかしゅうござんす」

「女の亡骸(なきがら)はな、万年橋へ送ってやるがいいと、これも大兄いの意見だ。いま、かごがいいつけてある。この大八木のだんながついていってやれるといいんだが、あいにくこっちのあと始末で手が放せねえ。代理をひとりつけるから、安心して、かまわず引き取るがいいぜ」

行きとどいた大八木のあいさつだった。

突然お高の死骸(しがい)をかつぎこまれた万年安は、さすがに顔色を変えていた。が、付き添っていった若い同心原半之丞(はんのじょう)が、だいたいの事情を説明し、

「これはお奉行さまの情けある取り計らいだ。手厚く葬(ほうむ)ってやるがいい」

と申し渡されると、安心して死体を引き取っていた。

万年安としては、これで馬陣との関係は不問に付されたも同然だから、これさいわいだったにちがいない。小平太は万年安と口をききたくなかったので、お高

を渡すと、門口から福井町へ引き返してしまった。

家へ帰ると、仏壇に灯がともり、線香があがっていた。おそらく、だれかから

もう車坂の一件が、ここへも知らされていたのだろう。

「お加代、親分は――」

まだ帯を解かずに待っていたお加代にきくと、

「さっきお奉行所へ飛んでいきました。若だんな、五人組強盗も、それから陣十郎もつかまったんですってね。おめでとうございます」

と、あらためてそこへ両手をつかえていた。

「うむ、よかったなあ」

「あの、肩の傷、なんともありません？」

そういえば、それまでうっかり忘れがちだったが、べつに痛みは感じない。ただ、少し引きつるような気がするだけだった。

「なんともないようだな。お加代、これはとぎに出しておいてくれ」

借りていったわき差しを渡しながらいうと、

「はい」

お加代はすなおに受け取って、どうしてとはきかなかった。

翌日、小平太はむろんお高の葬式には立ち会わなかった。そして、その日もお加代は黙って朝から仏壇に灯をともし、線香をあげていた。

「若だんな、おめでとうござんす」

ゆうべ出たっきり、昼すぎになって帰ってきた重五郎が、わざわざ二階へあがってきてあいさつした。

「ご苦労だったな、親分」

「なあに、苦労なんかいっぺんに吹っ飛んでしまいました。磯貝さまと大八木さまが、けさ、西丸下の堀さまのお屋敷へ、公用人の杉田外記をたずねましてね、五人組強盗はお屋敷の大べやにいる折り助中間で、なかの三人まで先夜車坂でご忠告をいただいたときあなたの供をしていた者たちだ、処分は当方へお任せくださるか、それともいちおうお屋敷のほうへお渡ししましょうかってききますとね、杉田さんもさすがに引っ込みがつかなくなって、当方の不明まったく赤面いたす、強盗どもの処分はそちらでなにぶんともよろしくと、両手をついてしまったそうです」

そう告げて、福重は目を輝かせていた。

「お側ご用人のちょうちんを振りまわして歩いたんじゃ、町方もちょいと手の出しようがなかったわけだな」

ふたをあけてみれば、仕掛けは案外簡単だったと、小平太はつい苦笑が出る。

「そうなんです。磯貝のだんなも、大八木さんも、例の馬陣がやったにせ回りのときから、たぶんそんな手じゃないかとは気がついていたそうですがね、こいつを見破るのは、いざとなるとなかなかめんどうだ。現に、昨夜も、あのかごを止めるときは、また杉田の毒舌を聞くのかとうんざりしたそうで、ひと目でかごの軽いのを見ぬいた、さすがは遠山さまだと、感心なすっていました」

「親玉もこれで、やっと安心したろう」

「きょうは賭の日の二日まえですからねえ。けど、なんのかんのと人に陰口をきかれながら、とうとう岡っ引きのまねをやりぬいて、それがちゃんと成功した。あっしなども考えやしたね、人間あんまり考えすぎちゃいけねえ、人のやる仕事なんてものは、たいていそうこんがらかっているもんじゃないんだから、迷わずに根気よくやることだと、しみじみ思いました」

福重は感慨深げである。

「そうだな、初一念ということをいうな」

小平太はそのときから、迷わずに長崎へ行こうと、覚悟を新たにした。出立の日はお高の初七日の翌日、——きょうからいえばあすと、それもそのとき決めた。

そう腹がきまって、いちばん気になるのは健四郎との絶交である。こっちから船河原へ出向いていって、長崎へ行くことに決めたよと、ひとこといえば、金子のことだから、もう絶交もなにもありはしない。

「そうか、しっかりやってこい」

と、きっと手を握ってくれるだろう。

が、それが江戸っ子気質の小平太にはできない。お高が死んだから、急にそんな気になったと思われるのが、——そんなことを考える金子じゃないと思っても、やっぱり気がひけるのだ。

それと同じで、もう一つ、小平太は妙にお加代にやさしい口をきいてやれなかった。お加代もまた遠慮して、ありあまる親切を陰でつくしながら、なるべく小平太のそばへは寄りつかないようにしている。

——あれも江戸っ子の娘だからなあ。

だからきょうまで、長崎行きのことはお加代にも福重にもまだ話してなかった。いや、それをまず耳に入れなくてはならないのは、父笠井平三郎にである。これもあらかじめ考えておいたことで、きょうは墓参りの帰りに、一年ぶりで八丁堀へ父をたずねることにきめていた。

永代橋へかかると、秋の日が落ちて、西の空がまっかに夕焼けてきた。

八丁堀の組屋敷の門をくぐったのは、もう灯（ひ）ともしごろで、父平三郎はこれからひとり寂しい晩酌の膳に向かうところだった。

「ごぶさたいたしました」

子が茶の間へ行って両手を突くと、

「おお、来たか。ちょうどいい、いっしょにやりなさい」

父は老婢（ろうひ）を呼んで、すぐ杯を一つ取り寄せてくれた。

「若だんなさま、お久しぶりでございますね」

ばあやはそうことば少なにあいさつをして、涙をふきながら、いそいで立っていった。

「おとうさん、このたびはおめでとうございました」

「うむ。みんなほねをおった。今夜はみんな酒がうまいだろう。おまえ、肩の傷はもうすっかりいいのか」

「だいじょうぶのようです。夢中で使ったのが、かえってよかったんですね。すっかり筋もほぐれたようですよ」

「まあ、あんまり乱暴はするな。一生使わなくてはならんからだだからな」

「これからは気をつけます。それから、突然ですが、あすの朝長崎へ立とうと思うんですがねえ」

「高島塾へ行くのか」

父の耳へは福重から、なんでも筒抜けになっているのだろう。

「砲術を勉強してみたいと思うんです」

「あすの朝とは、またばかに急だな」

「どうせ、身軽なんですから」

小平太はあかるく笑って、

「おとうさん、笠井の家ですがね、だれか養子をもらってください。わしはあてにならないと思うんです」

と、あらためて切り出した。

「おとうさんものちぞえをもらってくれるといいんだがなあ。まだそんな年じゃないんだから」

「おれはおれでやるさ。おれのことより、おまえこそ早く身をかためるがいい。

たとえば、なんになるにしてもだな」

「長崎から帰ってきたらもらいます」

「そうか。それもそうだな。養子のことなど心配しなくてもいいぞ。与力はおれ一代でもかまわぬ。これもおまえが長崎から帰ってきてからのことにしようじゃないか」

「それもそうですねえ。それについて、路銀(ろぎん)を今夜いただいていきたいんですが」

「うむ。それはやるが、おまえ、遠山さまからちょうだいした金があるじゃないか。福重があずかっているそうだ」

「あれは重五郎に世話になった礼に、置いていきたいと思うんです」

「そうかそうか。うむ、それもいいだろう」

会えばすぐ話の通じる父が、小平太にはいまさらながらとてもうれしかった。

「晴れの門出の旅へ出るのに、そのかっこうでもあるまい」

父にそういわれて、小平太がすっかりもとの侍姿にかえり、

「じゃ、おとうさん、行ってまいります」

「うむ。あすは見送らないよ。気をつけて行ってきなさい」

あっさり別れを告げて、福井町へ帰ってきたのはやがて四ツ（十時）に近かった。

「おや、どうしなすった、若だんな」

長火ばちをはさんで、ここでも親子水入らずで話しこんでいた重五郎は目を丸くしたが、お加代はさっと顔色を変えてうなだれていた。

「久しぶりで、おやじのところへ行ってきたんだ。あすの朝、長崎へ立とうと思ってね」

「そいつはまた、ばかに急じゃありませんか」

一瞬、重五郎はぽかんとした顔になる。

「おやじも、また始めやがったっていうような顔をしていたっけ」

お加代はとうとうひとことも口をきかなかった。

翌朝、明け六ツに起きると、ちゃんと鯛（たい）の尾かしら付きで、立ち祝いの膳のしたくができていた。

心ばかり箸（はし）を取って、杯をあけ、すぐに身じたくをして、見送ってもらわなくてもいい、先へ行ってまたおなじあいさつをくりかえすようなものだからと断わったが、重五郎も、お加代まで、それだけは納得しなかった。

福井町から品川までは二里あまりある。

うれしかったのは、高輪(たかなわ)の大木戸のところまで来ると、どうして知ったか、金子健四郎がちゃんと来て、待っていてくれたことだった。

「やあ、健さん、どうしてわかったんだ」

「なあに、親分がゆうべおそく使いをよこしてくれたんでね」

「ありがとう。実は、わびに行こうと思っていたんだが、そいつはおれにはどうしてもできなかった」

「つまらんことをいうなよ。健康に気をつけて、しっかり頼むぜ」

「うむ、やる。おれはうれしい」

小平太は健四郎の竹刀(しない)だこのある大きな手を、しっかりと握っていた。

「なにもかも、これからだな」

「新規まきなおしさ。さっぱりしてらあね」

小平太はそれから重五郎にあいさつをした。

「親分、るすのあいだ、おやじさまのことを、くれぐれも頼むよ」

ほかのことは、ゆうべからもう何度もいってあるのだ。

「かしこまりました。若だんなこそ、何度もいうようだが、からだに気をつけておくんなさいよ」

重五郎はそういってから、ふところを探って、例の五十両の袱紗包みを取り出した。

「お預かりしておいた金です。お受け取んなすって」

うやうやしく差し出すのである。

「いや、その五十両はいろいろと思い出のある金だ。お加代の嫁入りじたくに使ってやってくれ。たのむ」

小平太は心からおじぎをした。

「そうでござんすか」

なにか、ふっと悲しげな重五郎の顔である。

「お加代、おまえにもほんとうに世話になった。ありがとう」

小平太はまっすぐお加代の目を見ながらいった。

「いいえ」

青ざめたようなお加代の顔だった。

「ついでのとき、深川の辰んべによろしくいっておいてくれ。あいつにはなんにもいわずに来たんだ」

お加代がうなずいてみせる。

「じゃ、ここで別れよう。みんな、いろいろありがとう。行ってきます」

「うむ。帰ってくるのを、楽しみに待っているぞ」

「道中、お気をつけなすって――」

そういう声を、もううしろに聞いて、小平太はさっさと品川のほうへ歩き出した。ちょうど同じような旅立ちの人たちでにぎわう高輪海岸通りである。

「おとっつぁん――」

ふいにお加代が、必死な顔をあげた。

「どうした、お加代」

「あたしも、あたしも若だんなといっしょに行かせて」

父親の手にすがって、ぱっと項(うなじ)までまっかになる。

「なんだって」

どきりとしたように、一瞬娘の顔を穴のあくほど見つめながら、

「そうか、そうか。じゃ、行ってきな。ちょうどいいや、おまえにこれを預けておく」

と、手に持っていた袱紗包みを、しっかりと握らせてやる重五郎だった。

「いただいていきます。ありがとうございます」

押しいただいて、それを帯のあいだへ押しこみ、気もそぞろに駆けだそうとして、はっと小もどりしながら、

「おとっつぁん、わがままいって、ごめんなさいね」

すがりつこうとするのを、

「つまらねえ心配はするな。早く追いかけな。あわててころぶんじゃねえぞ」

と、重五郎は押しやるように、娘のからだを品川のほうへ向けてやる。

お加代は健四郎に目礼して、ばたばたと駆けだした。

「うむ。それもよかろう」

金子は組んでいた腕を静かに解いて、

「親分、その辺でひとつ、ふたりの陰膳（かげぜん）でもすえて話そうか」

と、目がしらをうるませながら誘った。

秋の海が青い晴れた朝である。

コスミック・時代文庫

江戸っ子奉行 始末剣

2021年6月25日　初版発行

【著 者】
山手樹一郎

【発行者】
杉原葉子

【発 行】
株式会社コスミック出版
〒154-0002 東京都世田谷区下馬 6-15-4
代表　TEL.03(5432)7081
営業　TEL.03(5432)7084
FAX.03(5432)7088
編集　TEL.03(5432)7086
FAX.03(5432)7090

【ホームページ】
http://www.cosmicpub.com/

【振替口座】
00110-8-611382

【印刷／製本】
中央精版印刷株式会社

ISBN978-4-7747-6297-5 C0193